第三帝国指導者の父のもとに生まれて

タニア・クラスニアンスキ　吉田春美 訳

Tania Crasnianski

ENFANTS de NAZIS

ナチの子どもたち

目次

はしがき

本書は八人の子どもたちについて、訴訟関係書類、手紙、著作、新聞や雑誌の記事、ナチ指導者とその子孫の私生活に関するインタヴューなど、入手できるかぎりの資料を徹底的に調べ、その人物像を描いている。それぞれの親子関係がどれほど重大な影響を与えたか見定めるため、このテーマを扱った他の本とは異なり、本書ではどの人物についても実名で表記してある。それに子どもたちのなかには、あのような高官の娘や息子でいるほうが、別の高官の子どもでいるより楽だと考える者もいるのである。

当初は八人の高官の子孫全員に会いたいと思っていたが、結局インタヴューできたのはニクラス・フランクだけだった。ある者はすでにこの世を去っていたし、別の者は、以前話をきかれたときに語った以上のことを話す気はないようだった。この問題に触れたがらない者もいたし、グドルーン・ヒムラーやエッダ・ゲーリングのように、ほとんどつねに語ることを拒んでいる者もいる。

彼らの実際の生活を読者に実感していただけるよう、冒頭にそれをよく示すエピソードを挙げているが、その話はかなり自由に演出がほどこされている。

　ドイツ語と英語はすべて著者が訳し、ドイツ語については翻訳家のオリヴィエ・マンノーニにチェックしていただいた。

序文

グドルーン、エッダ、マルティン、ニクラス……。ヒムラー、ゲーリング、ヘス、フランク、ボルマン、ヘース、シュペーア、メンゲレの子どもたち。彼ら沈黙の子どもたちは、現代史の最も暗い時代をつくった犯罪者たちの娘や息子である。

だがその歴史は彼ら自身の歴史ではない。

彼らの父親たちは絶対悪をなし、人間性のかけらも示さなかったが、ニュルンベルク裁判では起訴事実に対してなんのためらいもなく、全員そろって「無罪」を主張した。だが歴史は、彼らもまた父親であったことを忘れていないだろうか。戦後のドイツには、罪責感から逃れたいという風潮のなかで、ナチ・ドイツの残虐行為と大量殺戮の責任を第三帝国の高官におしつけ、一般の国民に罪はないと考えようとする人々がいた。ナチの高官も多くの党員も、「すべてヒトラーのせい」にして、あらゆる罪を逃れようとした。

本書で取り上げる子どもたちはどうであろうか。彼らが共通して受け継いでいるのは、自分の親たちが何百万もの罪のない人々を虐殺したという事実である。彼らの名には、汚辱の烙印が永遠に押されている。

親たちが行ったことに、われわれは責任や罪の意識を感じなければならないのだろうか。家族の歴史は、われわれが若い頃にすっかり出来上がっている。親から受け継いだ遺産がこれほどおぞましいものであれば、なんの影響も受けずにいることはできまい。たとえ一般には、子どもは親の過ちの責任をとらなくてよいと認められていても、である。「父親にはふたつの人生がある。自分の人生と息子の人生である」とか、「この父親にしてこの息子あり」などと言わないだろうか。ナチ高官の子どもたちはどうだったのだろう。これほどおぞましい遺産をかかえて、どのように生きたのだろうか。

イスラエルに住むユダヤ人の孫娘の質問に、ある罪を悔いていないナチは、「罪を犯した者が罪の意識をもつのだ」と答えた。そして、眉ひとつ動かさずにこう忠告した。「そういうことから距離を置いていろ。あとになってみれば、人生ははるかにシンプルさ」[1]

子どもが親のしたことを判断するのは非常に難しい。自分を生み育ててくれた者に対し、距離を置いて客観的に見ることはできない。情愛の面で近しい関係であるほど、判断を下すのは難しくなる。親の信奉者になる者もいれば、完全に拒絶する者もいる。家族の過去がこれほど恐るべきものであるとき、それとどうやって折り合いをつけて生きられるだろう。ナチ高官の子どもたちがとった立場は、ときに正反対のものとなった。親の立場に同調する者もいたが、中立の立場でいられた者はほとんどいない。ある者は父の行動をきっぱりと拒絶するにいたっても、父への愛をもちつづけた。ある者は「怪物」を愛することができず、絶対的な親への愛を守るために、親がもつ暗黒の面を否定した。さらにある者は憎しみを抱くようになり、父を拒絶した。親の過去は足につながれた鉄の玉のように子に伝えられ、子はそれをつけて日々をすごさなければならず、無視することはできないのである。まったく否定しない者もいれば、宗教の道に進む者、さらには、あとの世代に「病気を伝えない」よう不妊手術を受ける者、罪をあがなうためとして……自慰行為にはしる者もいる。罪を否認するにせよ抑圧するにせよ、賛同するにせよ罪責感を抱くにせよ、すべての者が意識するしないにかかわらず、自らの過去と向き合うために自らの道を選ばなければならなかった。

大半の子どもがドイツで暮らしている。あるいはかつて暮らしていた。カトリックやユダヤ教に改宗し、司祭やラビになった者もいた。それは、犯罪者の親から生まれた自らの運命を回避するためだったのだろうか。たとえば、イスラエル軍つきのラビになったアーロン・シェアー＝ヤースフは、たとえ父親がナチ高官やナチズムの主要な実行者でなくても、そうしていたという。アーロンことヴォルフガング・シュミットは、神学の勉強をしたものの、カトリックの司祭にならないと決めた。カトリックの教えに賛同できなかったからだ。ユダヤ教に改宗したことについて、ホロコーストはその理由のひとつにすぎないと、彼は主張する。「ユダヤ教の特徴は、ある点で特定主義だということです。たしかにそのとおりですが、ユダヤ教は心の広い宗教でもあります。改宗が認められるだけでなく、ラビになり、ラビや司令官としてイスラエル軍に入ることもできるのです[2]」ベングリオン大学の心理学教授ダン・バー＝オンは、このタイプの改宗は「加害者のコミュニティーに属しているという重荷から解放されたくて犠牲者のコミュニティーに」加わろうとしているのだと考えている。とすれば、これはむしろ自らの過去に向き合うのではなく、そこから逃避する手段なのではないか。改宗した人々にその点を尋ねると、さまざまな答えが返ってくる。だがある者にとっては、宗教の道を選ぶことで自らの歴史を乗り越えることが可能になるのである。

戦後のドイツが共謀して沈黙を守ることにより国を再建しようとしたのに対し、ナチの子孫たちは自己を確立するために、自ら大仕事に取り組まなければならなかった。

空軍の職業軍人だった私の祖父は、私にとって非常に身近な存在だったが、シュヴァルツヴァルトの辺鄙な狩猟小屋に暮らし、人生のあの時期について決して話そうとしなかった。祖父だけではない。戦争に対する沈黙の影が何年も、ドイツだけでなくフランスもおおっていた。それはまだ消えていないが、人々は徐々に口を開くようになった。私が子どもの頃、人々はかたく口を閉ざしていた。祖父のように戦争を生きた世代は、戦争について話すのを避けていた。一部の人々はなにも言わずにいたほうがいいと考えるようになり、自らの親たちのイメージが傷つくのを恐れて、この時期のことをまったく語らなくなった。彼らも実は、親たちが実際になにをしたのか、ドイツの暗黒時代にどのようにかかわっていたのか、知りたかったのではないか。それは定かでないが、戦争の記憶は伝えられなかった。私のドイツ人の母はその過去から逃れるため、二〇歳で、ひとりフランスで暮らすことを選んだ。母はつねにフランス人であろうとし、私がこの本を書き始めたのが理解できなかった。どうしてそのテーマなのか。どうしてそのことを語りつづけるのか。そうした質問すらめったに受けたことはなかった。

ドイツ、フランス、ロシアの三つの家系のうち、第一の家系は私の人格に特別な影響をおよぼした。ドイツの歴史は私の人生で避けて通れないものだった。アンネ・ヴェーバーの言葉を借りれば、「人々はこの重荷を負ってこの世に生まれたのだろうか。それは最初からそこにあって、消え去ることはない。いかなるロシア人もラーゲリを体現していないし、フランス人だからフランス革命や植民地というわけではない。それぞれの国の歴史があるだけだ」[3]それなのに、ドイツといえばナチズムなのである。

社会から遠ざけられている人々に関心をもっていた私は、刑務所について勉強するようになり、やがて刑事弁護士になった。この仕事をしているおかげで、歴史的事実を語るのに必要な厳密さが身についたと思うし、本書で取り上げるナチの子どもたちの気持ちがいくらかでもわかるようになった。彼らの事例をとおして、われわれが主体的に振る舞おうとする世界もわれわれの過去と無関係ではないことを理解しようとした。

真実や現実は、ときに受け止めるには重いものである。ある人々は、近親者にそうするよう言われなくても、家族の秘密を守ろうとする。そして、それらナチの責任者のだれひとり、自らが残虐行為を行ったことを子どもに伝える勇気と力を持ち合わせていなかったのは明らかである。

ナチ高官の子どもの大半は名を変えようとしなかった。おそらく、その名にとりつかれているのだろう。アルベルト・シュペーアやマルティン・ボルマンの息子のように、父親のファーストネームをもつ者さえいる。ヘルマン・ゲーリングの甥の息子であるマティアス・ゲーリングはその名が好きだと言う。さらに、親の名を受け継いでいることはそれほど重要ではないと主張する者もいる。アイヒマンの息子にとって、「この名から逃げても問題はなにも変わらない。だれも過去から逃れることはできない」[4]のである。そして、グドルーン・ヒムラーやエッダ・ゲーリングのように、自らの姓に誇りをもち、父親を崇拝している者もいる。

「殲滅の措置を実行していたときでも、正常な家庭生活を送っていました……。家族との生活は私にとって神聖なものでした。強い絆で家族と結ばれていたのです」[5]アウシュヴィッツ絶滅収容所の司令官だったルドルフ・ヘースはこう述べている。この矛盾をどのように理解したらよいだろう。精神分裂の概念では、相矛盾するふたつの潜在的性質が自己のなかに共存している状態と定義される。それは、正常な家庭生活を送りながら何百万という人々を殺すことができたことを説明する、ひとつの方法である。男や女や子どもを無慈悲に殺しにいく、あるいは殺すよう命じる前に、自分の子どもを抱擁できたとは、彼らはどんな怪物だったのだろうか。

娘の「ピュッピ」、お人形さんにキスしてから司令部に出勤し、ただユダヤ人であるというだけで子どもたちを殺すよう命じた書類にサインしたヒムラーのような人物は、いったいどんな人間なのだろう。

このような犯罪者は特別な病人だと、世論は考えたがる。そうでなければ、彼らの行為のおぞましさを説明できないと思われるのである。だが、彼らを調べても、虐殺者に固有のパーソナリティーが見つかったことは一度もない。エルサレムでのアイヒマンの裁判で被告を検査した精神科医のひとりは、妻と子どもたち、父母、兄弟姉妹や友人に対する彼の態度は「正常なだけでなく、まったく申し分のない」ものだと述べている。ああいう連中は血に飢えた怪物だと、世間は信じたがる。彼らの「正常さ」がいっそう恐ろしく見えるからだ。「怪物は存在する。だが、本当に危険な者はごくわずかしかいない。もっと危険なのは普通の人間である」と、プリーモ・レーヴィが指摘している[6]。

論争を巻き起こした著書『イェルサレムのアイヒマン』において、ハンナ・アーレントは「悪の陳腐さ」という考え方を示し、なにも考えず、善悪の区別もつかない、悲しいほど真面目な小役人の姿を描き出した。アーレントはアイヒマンの無罪を証明したのではなく、だれにでも残酷なところはあり、だからこそつねに「考え」、決して理性を放棄せず、こうした悪の陳腐さに陥ることのないよう、つねに自分をいましめなければならないと言っているのである。

本書で紹介する子どもたちは、父親の人格の一面しか知らなかった。別の面があることを知らされたのは敗戦後のことだった。戦争中は若すぎて、なにが起きているのか理解できなかった、あるいは気づきさえしなかった。彼らは一九二七年から一九四四年のあいだに生まれ、年長者でも、国が崩壊したとき一八歳に満たなかった。子ども時代のことといえば、およそ、バイエルンの緑の牧場の思い出しかなかった。多くの者が、ミュンヘンの南、オーストリアとの国境に近いオーバーザルツベルクの山地にある総統の山荘、ベルクホーフを中心とした安全な区域で暮らしていた。総統専用の、人里離れた立ち入り禁止の区域は、戦争の行方やその残虐行為から完全に切り離されていた。その後、何年ものあいだ、第三帝国がドイツの学校のカリキュラムでまともに取り上げられることはなかった。

彼らの親は怪物だったのだろうか。「どんなにがんばってみても、アイヒマンのなかに、邪悪な、あるいは悪魔的な奥深さのかけらも見つけることができない。かといって、反対に、これはありふれたことと言うこともできない」[7]と、アーレントは『イェルサレムのアイヒマン』に書いている。起訴状では彼のなかに、「かつてこの世に存在した最も異常な怪物」を見ようとしていたが、アーレントは、「いたって正常な」「ぱっとしない官吏」[8]にすぎないと見ていた。「いずれにしても、彼を検査したのちの私自身より正常」[9]であると、一九六一年の裁判である精神科医が述べている。「リチャード三世のように、信念をもって悪をなすと決意することほど、彼の精神からかけ離れたものはない」[10]と、アーレントは言う。自分は血を見るのも耐えられない、気のやさしい人間であると、彼自ら述べている。それはユダヤ人に病的な憎しみを抱く偏執狂でもないし、なんらかの洗脳を受けた人間でもない。[11] 彼をしてその時代最大の犯罪者のひとりたらしめたのは、単なる思考の欠如であり、それは愚かさとはまったく別のものである。[12] そうした思考の欠如は、他者の立場に身を置くことができない――「自分の見方と異なる視点で物事を見ることがほとんどできない」――という点や、もの忘れの激しさにも現れている。アイヒマンは、自分が悪いことをしたと知ることも、あるいは感じることもできなかった。良心をまったくなくしていた。「自分がしたことはしたのだと、あえてそれを否定しなかった（……）。だがそのために、なんであれ後悔する気もなかった」彼によれば「後悔は子どものすること」であると、アーレントは書いている。彼女の考えでは、良心の欠如こそが彼を史上最大の犯罪者のひとりにした。良心的に振る舞うことを一切やめてしまったことで、アイヒマンはやはり有罪なのである。

しかしながら、そうした人間すべてが自分は道徳的だと思いたがった。最終解決の立案者ハインリヒ・ヒムラーは、自分は道徳的な人間であると確信していた。[13] ハラルト・ヴェルツァーは『死刑執行人たち』と題する著書で、第三帝国の時代に殺すことは社会的に組み込まれた行為となったと指摘している。国家社会主義に固有の殺人のモラルによって、死刑執行人たちは、殺しながらも「道義にかなった」人間でいられたのである。われわれには常軌を逸しているように見えようと、第三帝国の規範的モデルでは、ドイツが生き延びるには人間のあいだに存在する絶対的な不平等にもとづいて殺す必要があった。[14]

本書でその多難な歩みを紹介する子どもたちは、またもや一変した規範的・道徳的枠組みのなかで、父親の行為に判断を下している。ある者は、自らの規範的枠組みからいっても父親は正しい行動をとったと考え、その行動を正当化ないしは擁護している。アドルフ・ヒトラーの外務大臣だったフォン・リッベントロップの息子のひとりは、ためらうことなくこう述べている。「私の父は正しいと信じたことをしただけです。もし私たちが同じ状況に置かれたら、父と同じ決定を下したでしょう。父はヒトラーの相談役にすぎません。でも実際には、ヒトラーは人の言うことをきこうとしませんでした。父はひとつのことしか望んでいませんでした。ドイツ人の義務を果たすことです。大きな危険は東から来ると、父は予想していました。歴史はそのとおりになりました[15]」彼と同様にグドルーン・ヒムラーも、人生をつうじて、父のハインリヒ・ヒムラーは「無罪」であると考えていた。ニュルンベルク裁判が開かれる前にヒムラーが自殺しなかったら、裁判で同じことを述べただろう。

アメリカの心理学者グスターヴ・M・ギルバートは、ニュルンベルク裁判にかけられたナチの大物戦犯たちの事例を研究し、彼らがほかの人と違うのは他者への共感に欠けることだと指摘した。犠牲者に比べて鬱になる虐殺者が少ないことを、彼は明らかにした。自分は善良な人間であり、そうするよりほかなかったと確信しているからである。

彼らの子どもたちが過去と向き合わなければならなくなったとき、彼らの立場は当然ながら父と同じというわけにはいかなかった。家族の歴史を知ったとき、もはや戦時ではなかったからだ。ナチの異端思想は完全に否定され、「ユダヤ問題」解決の正当性は決定的に排除されていた。

彼らは多くの場合、自らの子ども時代に合わせて過去を考えている。ある者にとってそれは愛に満ちた時代である。そのなかには息子もいるが、グドルーン・ヒムラーや国家元帥の娘エッダ・ゲーリング、帝国の理論家でロシア占領地相だったアルフレート・ローゼンベルクの娘イレーネ・ローゼンベルクのようなひとり娘に多い。三人とも子ども時代にかわいがられ、父親を崇拝し、ナチズムの支持者でありつづけた。多くの子孫が、自らの背負う歴史は他の高官の子どもが背負っているものほど困難ではないと考えている。その遺産を数量で換算できると思っているところが奇妙である。

子どもたちそれぞれの歴史をよりよく理解するために、まず、それぞれの父親が国家社会主義においてどのような位置を占めていたか、子どもたちがその時期の理想にどのように感化されたか、彼らの教育で母親がどのような役割を果たしたかを改めて確認しておこう。彼らを理解するには、子ども時代の家庭環境をできるだけ正確に把握する必要がある。

第三帝国の中心人物の子孫のなかには本書に登場しない人々もいる。改めて言うまでもなく、帝国の宣伝相ヨーゼフ・ゲッベルスの六人の子どもたちは、総統の地下壕で両親に殺されている。

ちなみに、ゲッベルスの妻マグダの孫娘――最初の夫ギュンター・クヴァントとのあいだに生まれた息子の子ども――は二四歳でユダヤ教に改宗した。彼女の最初の夫はドイツ系ユダヤ人の実業家で、強制収容所を体験していた。

ヒトラーは子孫を残さなかった。「私に子どもがいたら、それはそれで問題になる。彼らは結局、私の息子を後継者にするだろう。それに、私のような男に有能な息子ができるチャンスはない。このような場合、ほとんどいつもそうなのだ。ゲーテの息子を見るがいい。無能だったではないか[16]」ヒトラー自身がこう語っていた。

あれから七〇年以上たつが、このテーマについて書くのはいまだに難しい。今回の作業をつうじて、私はナチ高官の子どもたちについて判断を下すのを避けていた。彼らが自ら行っていないことの責任をとる義務はない。それでも、何人かの子どもは親のしたことをまったく否定しない。それは、耐えがたい過去と向き合う「自分」を守るためだろうか。

グドルーン・ヒムラーはまさにその典型である。

グドルーン・ヒムラー

ナチズムの「お人形さん《ピュッピ》」

一九五八年から毎年、オーストリアのベーマー（ボヘミア）の森にある小さな山村に、欧州全土から第三帝国を懐かしむ人々が集まってくる。正装した年配の男たちは秋になると、ケルトの古い聖地であった田舎を訪れ、昔の仲間と再会する。ネオナチの若者たちも古参のナチに会うため集会に参加している。元ナチと極右に近い人々からなるこの小さな集まりでは、武装親衛隊は市民の義務を果たしたにすぎないと、だれもが認めている。彼らは犠牲的精神を発揮したと心から称え、犠牲者そのものだと考える者さえいる。

とあるペンションの窓に引かれたカーテンのうしろでは、ひとりの男が偉大なるドイツを称える言葉を大声で唱えている。思想上の師が彼の前でそうしたように、聴衆をあおり立てる。ヒトラーがミュンヘンのビヤホールで演説したときと同じ雰囲気と熱狂を再現しようとしているのだろう。あれから数十年が経過したが、この集会の目指すところは変わらない。何人かの者は、第二次世界大戦でドイツ軍から授与された勲章、「鉄十字章」や「騎士鉄十字章」を誇らしげに身につけている。いずれも中央に鉤十字がついた勲章だ。ドイツ民族が優越していた時代、すなわち完全なる自己犠牲と絶対的忠誠、「内なる敵」[1]に対する人間的感情の放棄を求めた民族共同体の時代のことを、彼らは熱を込めて語り合う。この反逆者たちのコミュニティーは、つねに偉大さを追い求め、親衛隊のモットー「われらの名誉は忠誠なり」に賛同している。

その来賓の女性が群衆と交わることはない。人混みから離れたところにいて、内輪で人と会い、取り巻き連中に囲まれているほうが性に合うのだ。何人かの特別な者だけが、彼女の尊顔を拝することを許されている。歳をとり苦労を重ねたせいで、気むずかしい顔つきになってしまったが、才気煥発な話しぶりはまったく変わらない。細い白髪を首の上で小さくシニョンにまとめ、ブラウスに銀のブローチを誇らしげにつけている。馬の頭が四つ、鉤十字の形に並んだブローチだ。

眼鏡のうしろに、話し相手を怯えさせるアイスブルーの小さな目が隠れている。彼女は崇拝されている。なぜなら彼女こそ、偉大なるドイツのえり抜きの後継者、「ナチズムのプリンセス」ことグドルーン・ヒムラーだからである。

「プリンセス」は、忠実な仲間たちが自分の前に列をなし、しつこくこう質問するのを見ているのが好きだった。「戦争中はどこにいらしたんですか?」「どちらの部隊に行かれたんですか?」彼女は父親から兵站について教わり、父親の視察に同行してあちこちの部隊を見てまわることができた。列をなす元兵士たちは、アドルフ・ヒトラーの最高執行者の娘に紹介してもらえることを誇らしく思っていた。身分と階級を告げると、世間の人々に対する権威を享受していた時代がよみがえってきたような気分になった。その瞬間は、失われた誇りを少しは取りもどすことができた。彼らは毎日、自分の過去について沈黙することを強いられているのだ。

「第五SS装甲師団ヴィーキング[2]です」おどおどとした様子で小サロンに入ってきたばかりの男が答えた。彼女は即座に応じた。「義勇兵ですね、デンマーク武装親衛隊の」「そうです」このとき六八歳になっていた元兵士が答えた。その男、ヴァグナー・クリステンセンは一九二七年にデンマークのフュン島で生まれた。この小柄な女性の前に出ると、人はどうしてこれほどかしこまるのか。どうしてこれほど怯えるのか。父がそばにいようといまいと、長年父の陰で暮らしているうちに、父の態度や声の調子が身についたのだろうか。父に似つかわしい娘でいること、父の名誉を回復させることが、彼女の人生の目標だった。ハインリヒ・ヒムラーは、妻とのあいだにできたただ一人の子どもである彼女しか眼中になかった。そして彼女はそれによく応えた。

　その日、グドルーン・ヒムラーが面会した人物に、デンマーク人のゼレン・カム、親衛隊登録番号四五六〇五九もいた。彼はとりわけ一九四三年の反ナチのジャーナリスト殺害に関与したが、有罪判決を受けることはなかった。ドイツに逃亡し、バイエルンでなに不自由なく余生をすごしていた。彼の名は最重要のナチ戦犯リストにのっていたが、まだ捕まっていなかった。

グドルーンの父がいたら、こうした男たちに自信をもって接している娘を誇らしく思っただろう。ハインリヒ・ヒムラーはつねに劣等感と人間関係に悩まされ、それを克服しようと努めていたのである。

グドルーンは幼い頃、自分の悪い行いやいたずらを父に言わないよう、母にきつく申し渡していた。父親を失望させるのをとても恐れていた。父は無実だと確信しており、非難されるような犯罪は行っていない、有罪判決はまったく不当だと考えていた。長いあいだ、父の名誉回復をなしとげるための本を書きたいと思っていたが、それは父を「弁護」するものであってはならなかった。それでは父が罪を犯したのを認めることになるからだ。いつの日か、人々が父の名を「こんにちのナポレオンやウェリントンやモルトケのように[3]」語るときがくると、グドルーンはかたく信じている。

歴史はハインリヒ・ヒムラーに対して最終的に有罪判決を下していた。

水曜の午後、父はときおり娘を連れ、とりわけダッハウへと視察に出かけた。ダッハウはヒムラーが立案し、一九三三年三月に開設されたドイツ初の強制収容所で、ミュンヘンから数キロのところにあった。「赤い三角形がついているのは捕虜、黒は犯罪者だ」と彼は説明した。幼い娘にとって、彼らは全員捕虜のように見えた。きたない服を着て、ひげものび放題だったからだ。それより菜園や温室のほうに、もっと興味をそそられた。「そこでいかに多くのハーブが栽培されているか、父は説明した。私は何枚かの葉っぱを摘むことができた」と、グドルーンは回想している。この死の収容所を訪問したとき、彼女は一二歳だった。菜園は、子どものときよく母の手伝いをした農家の庭を思い出させた。一枚の写真がこのときのダッハウ訪問を永遠に伝えている。黒いコートを着て微笑む金髪の少女は、父とのちのゲシュタポ長官ラインハルト・ハイドリヒ、ヒムラーの副官カール・ヴォルフに囲まれ、幸せそうに見える。彼女の頭上に、囚人の集合地点を示す掲示板がかかっている。

　グドルーンは父の昇進を感嘆のまなざしで見ていた。一九四三年八月の日記には、「パパが国家内務大臣になった。ものすごくうれしい」と書かれている。「とても立派な」[4]パパは、一九四二年七月、最終解決を実行するために毒ガスのツィクロンBが大量に使われたアウシュヴィッツ絶滅収容所へ出かけたとき、妻にたいそうそっけない調子で、「アウシュヴィッツへ行く。キスを贈る。きみのハイニ」と書き送っている。そうした手紙には、自分の移動や活動について詳しいことは決して書かなかった。ユダヤ人の大量殺戮についても、ひとこともない。やらなければならない大仕事がたくさんあると書いただけだった。その同じ男が、自分の残虐行為を平然とこう正当化する。「ユダヤ人の女と子どもについては、その子どもたちが成長して復讐者となり、われわれの息子や孫を殺させるわけにはいかない。それは臆病者のすることだ。したがって、その問題は一切の妥協なしに解決された」[5]

　だが実際の歴史は、第三帝国の抑圧組織のだれもが認める狂信的な支配者、親衛隊全国指導者ハインリヒ・ヒムラーの娘が知っている歴史ではない。ハインリヒ・ヒムラーの幼なじみの話では、子ども時代の彼はハエ一匹殺せなかったという。[6] それが大人になって、ゲシュタポと親衛隊のキーパーソンとなり、強制収容所のシステムをつくり上げ、欧州のユダヤ人殲滅の中枢を担うことになるのである。

一九二七年のこと、ミュンヘンからオーストリア国境に近いベルヒテスガーデンへむかう列車のなかで、ハインリヒ・ヒムラーはグドルーンの母となるマルガレーテ（旧姓ボーデン）に出会った。彼女は離婚した看護婦だった。ハインリヒは二七歳。やせこけて目が悪く、顎はそぎ落としたようで、アーリア人種の理想とはほど遠かった。ハインリヒは身体的な外見に劣等感をもっていた。ひ弱な体質で胃が丈夫でなかったため、スポーツをしたりパーティーで酒を飲んだりすることを禁じられていた。欲求不満の兵士であった彼は、規律や制服をことのほか好み、やがてそれによって心の平静を保つようになる。若いハインリヒに女性との浮いた話はほとんどなく、禁欲の効果を吹聴するほどであった。[7] のちになって、若い頃の性的経験が乏しかったことを残念がっている。初めて女性と関係をもったときには二八歳になっていたのである。

マルガレーテ、通称「マルガ」は、背が高く、金髪碧眼であった。プロテスタントで、アーリア女性の理想と一致していた。彼女の心をつかむため、ハインリヒはフリーメーソンや「ユダヤの世界的陰謀」について書かれた読みものを買い与えた。経済不況によって追い詰められ、「救世主」を求め、スケープゴートを探していたドイツにおいて、マルガも周囲の反ユダヤ主義に影響を受けずにはいられなかった。「ユダヤ人、やっぱりユダヤ人ね」ヒムラーと出会い、働いていた診療所の持ち株を売る決心をしたとき、共同経営者についてこう述べている。[8]

　内気なハインリヒ・ヒムラーは彼女にロマンティックな手紙を書き、ときおり「きみのランスクネ」と署名した。ランスクネとは、孤独で英雄的だが乱暴者のドイツ歩兵のことである。「私たちはきっと幸せになります」と彼女は返事を書いているが、ふたりは愛よりも執着心で結ばれていた。七歳年上のマルガは、ヒムラーの家族にまったく受け入れられなかった。ヒムラーの家族はカトリックで、母親は信心深かったが、マルガは離婚しており、プロテスタントのプロイセン人だった。心配性でもあり、人付き合いもよくなかった。あの女では家族の評判に傷がつくのではないかと、ヒムラーの家族は案じた。一九二八年七月三日にヒムラーの家族がひとりも出席せずにベルリンのシェーネベルクで結婚式が行われ、一九二九年八月八日に体重三六二五グラム身長五四センチの青い目をした娘が生まれた。その娘がハインリヒ・ヒムラーのただひとりの嫡出子。彼の「ピュッピ」、つまり「お人形さん」だった。

　グドルーンの名は、ヒムラーが若い頃に愛読した『グドルーン物語』からとられたのだろうか。これは北欧女性の徳を称える話で、男はその女性のためならいつでも死ねるのである。マルガにそれ以上子どもができなかったので、夫妻はのちに、死んだ親衛隊兵士の子どもである男の子を養子に迎えた。しかしその男の子が家族に愛されることはなかった。マルガは日記のなかで、「生まれながらの犯罪者」、嘘つき、泥棒とまで呼んでいる。[9]男の子はやがて寄宿舎へ、そして第三帝国のエリート養成施設である「ナポラ」へ送られた。グドルーンは模範的な娘の役を完璧に演じた。母の日記には繰り返し、《Püppi ist liebe u. nett.》、つまり娘がどれほど愛らしく、いい子であるか書かれている。それからポーランドのゲルマン化についてこう述べる。「お人形さんにその記事を読んできかせ、どういうことか説明した。人々が隊列を組んで生まれ故郷へもどっていく。これはすごいことだ。千年後も語り草になるだろう[10]」

ハインリヒ・ヒムラーはミュンヘン大学で農学を勉強したのち、一九二八年に妻の持参金をつぎ込んで、ミュンヘン郊外のヴァルトトルーデリングで養鶏を始めた。夫妻は営農することを夢見ており、ヒムラーは妻子とともにそこで暮らすつもりだった。ところが実際には、母と娘のふたりきりですごすことが多かった。マルガレーテは養鶏場の経営という重大な任務を任された。けれども雌鶏はほとんど卵を産まず、ひよこは死んでしまい、たちまち破産の瀬戸際に追い込まれた。マルガレーテはしだいにふさぎ込み、ヒムラーがたびたび家をあけることに不平を言った。夫の不在はやがてほとんど常態となった。ハインリヒが遠くなればなるほど、マルガは怒りっぽく、攻撃的になり、人をさげすむようになった。一九三三年には農場を人に譲り、ヒムラー一家はミュンヘンの中心部へ引っ越した。ながいあいだ党の高官たちから「誠実だがおそらく意志薄弱」な、「おめでたい男」とみられていたヒムラーは、実際に政治警察長官となり、一九三六年六月には国家警察機構のトップである、内務省ドイツ警察長官に正式に就任したのである。親衛隊全国指導者ヒムラーは、冷酷で計算高い大審問官であった。アルベルト・シュペーアは彼について、「半分は学校教師、もう半分は突飛なことを考える道化[11]」であると述べている。彼はさらに、人種の純血という妄想を発展させることで、コンプレックスを埋め合わせることができたのである。

一九三六年から三七年頃にミュンヘンで短期間すごしたのち、ヒムラー一家はオーバーバイエルンのテーゲルンゼーへ移った。一九三四年にヒムラーは、湖畔のグムントに家を購入していたのである。だが彼は、党のなかでしだいに責任ある地位につくようになり、妻をほったらかしにした。性生活も復活させ、社会における性のさまざまな側面に関心をもつようになった。それ以上子どもができないのはマルガのせいではないとわかっていたが、その状況に甘んじるつもりはなかった。彼にとって一夫一妻制は、カトリック教会がつくり上げた「サタンの業《わざ》[12]」なのであり、廃止すべきだった。彼はゲルマンの先史時代に関する論文を書いた。その昔、高貴な人種である自由なゲルマン人は、子どもができると再び結婚の契約を結ぶことができた[13]。だから、夫婦の問題を抱えている将校は、離婚するか、ふたり目の妻と同棲することが許される。

ヒムラーによると、正常な男性は生涯ひとりの妻だけでは満足できない。妻がふたりいれば、互いに切磋琢磨するはずである。親衛隊の一部の指導者の考えでは、重婚や一夫多妻は、戦時に低下しがちな出生率を維持する手段でもあった。たとえば、宣伝相ヨーゼフ・ゲッベルスは、六人の子どもをもうける妻と結婚する前に、婚姻外の関係をもちつづけることができるとした契約を結んでいた。同じ考えにより、党官房長でアドルフ・ヒトラーの側近だったマルティン・

ボルマンの妻は、一〇人の子どもをもうけたのち、「大義」のために、夫の愛人をひとつ屋根の下に住まわせるという生活スタイルをつくり上げた。その目的は、「すべての子どもを湖畔の家に集め、いっしょに暮らす」ことだった。ボルマン夫妻は、「健康ですぐれた資質をもつ男性がふたりの妻をもてる」ようにする法律が必要だと確信していた。「すぐれた資質があっても子どものできない女性はたくさんいる。……そうした女性の子どもも、われわれは必要としている」[14]ボルマンは、「婚姻外」という用語を廃止し、軽蔑的なニュアンスの「関係をもつ」という表現を禁止しようとした。

出生率の低下を防ぐため、ハインリヒ・ヒムラーは、婚外子を適法とし、奨励することさえ強く勧めた。かくして、アーリア人の女性のための出産センターである「レーベンスボルン（命の泉）」がつくられることになり、一九三六年に最初の施設がオープンした。この施設は未婚の母を受け入れ、密かに子どもを産めるようにしていた。さらにヒムラーは、同性愛を防ぐため、青年男女の出会いの場をもうけるよう強く求めた。一九三七年二月一八日にバート・テルツで行われた同性愛に関する演説で、こう述べている。「一五、六歳の若者がダンスやパーティーといったさまざまな機会に若い女性と出会えるようにする必要があると思っている。一五、六歳の若者は（経験上明らかなように）不安定になりがちである。ダンスの最中に恋に落ちたり、初恋を経験したりすれば、若者は救われ、危険から身を遠ざけていられる」若い頃に禁欲を勧めていたヒムラーの言葉とはとても思えない。

一九四〇年、ヒムラーはマルガと別居したが、娘の母親であることを考慮して、離婚はしないことにした。そして、最愛の娘との親密な関係を維持しようと、あれこれ気を配った。政治に関与する機会が増え、頻繁に移動していても、よき父親、立派な夫であろうとした。子ども時代のグドルーンを撮影した多くの写真を見ると、お気に入りのニックネーム「旅するパパ」のとなりにいる「お人形さん《ピュッピ》」は、まさに完璧なドイツの少女である。天使のような顔立ちで金髪。バイエルンの民族衣装を着て、髪はおさげにしたり、編んだ髪を耳の上で巻いたりしている。父親はたびたび毎日の出来事を娘に知らせ、自分の写真を送り、できるかぎり娘といっしょにすごした。ハインリヒ・ヒムラーの手帳を読むと、ほとんど毎日、妻や娘と電話で連絡をとっていたことがわかる。ヒムラーはなんでもメモし、その手帳は、「子どもたちと遊んだ」とか「ピュッピに会う」[15]といった思いがけない書き込みにあふれている。

　ピュッピが悪い点をとると、彼は叱った。従順であること、清潔であること、学校に行くことが、子どもの教育の中心を占めていた。彼自身は子どもの頃、大人に対して全面的に従順な態度を示していたのである。それに、彼はつねによい生徒であった。いっぽうマルガの育児日記には、娘がごく幼い頃から、行儀がよくて清潔だが、なかなか言うことをきかないといったことが繰り返し書かれている。父親は訪ねてくると、娘を狩りに連れていき、娘といっしょに森を散歩した。娘は花を摘んだり、コケを集めたりするのが好きだった。

総統はグドルーンの子ども時代に中心的な役割を果たした。一九三五年、ヒトラーが総統になって二年後のある晩、幼い娘はなかなか眠れず、心配そうに母親に尋ねた。「ヒトラーおじさんも死ぬの?」母親は娘を安心させようと、総統は少なくとも百年は生きると請け合った。するとグドルーンはほっとしたように答えた。「いいえ、ママ。二百年生きるのよ」ヒムラー一家は幸せだったし、総統が自分たちの子どもを気にかけているのを喜んでいた。マルガ・ヒムラーは一九三八年五月三日の日記にこう記している。「総統が来た。ピュッピはとても興奮していた。総統と内輪で食卓を囲めるとは、ほんとうにすばらしい[16]」

毎年の元日、グドルーンは総統に会い、お人形やチョコレートの箱をもらった。

ヒムラーは一九三八年末以来、女性秘書のひとりで一九三六年から働いているヘトヴィヒ・ポトハストと関係をもっていた。ふたりのあいだに子どもができたことから、彼女のことを妻に伝える決心をした。婚外子の出産を奨励する彼の政策に合わせるように――一九四〇年に公然と擁護している――、実際にふたりの子どもが生まれた。ヘルゲという名の男の子(一九四二年)と娘のナネッテ・ドロテア(一九四四年)である。男の子のゲルマン風のファーストネームは「純血人種の聖人」の名であったが、ヒムラーが望んだような子どもではまったくなかった[17]。皮膚病にかかるし、体は弱いし、病的なほど内気な子どもであった。

一九四二年にヒムラーは、総統の所有地ベルヒテスガーデンに近いシェーナウにある広い屋敷「シュネーヴィンケルレーヘン」にふたつ目の家族を住まわせた。ヘトヴィヒ・ポトハストとふたりの子どもは、連合軍に占領されるまでそこで暮らした。戦争が終わったらいっしょになれるという希望をもって、ヘトヴィヒはヒムラーの庇護のもとに生きることを受け入れた。連合軍の見るところ、ヘトヴィヒは「ナチの女性の典型」であった。彼女の性格はマルガとまったく違っていた。ヘトヴィヒは陽気で、愛想がよく、ヒムラーの取り巻きたちと良好な関係を結んでいた。マルガはふたりの関係を知ると、うんざりした様子で日記にこう書いた。「男は金ができ、有名になると、きまってこういう気をおこす。そうでなくとも老け始めた妻は、夫が女をあさるのを助けてやり、そんな夫にじっと耐えるのだ[18]」しかし、彼女が夫と交わした手紙に、愛人やその子どもたちの痕跡はまったく見当たらない。

　グドルーンはひとりぼっちでいることが多かった。両親は不在で、母の姉妹であるリディア・ボーデンが彼女の面倒をみていた。一九三九年以降、母は自分もなにかの役に立ちたいと考え、おもにベルリンの赤十字で、再び看護婦として活動するようになった。占領地域に出かけることもあり、一九四〇年にはポーランドへ赴き、平然とこんな感想をもらしている。「あのユダヤ人の一団、ポラック［ポーランド人の蔑称］の大半はとても人間とは思えない。それにあのきたならしいことといったら。あの連中をきれいにするのは大仕事だ」さらにこんなことも言っている。「ポーランド人は伝染病でそう簡単に死なない。彼らには免疫がある（原文のママ！）。とても理解できない[19]」

グドルーンのほうはグムントからほとんど離れなかった。一九四五年九月二二日にニュルンベルクで尋問を受けたとき、つぎのように説明している。「戦争中、私たちは一度も引っ越しませんでした。五年間あの家で暮らし、私は学校に行っていました。私がしていたのはそれだけです」実際にヒムラーは、グドルーンが母とともにベルリンに引っ越すのを拒んでいた。しだいに激しくなる空襲を恐れていたのだ。「お人形《ピュッピ》さん」は両親がもどってくるのを、とりわけ父がたまに短期間訪れるのをずっと待ちながら暮らしていた。胃が痛くなることもしばしばあった。神経質な少女の学校の成績はしだいに低下していった。[20]

けれども彼女は戦争の行方に重大な関心を払っていた。父のために心配していた。母の日記によれば、グドルーンは知らなくてもいいことをたくさん耳にしていた。[21] いっぽう父は、娘がなんでも理解できる歳でなかったにもかかわらず、母親に状況を説明させようとした。[22] 一九四一年六月二二日日曜日、ヒトラーが東部での開戦に署名し、バルバロッサ作戦が始まった日、当時一二歳のグドルーンは父にこう書き送っている。「わが軍がロシアで戦ったなんて、ぞっとします。だって、ロシアと同盟を結んでいたんですから。ロシアはとーっても大きい国です。ロシアを全部とるなら、とても困難な戦いになるでしょう[23]」

ウラル山脈までドイツ領とし、そこを帝国国民に分け与えるというナチの妄想を、グドルーンはきいていたようで、一九四三年一一月一日の日記にこう記している。「両親は庭をひろげるために広い地所を買った。温室の裏は森のうしろまでずっとうちの庭だ。囚人たちがいまの庭にある囲いを移動させた。あっちが平和になったら、私たちもきっと東部に土地をもてるだろう。その土地でもっとお金を稼ぎ、グムントの家を改築できるだろう。廊下はもっと明るくなり、もっと大きな部屋をもてるようになる。リンデンフィヒトの家はのちに私のものになるはずだ。平和になったら、私たちも内務省に住めるだろう。オーバーザルツベルクに家をもてるだろう。そう、あっちが平和になったら。でも、それにはまだ時間がかかる。とても長い時間が（二、三年）」[24]

一九四四年七月には、グドルーンも敗北を意識するようになる。ノルマンディー上陸の話をきき、ロシア人が国境に迫っていると知って、こう自分に言いきかせている。「でも、みんなはかたく勝利（パパ）を信じているのだから、いま、だれよりも偉くて評価されている人の娘として、私はそれを信じないわけにはいかないし、本当にそれを信じている。私たちが負けるなんてまったく考えられない」その同じ月にヒムラーは、ダッハウの「グムント作業班」の囚人たちを使い、家の庭に防空壕を掘らせている。[25]

グドルーンに同じ年頃の遊び友だちはほとんどいなかった。母は、夫の家族とも、姉妹を除いて自分の家族とも付き合いがなかった。しだいに怒りっぽくなる母とふたりきりで暮らすことに、グドルーンは苦痛を感じていた。実のいとこである、ハインリヒの兄ゲプハルト・ヒムラーの子どもたちがグムントの家で暮らすようになると、母と叔母の争いが子どもたちの人間関係に重くのしかかった。グドルーンはその頃、母が周囲のだれともほとんどうまくいっていないと記している。戦時中からドイツ軍の崩壊、そして一九四五年に父が死ぬまで、グドルーンは一五回から二〇回程度しか父に会えなかった。[26] ヒムラーが家にいる期間は短く、長くて三日から四日といったところだった。グドルーンは電話や手紙で連絡をとるしかなく、献辞を書いた写真を添えて、定期的に手紙を送っていた。ヒムラーも、チョコレート、チーズ、菓子といった食べものや衣類の入った小包を送らせていた。グドルーンはある日、オランダのチューリップを一五〇本受け取っている。戦争末期に食べるものが著しく不足し、手に入れるのが難しくなると、ヒムラーは食料品を届けた。一九四五年三月五日、グドルーンは日記にこう書いている。「欧州にもう同盟国はない。頼れるのは自分たちだけだ。そしてわが国にも、たくさんの裏切りがある。(……)国全体の雰囲気は最悪だ。(……)空軍も相変わらずひどいものだ。空威張りのゲーリングはなにも仕事をしていない。ゲッベルスはたくさん仕事をしているが、相変わらず出しゃばってばかりいる。みんなメダルや勲章をもらっている。パパ以外は。パパこそ真っ先にもらうべきなのに。(……)国民すべてがパパを見ている。パパはいつもうしろにいて、決して前に出ようとしない」[27]

グドルーンが最後に父を見たのは一九四四年一一月、グムントにおいてだった。一日だけ、娘に会いにきたのである。グドルーンが最後に父の声をきいたのは一九四五年三月末、最後の手紙を受け取ったのは翌月のことである。[28] 父と母の会話の内容は、日常生活や、ヒムラーの健康状態に関するものだった。ヒムラーは何年も前から、再発性の胃痛を患っていた。「最後に父と会ったとき、クリスマスにはもどるつもりだと言っていましたが、それはかないませんでした[29]」連合軍に対して娘はこう証言している。一九四五年四月、マルガレーテと娘はグムントを離れ、南へ避難しなければならなかった。アメリカ軍が迫っていた……。ヒムラーがダッハウの囚人を使って家の庭につくらせた防空壕では、もう十分に身を守ることができなかった。

一九四五年五月一三日、当時一五歳のグドルーンは、母とともにティロルの南、ボルツァーノに近いヴォルケンシュタインに避難していたところを逮捕された。ヒムラーの参謀長を務めていたカール・ヴォルフ親衛隊大将がボルツァーノの豪華なヴィラで逮捕されたとき、以下のような取引をしたのである。「ドイツにもどらせてくれるなら、ヒムラーの妻と娘の居所を教えよう[30]」尋問がすむと、ふたりは元映画製作者の持ちものである豪華な邸宅に連れていかれ、他の捕虜とともにそこに拘留された。さらに二日、ボルツァーノのホテルですごしたのち、ヴェローナへ移送されて一泊し、さらに空路フィレンツェへ送られた。住民やパルチザンが襲ってくるかもしれないので、ふたりを守るために護衛がつけられた。

フィレンツェの英軍尋問センターの看守はグドルーンと母にこう請け合った。「自分の名はヒムラーだと言ったら八つ裂きにされますよ」尋問が始まった。マルガレーテは夫の活動とかかわりがないようだった。彼女は「田舎のブルジョワ夫人の行動スタイル」をかたくなに守っているると、ある英軍将校が指摘している。グドルーンはなおさら父の活動について知らなかった。拘留されたとき、連合軍と外国のメディアをつうじて「歴史」を学んだ。

そのあとふたりはローマへ、より正確には、イタリア映画の殿堂で情報機関の情報センターが置かれていたチネチッタへ連行された。ハインリヒ・ヒムラーの妻と娘は唯一の女性であり、連合軍はふたりのためにファシストのプロパガンダ映画のセットに独房を設けた。到着してから四週間、グドルーンは劣悪な食事に抗議して、ハンガーストライキを行った。そして急速に衰弱し、高熱を出した。英情報部の司令官で「ブリッジ」という者が、ヒトラーとムッソリーニの通訳を務めた人物を介して少女に食べものをとらせようとした。グドルーンの要求どおり、母と娘は以後、将校たちと同じ食事をとれることになった。三日間、ミラノ、パリ、ヴェルサイユの収容所の管理下に置かれたのち、ニュルンベルクの収容所へ送られた。「今後、私の名はヒムラーでけっこう。偽名や偽装はもうやめます」と、そのときグドルーンは宣言している。一九四六年のニュルンベルク裁判に彼女が出廷する必要はなかった。なにも知らなかったからだ。父と戦争の話をしたかときかれて、「父とは戦争とかそういった話はまったくしていませんでした」[31]と答えた。

父がどうなったのか、グドルーンはずっと知らなかったわけではない。母は心臓が悪いというので、収容所担当の士官たちは、数日前の一九四五年五月二三日に夫が自殺したことをすぐに伝えないほうがよいと判断した。「私はハインリヒ・ヒムラーだ」と認めたのち、医師の診察と身体検査を受けているあいだに、口にふくんだ青酸カリのカプセルを飲み込むことに成功したのである。イギリス人たちがすぐに手当てをし、胃洗浄を行ったが、一二分後に死亡した。

一九四五年七月一三日にユナイテッド・プレスの記者アン・ストリンガーのインタヴューを受けたとき、マルガレーテは、ゲシュタポ長官として夫がどんな活動をしていたのか知っていたと明言した。夫を誇りに思うと告白し、「ドイツだったら妻にこんな質問をしないでしょうね」と言った。親衛隊の長官は憎まれたのでは？　「警官を好きな人なんていませんよ」ヒムラーが英軍につかまり青酸カリで自殺したことについてきかれても、彼女はなんの感情も、驚きも示さなかった。ただ両手を重ね、肩をすくめただけだった。記者は、これほど冷たい人間に会ったことがないと述べている。

「そこで私は、ヒムラーは名をふせて墓に埋葬されたと言った」とアン・ストリンガーは語る。「ヒムラー夫人は驚きも関心も示さなかった。人間的な感情を、氷のように冷たい完璧な自制心でコントロールしていた。そのような人間を、私はそれまで見たことがなかった……。そのあと、世間が夫のことをどう見ていたか知っていたかと尋ねた。彼女は答えた。『戦前、多くの人が夫を高く評価していたのは知っています』夫がナンバーワンの犯罪人と見なされているときいて、マルガは驚いていた。『夫が？　ヒトラーが総統なのに、どうしてナンバーワンになれるの？』」さらにアン・ストリンガーが、何百万もの罪のない人々が食べものを与えられずに拷問や毒ガスで殺されたと話し、そういったことを誇りに思えるのかと尋ねると、彼女ははっきりとこう述べた。「たぶん、たぶんそう思わないでしょう。すべては状況しだいです」

この女性にはなんの共感もおぼえなかった。[32]

マルガ・ヒムラーは一九四五年九月二六日のニュルンベルクでの尋問において、多くのナチ高官と同様にハインリヒ・ヒムラーも上からの指示で、つねに毒を身につけていたと証言した。「私たしかに夫と戦争について議論したとも述べたが、強制収容所の話をしたことは否定した。「私はまったく知りませんでした。最近になってようやく知ったのです」ニュルンベルクの尋問を担当していた米軍のアメン大佐が尋ねた。「そのことについてなぜ一度もきかなかったのですか」「わかりません」と彼女は答えた。だが、「ヒムラーがあちこちに収容所を建てていたことを知らなかったのですか」という質問にはこう答えた。「はい、いくつかあるのは知っていました。でも、だれからきいたのかわかりません。思い出せません。彼だったのかしら。収容所が建てられたことは知っていました」最初は否定していたが、その後とうとう、夫が収容所の仕事をしており、自分もラーヴェンスブリュック女子収容所に行ったことがあると認めた。それでも、そこでなにが起きていたか知らなかったし、一九四五年になってようやく、メディアをとおしてそのことを知ったというのだった。[33]

一九四五年八月二〇日、まさに母がアメリカ人記者のインタヴューを受けていたとき、グドルーンは自らの尋問の前に父の服毒死を偶然知ることになった。[34] ショックを受けた少女は病気になり、高熱を出し、三週間近く収容所のベッドで熱に浮かされていた。父は連合軍に暗殺されたに違いないと、グドルーンは確信した。父が自ら命を絶つなどあり得なかった。というわけで、彼女の身柄を引き受けていた英軍司令官は、この面倒な子どもをできるだけ早く厄介払いしたいと考えた。しかし「ヒムラー」を欲しがる者はいない。その名はなんの役にも立たないばかりか、身柄を保護することも難しかった。ただひとつの解決策は、彼女に別の名を与えることだった。以後、彼女は「シュミット」と呼ばれることになるが、それも長くはつづかなかった。

ヒムラーの妻と娘は一九四六年一一月まで、非ナチ化裁判を受けるために第七七ルートヴィヒスブルグ女子収容所に収監された。収容所長から釈放を言い渡されても、マルガレーテは収容所を出ることを拒んだ。金はないし、リンチが怖かったし、どこへ行ったらよいかわからなかったからだ。最終的に、ボーデルシュヴィンク牧師が運営するプロテスタント系の養護施設、「ダマスコの家」がふたりを受け入れることになった。母と娘は「精神薄弱者」として施設に入った。修道女たちはグドルーンに近づこうとしたが、彼女は共同体から距離をとり、「お父さんと同じがいい」とだだをこねた。要するにカトリックということだ。事実ヒムラーは若い頃、熱心なカトリック信徒だった。やがて教会から離れたが、毎晩、娘といっしょにお祈りをつづけていた。少女が泣いたり笑ったりするのを、修道女たちは一度も見たことがなかった。グドルーンと母は一九五二年に修道院の施設を出た。

人は二〇歳で、自分を取り巻くものをどう認識するだろうか。グドルーンは適当な距離をとることもなく、無条件で、あの愛情深い父親を崇拝していた。その父親は最後まで、自分は「道徳的」な人間だと確信していた。ただ、人間のあいだに絶対的な不平等が存在するという中心思想にもとづくナチズムの特殊な考え方にしたがって、あの男たちは自らを道徳的とみなしたのであり、普遍的な道徳とは関係なかった。けれどもグドルーンが父の残虐行為を知ったとき、もはや第三帝国独自の道徳を持ち出すことはできなかった。

一九四七年にグドルーンが美術工芸学校に入ろうとしたとき、校長は彼女の名を見て、すぐさま入学を拒んだ。父親の仕事をきかれて、彼女は平然と「父は親衛隊全国指導者でした」[35]と答えた。それでも、懲罰は家族全体に適用されないと考えるビーレフェルトの社会民主党党首の調停により、グドルーンは二学期から入学できることになった。「われわれの若い民主主義は、親が犯した過ちによって子どもを苦しめることはない」[36]というわけだった。こうしてグドルーンはデザイナーの職業訓練を受けたのち、さる婦人帽子デザイナーの店で見習いとして働き始めた。

一九五〇年代には母と別れ、ミュンヘンに出て仕事を探そうとした。彼女は二一歳だった。腹違いの弟と妹がいることを知り、ふたりとコンタクトをとったが、会うことはできなかった。ヒムラーの愛人だったヘトヴィヒ・ポトハストが会うことに反対したのだ。ヘトヴィヒの戦後の生活についてはほとんどわからない。一九五〇年代にバイエルンを離れてシュヴァルツヴァルトのバーデン＝バーデンに近い村に移り、友人で親衛隊全国指導者つき参謀部の秘書をしていたジークルト・パイパーの家の近所で暮らしていた。彼女の夫は戦争犯罪にとわれて拘置されていた。やがてヘトヴィヒは結婚し、姓を変えた。子どもたちについてはほとんどなにもわからない。完全に名を隠して暮らしていたからだ。わかっているのは、ヒムラーの非嫡出子の息子は体が弱かったためにずっと母親と暮らしていたこと、娘は医者になったことぐらいである。ヘトヴィヒ・ポトハストは一九九四年にバーデン＝バーデンで死去した。

グドルーンは「ヒムラー」の名を出すたびに、たちまち制裁を受けた。解雇され、住まいから追い出された。けれども父の名を守りたかった。同僚や働いている店の客たちは、いずれも彼女と付き合うのを避け、あるいは「ヒムラー」に仕事をしてもらうのを拒んだ。

一九五五年、グドルーンはロンドンに渡り、オズワルド・モーズリーとヒトラーの外務大臣の息子であるアドルフ・フォン・リッベントロップが主催するパーティーに出席した。帰国すると、たくさんのファシストに会ったと自慢げに語った。その話が広まったとたん、働いていたテーゲルンゼー湖畔のペンションを首になった。ある客は、受付にいる若い女がハインリヒ・ヒムラーの娘であると知って、「妻がアウシュヴィッツの焼却炉で焼かれたのに、あの娘のサーヴィスを受けられるか」[37]と抗議した。ミュンヘン郊外のゲオルゲン通りにある小さなアパートの部屋は、まさしく父を称える博物館だった。絵画、置物、勲章、胸像、写真。ごく幼い頃から集めていた品々に囲まれて、彼女は暮らしていた。ヨーロッパじゅうを探し回り、ときには、貴重な品を保管している元ナチに助けられることもあった。彼女は秘書になり、やさしく愛情深かった父をしのびながら質素な生活を送った。父が史上最悪の残虐行為のひとつに積極的に関与したとは、とても思えなかった。彼女はつねに父を擁護しようとし、親への愛と、親衛隊の怪物、偏狭な狂信者、最終解決の執行者にして推進者とを区別して考えることができなかった。いつか父の身のあかしを立てられるときがくると、ひそかに確信していた。特別な絆で父と結ばれていたために、分別がはたらかなかったのだろうか。この問題について、確固たる見解を示すのは難しい。なぜなら、彼女は自分の考えを明らかにするのをずっと拒んできたからだ。これまでインタヴューに応じたのは、一九五九年、ジャーナリストのノルベルト・レベルトのインタヴュー一度きりなのだ。

それから何年もたって、レベルトの息子シュテファンが父のインタヴューをもとに、『なぜならお前は私の名をもつから』という本を書いた。グドルーンのような子どもたちは、父の過去の栄光を称えることで、いくらかでも自信をもてるのだと、彼は主張する。そうした子どもたちは、家族が背負っている重荷を認めることはない。グドルーンはよき家長としての父しか見ておらず、父のパーソナリティーの別の面は、メディアや本で知るしかない。それがいかに正しい情報であっても、自らの経験の外にある情報を否定することが、一部の子どもにとって唯一とりうる道に思えるのだ。それ以外はすべて裏切りとなる。それにグドルーンは、人生をつうじて人から拒絶されることに向き合わなければならなかったことから、自らを不当な仕打ちの犠牲者とみなすようになり、そうして父の宿命を背負って生きつづけることになったと思われる。

グドルーンは一九五一年から、「戦争捕虜と拘留者のための静かなる助力」という団体の一員になった。当初この団体を主宰していたのは、富裕層に人脈をもち教会ともつながりのあるヘレーネ・エリザベート・フォン・イーゼンブルク公女だった。ルドルフ・アッシェンアウアーという弁護士が、この団体が支援する犯罪者たちを法律の面でサポートしていた。フォン・イーゼンブルク公女の言葉によれば、この団体の目的は、あらゆる権利を奪われていると彼らが考える戦争捕虜や拘留者の要求に応えることだった。戦後に行われた一連の裁判で有罪となり、戦勝国の収容所やドイツ国内の刑務所に収監された人々も、団体は支援していた。フォン・イーゼンブルク公女は自分こそ、バイエルンのランツベルク米軍刑務所に収監されているナチ戦犯の母であると自負していた。ヒトラーは一九二四年に九か月にわたってこの刑務所に拘留されていたとき、『わが闘争』を書いたのである。

一九五二年にグドルーンは、ヒトラー・ユーゲントをモデルにした「ヴィーキング・ユーゲント」の創設にも協力した。この組織は一九九四年にドイツでの活動を禁じられた。

「静かなる助力」の中核は、二〇人から四〇人の会員と、一〇〇人ほどのシンパからなっていた。この団体は逃走した戦犯も支援した。アドルフ・アイヒマン、ヨハン・フォン・レールス、そしてヨーゼフ・メンゲレは、連合国の言う「ネズミの抜け道《ラットライン》」――ナチの国外脱出ネットワーク――を利用した。「静かなる助力」のメンバーが切れ目なくサポートして、三人全員が南米までたどり着いたのである。「リヨンの虐殺者」の異名をとるクラウス・バルビーもこの組織の援助を受けていた。[38]『ナチ同志への静かなる助力』という本を書いたアンドレア・レプケとオリヴァー・シュレームは、「静かなる助力」は国家社会主義ドイツ労働者党の元党員を援助するだけでなく、ネオナチ運動のための資金も非公式に集めていると述べている。

ジャーナリストたちはグドルーン・ヒムラーにこの点を質そうとしたが、彼女はあっさりとこう答えただけだった。「私の仕事についてはなにも話しません。私にできることを、できるときにしているだけです」彼女の活動では、とくに、テレージエンシュタット強制収容所にいたアントン・マロート親衛隊曹長に支援の手をさしのべている。マロートはきわめて残忍なことで恐れられた監視兵のひとりであり、おそらく父親の側近であった。マロートは四〇年近くイタリアのメラノで平然と暮らしていたが、一九八八年にドイツへ引き渡された。訴訟手続きを経て、ミュンヘンの裁判所で無期懲役の判決を受けたのは、二〇〇一年のことだった。それまでの数年間、グドルーン・ヒムラーは彼の主要な支援者であった。第三帝国時代にヒトラーの代理人、ルドルフ・ヘスの所有地だった区画に建てられた高級老人ホームに彼の居場所を見つけたのも、「静かなる助力」だった。一九九〇年、マロートがこの老人ホームで暮らす費用の大半が社会保障局（つまりドイツの納税者の金）から出ているという情報が流れ、とりわけグドルーン・ヒムラーは批判にさらされた。誠実で意志の強いグドルーンは、二〇〇二年に彼が死ぬまで、月に二回老人ホームを訪問した。

グドルーンが世間から離れて暮らしているのは、家族の歴史に対する彼女の立場が社会的に容認できるものではないからである。元ナチの援助組織に関与し、ドイツの極右を支援しているのは、彼女が父の名誉を回復させるだけでなく、その有害な理想を追求しようとしているのを示すものだ。

グドルーンは一九六〇年代、ナチのシンパでバイエルン州政府の職員だった作家のヴォルフ＝ディーター・ブルヴィッツと結婚した。彼はグドルーンの家系を受け入れ、その父の理想に賛同した。夫妻はミュンヘン郊外のフュルステンリートにある大きな白い家に暮らし、ふたりの子どもに恵まれた。息子はミュンヘンで税務専門の弁護士をしている。

「静かなる助力」は二〇一〇年にも、オランダのナチ、クラース・カレル・ファベルが本国へ引き渡されるのを阻止しようとした。オランダの裁判所は一九四七年、戦時中に二二人のユダヤ人とレジスタンスを殺害したとして、ファベルに有罪判決を下していた。

グドルーンはドイツの極右政党NPDの活動家でもあったようである。オーストリア北部のウルリヒスベルクで開かれたナチ集会のときのように、人から賞賛されたかったのだろう。なにをしようと、自分にとりついた遺産に引きもどされると思ったのかもしれない。そうであるなら、遺産を放棄したところで、自分に課せられた宿命はなにも変わらない。おそらく父がそうだったように、彼女は良心的に振る舞うのをあきらめ、この重荷と向き合わない道を選んだ。

ヒムラーの娘がなんの罪責感もおぼえないということがあるだろうか。ヒムラーの甥の娘カトリンは、「胸を締めつけられるような説明のつかない罪責感にしばしばさいなまれた」と語っているのである。罪責感は世代を飛び越えることがある。カトリン・ヒムラーはワルシャワのゲットーにいたユダヤ人家族の子孫と結婚した。自分が母親になると、『ヒムラーの兄弟たち』と題する著書のなかで家族の歴史と再び向き合った。若いカトリンは、ナチが残虐行為を行ったことは自覚していたが、多くのドイツ人がそうであるように、長いあいだ自分の家族について深く考えることができなかった。身近な人のことになると、心理的な自己防衛が強く働くのだと、彼女は指摘する。「それは家族を捨てる苦悩にたえず脅かされる、耐えがたいプロセス」なのである。互いに大きく異なる道を歩んだことから、彼女はグドルーン・ヒムラーとまったく付き合いはない。

子どもの場合、心理的な自己防衛はとくに強くなる。グドルーン・ヒムラーを特徴づけるのは、父という重要人物から距離を置くことがまったくできなかったこと、国家社会主義のイデオロギーが生き残るのに積極的な役割を果たしたことである。彼女にとって、父の記憶に敬意を表することは、ナチのイデオロギーに賛同しそれに関与することとセットになっていたようである。

エッダ・ゲーリング

「ナチ・ドイツのネロの小さなプリンセス」

一九七〇年代末のハンブルク港。ある夏の夜のことである。栄光の歳月を思い起こさせるオペラ音楽の調べが流れるなか、別の時代から来たようなエレガントな一団がカクテルグラスを傾けていた。彼らがいるのは、絶対的優位をほこったドイツ造船業のシンボルであり、ナチ・ドイツ時代に浮かぶ大使館となった豪華な船の上である。そのヨットからもれきこえる調べは、第三帝国に高く評価された大作曲家リヒャルト・ワーグナーの最後のオペラ『パルジファル』第三幕の前奏曲だった。四〇年以上前、この船がまだ最初の所有者のものであったときも、同じ音楽が流れていた。だが、その日は会食者の声にほとんどかき消され、メロディーに注意を払う者はいなかった。だれもが自らのよき時代に思いをはせていた。

木製の豪華ヨット「カリンⅡ」は全長二七メートル。王室のクルージング船のようにエレガントな船である。もっとも、この船の運命はまさしくそのとおりとなった。戦後数年間は「ロイヤル・アルバート」と改名され、一五年近くイギリス王室の手に渡っていたのである。そのころ船の所有者たちが、以前の所有者がだれであるかを知って、船を手放すことにした。最初の所有者の未亡人であるエミーという女性が、すぐさま高額で買いもどすと申し出た。

パーティー客のなかに、ひときわ背の高い男がいた。横分けにしたブロンドの乱れ髪が突き出た額にかかっている。大きな角縁眼鏡をかけているところをみると、だいぶ視力が衰えているようだ。男は目立ちたがりで、輝いているものが大好きで、船のかつての所有者を知る者なら、その人物のことを思い出さずにいられないところがあった。もっとも彼の身長では、身をかがめなければ船のシャワーを浴びることはできないだろう。

船の前方に、人ごみから離れてひとりの女性が立っていた。彼女の名はエッダ。美しさの点でも身元の点でも、他をよせつけない存在である。孤独な彼女は、父親の記憶に敬意が払われるときしか姿を現さないようだ。父親への愛は絶対で、永遠に変わらない。彼女の生涯の男性はヘルマン・ゲーリング、このヨットの最初の持ち主である。一九三七年にドイツの自動車メーカーが、ゲーリングにこのヨットを贈った。一三〇ライヒスマルク、現在の八〇〇万ユーロに相当する額である。船名は、彼の最初の妻であるカリン・フォン・カンツォフからとられた。スウェーデン人の妻は一九三一年に四二歳で死去した。ゲーリングの最愛の女性に捧げるモニュメントであるこの豪華ヨットで、エッダはヴァカンスのひとときをすごした。それは子ども時代の最も美しい瞬間のひとつだった。父とのクルージングで撮影された家族写真には、ハンチングをかぶった父のかたわらで彼女が笑っている姿が写っている。その夜彼女が立っていたのが、まさにその場所であった。彼女が幼い頃、父はベルリンからほど近い、ポツダム市近郊のヴァン湖にヨットを停泊させていた。あちこちの湖や、町を囲む運河で、何時間もヨットを走らせるのが好きだった。ヨットでは豪勢なディナーが供され、最高級のワインやコニャックが飲まれた。船のデッキからカモを捕らえ、その場で調理して食べることもあったという。

　船の新しい所有者は、ゲルト・ハイデマンという、戦後ドイツを代表する週刊誌『シュテルン』の記者だった。かつてはシュタージ〔旧東独の秘密警察〕に所属したが、いまではナチズムにノスタルジーを感じていた。そして、感謝と栄光をなにより求める男だった。一九七二年、自家用ヨットに関するルポルタージュの取材でこのヨットに出会ったとき、船を買うだけの金がなかった。だが、自宅を売るなどして金を工面し、一九七三年にヨットを手に入れた。すぐにアメリカ人コレクターに転売しようと考えていたが、そうすることはなかった。ヨットは彼の引き立て役であった。このヨットがあれば、多額の費用をかけてでも、栄光と金銭に対する彼の夢をかなえることができるのである。元の所有者にとりつかれた彼は、かつての船内装飾とそっくり同じものを復元し、そのヨットを過去の聖遺物にしようとした。そのために、銀器から皿、灰皿、枕カバー、制服にいたるまで、かつて使われていた多くの備品をそろえた。五年近くかけて、ゲーリングのひとり娘の親しい友人にもなった。

　ゲルト・ハイデマンはあれほど欲しがっていた「栄光」を手にすることができなかった。このパーティーの数年後、彼は一九三二年から四五年にかけての総統の日記を公開した。六二冊の黒い手帳には、表紙の右下に「FH」の文字が記されていた。一九四五年にドレスデン近くで起こった飛行機事故で行方不明になったもののようだった。けれども、それらの日記はすべて偽物であることが判明した。歴史研究者たちは最初から、文書の信憑性に疑問を投げかけていたのだが、『シュテルン』は当初、金に目がくらみ、偽造の疑いを一蹴してしまった。『シュテルン』はできるだけ早く抜粋を掲載しようとした。

アドルフ・ヒトラーは金になる。雑誌の売り上げは飛躍的にのび、『パリ・マッチ』のような外国誌が版権を買おうとするのだ。だが、『パリ・マッチ』が抜粋を「一本」買ったところで、残りの日記にドイツ警察のクレームがついた。手帳に使用されている素材は疑問の余地なく戦後のものだというのである。コンラート・クーヤウという名の偽造者が三年かけてそれらをつくり、ゲルト・ハイデマンをつうじて九三〇万マルクで売ったのである。ドイツのメディア史上最大のスキャンダルのひとつであった。ハイデマンは数年の禁錮刑を言い渡された。

だが、一九七八年五月のその夜は、風は冷たかったが天気は穏やかで、ゲッベルス、ヒムラー、ハイドリヒが同じヨットで肩を並べた古きよき時代のように、客たちは再会をよろこんでいた。かつての主賓は総統その人ということもあったのである。

ハインリヒ・ヒムラーの副官だったカール・ヴォルフ、あるいはヒトラーの地下壕で最後の司令官を務めたヴィルヘルム・モーンケ准将のような帝国《ライヒ》の生証人たちが、客として招かれていた。総統の最期のときの話が客たちを夢中にさせた。ふんだんに出されるアルコールがノスタルジーを目覚めさせた。だが、「ナチ・ドイツのネロの小さなプリンセス」であるエッダはどこか遠くにいるようだった。彼女はヘルマン・ゲーリング国家元帥の娘なのだ。

エッダは一九三八年六月二日に生まれた。ドイツ空軍最高司令官のふたり目の妻である彼女の母は、ワイマール州立劇場の地元出身の女優エミー・ゾンネマンだった。エッダの両親は一九三二年、ヘルマン・ゲーリングがアドルフ・ヒトラーとともに訪れたワイマールで出会った。エミーの一目惚れだった。「ヘルマンはまさに、私の考えにぴったりの男性だった」と彼女は述べている。一九三五年のふたりの結婚式は、ゲーリングのような男には身のほど知らず、まるで皇帝の戴冠式のようだった。ヘルマン・ゲーリングは派手で豪華なことがなにより好きだった。

エミー・ゲーリングの新しい身分は劇場の古い仲間たちのうわさになった。彼女は皮肉たっぷりに「貴婦人」と呼ばれた。オペラ歌手のヘレーネ・フォン・ヴァインマンは彼女についてこう言っている。「あらまあ、エミーったらなんて偉そうなの。彼女と知り合った頃はまだ『貴婦人』なんかじゃなかった。一杯のコーヒーと二シリング五〇でだれとでも寝たものよ」制裁は素早かった。軽口をたたいたばかりに、懲役三年の刑を言い渡されたのである。一九四三年、彼女は瀕死の状態でシュターデルハイム刑務所から釈放された。[1]

ゲーリングは四五歳で初めて父親になった。エミーは電話で子どもの誕生を伝えた。「私と小さなエッダより、心からおめでとう」ヘルマン・ゲーリングは大喜びだった。エミーの枕元にかけつけ、こんなに美しい赤ん坊は見たことがないと断言した。けれども最初は、何日かたってから子どもに会いたいと思っていた。生まれたての赤ん坊は醜いときいていたからだ。ヘルマン・ゲーリングは子どもの誕生を祝って、最高司令官を務めていたドイツ空軍の飛行機五〇〇機にベルリン上空を飛行させた。男の子が生まれていたら、ベルリンの上空を一〇〇〇機の飛行機が飛んだことだろう。エッダの父は第一次世界大戦の英雄だった。戦闘機のパイロットとしてたくさんの勲章を受け、ドイツ軍最高の栄誉である「プール・ル・メリット戦功章」にも輝いていた。有名なパイロットの「レッド・バロン」ことマンフレート・フォン・リヒトホーフェン、そしてヴィルヘルム・ラインハルトが死ぬと、ゲーリングがあとを引き継ぎ、「空飛ぶサーカス」と呼ばれた有名な飛行大隊の隊長になった。

ゲーリングはごく早いうちからアドルフ・ヒトラーのかたわらに身を置いていた。権力の特権ほど彼を引きつけるものはなかった。国家秘密警察ゲシュタポを創設し、ベルリン近郊のオラニエンブルクといった初期の強制収容所をつくったのも彼だった。

ヘルマン・ゲーリングはわが子に、ムッソリーニの愛娘エッダ・チアノと同じ名前をつけたといううわさがある。エッダ・ゲーリングはうわさを否定し、自分の名は両親が好んだゲルマン神話からとられたと述べている。彼女の母によれば、それはさる女友だちのファーストネームにすぎなかったようだ。エッダはつぎのような話を好んで口にした。「イランのシャーの妃ファラ・ディーバは世継ぎの王子が生まれたとき一万六〇〇〇通の祝電を受け取った。私が生まれたとき、両親のもとに六二万八〇〇〇通の祝電が送られてきたのよ」彼女は一九三八年一一月四日、カリンハルの狩猟用別荘で洗礼を受けた。豪勢な宗教儀式は、あらゆる宗教色が排撃されていた時期に党をいらだたせずにはおかなかったが、そんなことはおかまいなしだった。子どもの名づけ親は総統自身だったのである。父の腕に抱かれたエッダのポートレートが何百万枚もドイツ全土で売られた。エッダはたくさんの贈り物をもらい、なかでもケルン市の贈り物は論議の的となった。父の大好きな画家、ルーカス・クラーナハの『聖母子』だったのである。のちにこの絵をめぐって、エッダとケルン市のあいだで一五年近く裁判がつづいた。

ゲーリングの生活は「エッダライン」の愛称で呼ばれた小さな娘を中心に動いていた。エッダは両親を照らす「太陽」だった。この小さなスターがいかに大物であるかを示す小話がつぎつぎとつくられた。「国の高速道路が閉鎖されたのを知っているかい？　いや、どうして？　エッダが歩くようになったのさ」

一九四〇年、ユリウス・シュトライヒャーが編集長を務めるナチのプロパガンダ雑誌『シュテュルマー』が、エッダは人工授精で生まれたのであって、ゲーリングの娘ではないと報じた。[2] エミー・ゲーリングが妊娠したときすでに四四歳だったという事実に加え、ヘルマン・ゲーリングは一九二三年のミュンヘン一揆で鼠径部に銃弾を受け、それ以来不能になったといわれていたのである。一九三六年にこの情報を電報でしらせたのは、ロンドンのイギリス大使であった。[3]激怒したヘルマン・ゲーリングは、『シュテュルマー』の編集長を相手取って訴訟を起こすよう、ナチ党の調整官ヴァルター・ブッフに命じた。ポルノグラフィーまがいのこの雑誌は、幼稚な反ユダヤ主義を垂れ流していたのだが、一九三五年以降ずっと売り上げを伸ばしていた。[4]ヒトラーが仲裁に乗り出したおかげで、シュトライヒャーはゲーリングの毒牙をのがれ、ニュルンベルク近郊の自分の農場から低俗な雑誌を出しつづけることができた。

ヨットと同じくゲーリングの最初の妻の名がついたカリンハルの邸宅は、彼の力のシンボルであった。彼は愛する女性の遺体を錫製の豪華な棺におさめ、スウェーデンからここへ運ばせた。ベルリンから六〇キロほどのところに位置する、城のように堂々たる建物は、一九三三年に建設された。もとは、ベルリンのオリンピック競技場の建築家であるヴェルナー・マルヒ教授が設計したもので、一九三七年と三九年の二度にわたって改築され、面積が大幅に増えていた。湯水のように国費を使っていたゲーリングにとって、これでもまだ大きさ、美しさともに十分とはいえなかった。だが彼は、建築労働者の賃金さえ払っていなかった。彼によれば、カリンハルは「帝国の迎賓館」となるべき公邸であった。ヒトラーに言わせれば、この狩猟用別荘と自分の山荘を比べたら、自分の山荘は「庭つきの家でしか」なかった。

広大な庭園と何千ヘクタールもの森に囲まれたこの豪邸で、エッダは大きくなった。自然が保たれた森には、バイソン、水牛、鹿、へら鹿、野生馬がすみついていた。カリンハルには、ゲーリングが飽くなき宝探しで略奪した美術品の数々が集められていた。彼は「第三帝国のメセナ」と呼ばれるのを好んだ。

屋敷の地下には映画館、体育室、屋内プール、ゲーム室、ロシア式サウナがあった。ゲーリングは、医務室や地下壕、「ヤークハレ」つまり狩りの間と名づけられたレセプションルームもつくらせた。レセプションルームは二八八平方メートルあり、トロフィーや、大きな暖炉のついた教会の身廊風の内装で飾られていた。狩猟などの活動が十分にできないときの気晴らしに、二六万八〇〇〇ドル相当の電動の鉄道模型が六〇〇メートルにわたり、屋敷の納屋に設置されていた。家族や訪問客を楽しませるため、ライオンの子どもも何頭か飼育されていた。事故が起きないよう、ライオンは一歳になるとベルリン動物園の仔ライオンと交換された。ゲーリング一家は哺乳びんでミルクを与え、相次いで七頭のライオンを育てた。このように幼いエッダは、父がお気に入りの仔ライオン「ムッキ」と遊んだり、家を訪れたムッソリーニがライオンと戯れるのをながめることができた。

もうひとつの趣向はヘルマン・ゲーリングのダイエットマシンで、ウィンザー公爵夫人を相手に器械のデモンストレーションをしては悦に入っていた。彼はすでに、「鉄の男」と呼ばれるのを好んだ、筋骨隆々とした血気盛んな戦闘機パイロットではまったくなかった。彼の体重は年々ふえ、一九三三年末には一四五キロに達していたようである。仏駐在アメリカ大使ウィリアム・C・バレットは、彼についてユーモアたっぷりにこう述べている。「彼の尻は少なくとも直径一ヤードはあり……肩を腰と同じ幅にするため、両肩に二インチの詰め物をしている……エステの美容師がついているようで、長さと太さがほとんど同じ指の爪の先はとがり、丁寧にマニキュアがほどこされている……肌の色つやがよく、毎日手入れをしていることがうかがえる」[5]

ヘルマン・ゲーリングは無類の宝石好きであるうえ、気どった格好をするのを好み、多いときで一日に五回、服を着替えた。ローマ風のトーガで客を迎えたり、槍をもっていたり、皇帝の長い衣を着ることもあった。しばしば化粧し、爪に赤いマニキュアを塗り、ダイヤモンドの指輪をはめて、アルベルト・シュペーアや有名なパイロットのハンス・ウルリヒ・ルーデルの前にあらわれ、彼らを唖然とさせた。アルベルト・シュペーアは戦争の転機となった年の一九四三年に彼と会ったが、化粧をし、緑色のビロードの部屋着を着たヘルマン・ゲーリングの姿を、長く記憶にとどめた。その部屋着には大きなルビーの留め金がついていた。彼は「ときどきポケットから宝石を出してはぼんやりと指でもてあそびながら、静かに話をきいていた」[6] イタリアの外務大臣ガレアッツォ・チアノも一九四二年の日記に、ゲーリングは「高級娼婦がオペラ座に着ていくような」毛皮のコートをまとっていたと書いている。

「小さなプリンセス」は父に溺愛された。父の自慢の娘で、ゲーリングはあいている時間をすべて娘のために費やした。娘と遊んだり、ダンスにさそったりしてちやほやした。娘の写真撮影に演出をほどこすのを好み、カリンハル前の柳の籠でエッダがポーズをとっている写真では、エッダの前に崇拝者の一団を並べ、その最前列に父がいるのだった。エミーが乳母を探していたとき、党に所属しない女性を雇おうとしていると、党幹部のひとりに非難された。自分も、自分の家族もだれひとり党員ではないと、彼女は答えた。総統はただちに死んだ党員の登録番号を彼女に与え、この問題にけりをつけた。

　エッダが生まれて数年間は、このような豪邸に住み、愛情深い両親に見守られて、プリンセスさながらのなに不自由ない暮らしをしていた。彼女の教育は女性の家庭教師が担当した。エッダの生活は世間から切り離され、母親が自伝でふりかえるように、戦争にともなう耐乏生活を経験することはまったくなかった。

　幼いエッダを喜ばせようと、ヘルマン・ゲーリングが最高司令官を務めるドイツ空軍は、プロイセンのフリードリヒ大王がつくったポツダムの宮殿［サンスーシー宮殿］のミニチュアを贈った。その「ドールハウス」には、厨房やサロン、宮殿サイズの小さな人物のほか、本物の舞台と幕のついた劇場までそろっていた。

　その言動が歴史にかなりの影響を及ぼした歴史的人物に囲まれて、エッダは大きくなった。ハーバート・フーバー米大統領、ウィンザー公爵夫人、飛行家のチャールズ・リンドバーグ、さらにベニト・ムッソリーニ、ベルギー国王やユーゴスラヴィア国王、ドイツの航空機製造業者のヴィリー・メッサーシュミットやハインケルといった人々である。

幼い娘の生活はおとぎ話のようだった。プリンセスの日々の暮らしを邪魔するものはなにもなく、ヘルマン・ゲーリングは就寝前に必ず最愛の「エッダライン」にキスをするのだった。彼は徐々に政治生活から離れ、娘のための時間をしだいに増やしていった。

堕落してリーダーシップをとらなくなったゲーリングを、ヒトラーは厳しく批判した。一九三〇年代末にはもう、とりわけ空軍の運用のまずさがやり玉に挙げられた。ドイツ空軍が空の戦いに敗れると、ゲーリングの失脚は決定的になった。そのころ総統は彼のことを「最大の落伍者」[7]と呼び、連合軍は「太っちょ」というあだ名を進呈している。麻薬の影響で瞳孔が収縮し、ハイな気分になったゲーリングは、何時間もとうとうとしゃべったあげく、だんだん口が重くなってテーブルにつっぷし、あっけにとられる人々をよそに寝てしまうこともあった。[8]

エッダは四歳の誕生日に、国立劇場の衣装係がつくった軽騎兵の赤い軍服を着た。そのときの写真には、完璧に磨き上げた小さな革ブーツをはいて気をつけの姿勢をとるエッダが写っている。五歳になると、ピアノと古典舞踊を習った。そして、一九四四年六月二日の六歳の誕生日には、名づけ親のアドルフ・ヒトラー自らプレゼントを届け、こう言い添えた。「いまに見ていろ、ゲーリング。われわれは今世紀最大の勝利をあげるだろう」[9]ナチ・ドイツ崩壊前の最後のクリスマスに、母はピンクのネグリジェを六枚、娘に贈った。それは、首相官邸から届けられた婚礼衣装の絹地でつくられていた。[10]

戦争とも残虐行為とも無縁の生活は一九四五年一月三一日に一変し、エッダと母はソ連軍から逃れるため、オーストリア国境に近いバイエルンのオーバーザルツベルクへ移らざるを得なくなった。エッダがカリンハルを離れたとき、七年間にわたるプリンセスの生活の扉は決定的に閉ざされた。

赤軍部隊が迫ると、ヘルマン・ゲーリング自身の命令で、邸宅にダイナマイトがしかけられた。邸宅の破壊は空軍のチームに任されたが、それに先立って、ゲーリングは美術品のコレクションをベルヒテスガーデンに避難させた。特別な輸送トラック隊により、二億ライヒスマルクを上回る美術品がカリンハルを離れた。ヘルマン・ゲーリングは昇進するにともない、飽くなき美術品収集熱を存分に発揮してきた。疲れを知らないゲーリングは、国内の大都市や財界のトップから贈り物として巻き上げた絵画、タペストリー、宝石、彫像をカリンハルに運ばせていた。第三帝国の上流社会でなにか問題が起きるたびに、ゲーリングはどれそれの美術品を贈られたがっているという話が流れるのだった。彼は西ヨーロッパの占領地もずうずうしく略奪し、多くのユダヤ人コレクターから美術品を奪った。彼の貪欲さに限りはなかった。

パリの印象派美術館はお気に入りの狩り場のひとつだった。彼はそこでドイツに送らせる絵を物色した。こうした略奪により、彼はのちにこう語るようになる。「購入や交換（原文のママ）[11]により、私はいまや、おそらくドイツ最大、いや欧州最大の個人コレクションを所有している……」

一九四五年、総統の誕生日である四月二〇日、ベルリンは火に包まれ、ベルヒテスガーデンへ向かう道路を含め、南へのルートはほぼ分断されていた。できるだけ早くベルリンを離れるため、ヘルマン・ゲーリングは、国の最高責任者は緊急に南部で安全を確保する必要があると主張した。実のところヒトラーにベルリンと自分の地下壕を離れる意志はなく、以後、地下壕に立てこもることとなる。ヒトラーの後継者であるヘルマン・ゲーリングは、急いで首都をあとにしたが、いつものように化粧をし、白い絹の軍服を身につけ、モノグラム［文字や絵を組み合わせた記号。ナチス党では階級章に用いていた］入りのスーツケースを四七個も運ばせた。[12] ベルヒテスガーデンでは、妻と娘がじりじりしながら彼の到着を待っていた。ドイツは崩壊したが、四月二一日にゲーリング一家は再会をはたした。

四月二二日、ゲーリングはいよいよ自分が総統の座につくときがきたと考えた。一九四一年六月二九日の命令で、もし総統が軍の指揮権を放棄したら、彼が後継者になると定められていたのである。彼は、事前にヒトラーの同意を取りつけておきたいと思っていた。けれども彼がヒトラーの同意を得ることはなかった。絶大な権力をもつ党官房長のボルマンがその間に、ゲーリングは裏切り者であると総統に吹き込んでいたのである。

一九四五年四月二一日の夜にベルヒテスガーデンに到着したヘルマン・ゲーリングは、後継者の権利を剝奪され、総統命令により四月二三日に親衛隊によって逮捕された。「ゲーリングの別荘を包囲し、元国家元帥をただちに逮捕せよ。いかなる抵抗も断固として排除せよ。アドルフ・ヒトラー」ゲーリングの家は監獄になり、廊下や階段に監視兵が配置された。家族との連絡は絶たれ、それぞれの寝室に監禁された。

その後、事態は急速に展開した。四月二五日、ゲーリングはアドルフ・ヒトラーから、ボルマンが作成した以下のような電報を受け取った。「貴殿が行ったことは、私に対する忠誠の放棄であり、裏切りである。かかる行動は国家反逆罪となる。これには死刑をもって当たらねばならない。党に対するこれまでの働きに免じ、貴殿がいますぐあらゆる役職を辞任するなら、総統は死刑を適用しないことにする。ただちに『はい』か『いいえ』で返答せよ」[13]

空襲がオーバーザルツベルクに迫っており、家族全員が家の地下倉へ、さらに地中深くへと避難させられたが、ゲーリングは家族から引き離されていた。彼と連絡をとることは一切許されなかった。幼いエッダは恐ろしかった。空襲の時間はしだいに長くなり、エッダは泣いてばかりいた。父は石灰岩の洞窟にひとり押し込められた。地下三〇メートルでの生活は厳しかった。洞窟のなかは息が詰まりそうで、通気坑もなく、酸素不足で蠟燭が消えるほどだった。

ゲーリングは辞職を受け入れ、総統は党のあらゆる役職から彼をはずした。四月二六日にラジオ・ハンブルクは、ゲーリングが健康上の理由で辞任したと伝えた。ゲーリングは家族を安心させようとしたが、家族はもはや、一連の出来事がまったく理解できなかった。夫の不倶戴天の敵であるボルマンが夫を暗殺させようとしていると、エミーは確信していた。ゲーリング夫妻は総統に手紙を書くことにした。もし総統が裏切りを信じているなら、幼いエッダも含めて家族全員を銃殺に処すだろう。[14]

エミーは一九四七年に特務大臣ハーゲンアウアーに宛てた手紙で、逮捕されたときの状況を振り返り、逮捕のやり方に怒りをあらわにしている。彼女と娘はネグリジェ姿で逮捕されて寒さに震え、すんでのところで親衛隊員に撃たれるところだったが、ある副官が寝床を用意してくれたのである。

名づけ親が大好きだったエッダは乳母とつぎのような会話を交わしたと、エミー・ゲーリングは伝えている。

エッダ「私の名づけ親のことを悪く言ってほしくないわ。どっちが好きなの、クリスタ、アドルフおじさんとパパと」
乳母「あなたのパパよ」
エッダ「アドルフおじさんも好きにならなくちゃだめ」
乳母「彼は好きじゃない。あなたのパパに悪いことをしたもの」
エッダ「そんなはずないわ、パパも彼が好きなんだから」[15]

爆撃がやんで家族がようやく外に出ると、オーバーザルツベルクの建物の大半と同様に、自宅も破壊されていた。

数日後に部隊が交代すると、親衛隊の監視はゆるやかになった。ゲーリングは家族とともにベルヒテスガーデンを出て、子ども時代をすごしたオーストリアの中世の城、マウテルンドルフにもどることができた。彼の名づけ親ヘルマン・フォン・エーペンシュタインから、一九三九年にその城を譲られたのである。分厚い壁に囲まれた城は寒々として、幽霊が出るといううわさがあったが、父が自信を取りもどしたのがわかり、エッダも落ち着いた。だが母は、失ったものをあれこれ思い出しては、父の肩にすがって泣きつづけた。毎晩、娘を寝かしつけると、明日も生きているだろうかと思うのだった。

一九四五年五月一日、一家は総統アドルフ・ヒトラーが死んだのを知った。すべてのラジオ放送が総統の死を報じていた。五月七日の夜、ゲーリングの釈放が命じられ、家族そろってツェル・アム・ゼーに近いフィッシュホルン城で暮らそうとしていたやさき、米第三六歩兵師団のロバート・I・スタック准将が現れた。ゲーリングを尋問するよう命令を受けているというのだった。けれども准将は家族に対し、一晩城でいっしょにすごしてから米軍の指示にしたがうよう勧めた。

父親が逮捕されるのを見てリムジンの後部座席で大泣きしていた小さな女の子のことを、このアイゼンハワーの副官は決して忘れることがなかった。その日の朝、米軍のはからいで、家族全員が設備の整った城の三階に宿泊していた。くつろいだ雰囲気だった。エッダの父はたっぷり時間をかけて風呂に入ってから下に降り、テキサスの旗の前で写真を撮られた。[16] その日、一九四五年五月九日、自由の身のゲーリングを見るのはこれが最後になるとは、妻も娘も知るよしもなかった。ゲーリングはまだ信じていた。ドワイト・デイヴィッド・アイゼンハワー連合軍司令官に会見を申し入れる手紙を二通送ったので、彼が窮地を救ってくれるだろうと。だが、のちの米大統領は正反対の決定を下した。彼を本当の捕虜として扱い、元帥杖と多数の勲章を没収するときがきたのである。

一九四五年六月二日、エッダは初めて父のいない誕生日（七歳）を迎えた。家族は一時的に離ればなれとなった。六月二〇日に米軍の指示により、エミーと娘はフィッシュホルン城からヴァルデンシュタイン城へ送られたのである。城はがらんとして、暖房もなかった。到着して五か月あまりたったころ、「エヴァンズ少佐は信頼できる」とゲーリング自身の書き込みのある家族写真をもってエミーのもとを訪れたエヴァンズ少佐を介し、エミーとエッダはついに、当時アウクスブルクに拘留されていたヘルマン・ゲーリングの便りを受け取った。小さな娘は父に手紙を書いた。「大好きなパパへ。私たちはいまヴァルデンシュタインにいます。パパがいなくてとてもさびしいです。パパをとても愛しています。早く帰ってきてください。……パンジーはとてもかわいらしく、バラはとても美しいです。毎晩、神さまにお祈りしています。パパのエッダより百万回のキスを贈ります」この手紙には、感謝祭の卵と家と春の花々が描かれた絵、それにエッダの写真が添えてあった。外と連絡をとることを禁じられていたゲーリングがこの手紙を受け取ることはなかった。
ゲーリングはバイエルンで簡単な尋問を受け、一九四五年五月二二日にルクセンブルクのモンドルフ＝レ＝バンにある「米戦時捕虜収容所」に送られた。収容所に到着したときは身長一七〇センチ体重一二七キロで、パラコデインを大量に服用していた。一九二三年のミュンヘン一揆をはじめ、一九二〇年代から何度も負傷していたため、ゲーリングはモルヒネ依存になっていた。最初はモルヒネを日常的に注射していたが、やがて錠剤のコデインに代わった。解毒療法を受け、スウェーデンにいたときには数週間、精神病院にも入ったが、まったく効果はなかった。複数の情報源によると、二〇錠から四〇錠もの薬物を毎日摂取していたという。しかし新しい収容所に到着すると、強制的に薬物を絶たれることになった。この件について、モンドルフ＝レ＝バンの米軍司令官アンドラス大佐はこう語っている。「彼は太った小男で、いつもしかめ面をしていた。コデインの錠剤がいっぱい入ったスーツケースをふたつさげ、まるで医薬品の訪問販売員のようだった」[17]
拘置されていた最初の数か月に薬物中毒の治療が行われた。そのころヘルマン・ゲーリングの頭にあったのはただひとつ、アイゼンハワー将軍に会うことだった。
リッベントロップやデーニッツなど四九人のナチ高官が、翌年九月にニュルンベルクへ移送されるまで、この尋問センターに収容されていた。気晴らしといえば、ナチが行った残虐行為の映画フィルムを見ることぐらいだった。

一九四五年一〇月一五日、エミー・ゲーリングはそれまで娘といっしょにヴァルデンシュタイン城にいたのだが、自らも逮捕され、エッダと引き離されて、ニュルンベルクから一四五キロのところにあるシュトラウビング刑務所へ移送された。逮捕されたとき、娘がその日の夜にどこですごすのかもわからなかった。エッダはそのとき一時的にいちばん近い村へ送られたのち、七週間後に刑務所で母と再会した。子どもと乳母、ぬいぐるみの洋服がいっぱい入った小さなトランクを母親のもとに届けたのは、ドイツ語をひとことも話さない米兵たちだった。彼らはシュトラウビングへ子どもを連れていくよう命令を受けていた。母に会えるとわかっていても、エッダは恐怖をおぼえずにいられなかった。

当時のメディアが「シュトラウビング収容者のスター」エミー・ゲーリングについて報じるところによれば、彼女は以後、傲慢な態度を改め、自分で肌着を洗わなければならなかったという。[18] 外と連絡をとることは一切許されず、夫についてまったく知らされなかった。シュトラウビングについて、娘のエッダはのちに、「実のところ、そこはそれほど悪くないと思った」[19] と述べている。エッダは母の独房で、ムッソリーニからもらったというチェック柄のカバーをかけた藁布団で寝た。拘留中には楽しいこともあった。一九四五年一二月六日の聖ニコラウスの祝日に、ある収容者が少女を喜ばせようと聖ニコラウスに扮してチョコレートをプレゼントした。一九四六年二月にエミーと娘は釈放されたが、金もなく、行くところもなかった。そこで、帝国の元ファーストレディーは収容所長に、もうしばらく収容所にいさせてほしいと頼んだ。エミーとエッダは、もう少しのちのマルガレーテとグドルーン・ヒムラー母娘と同じ状況に置かれていたのである。

だが、二週間あまりたった一九四六年三月、ふたりはシュトラウビング収容所を出なければならなかった。ペギー・プアというアメリカ人記者の手を借りて、母と娘はニュルンベルクから三〇キロ離れた、ノイハウスに近いサックディリングにある狩猟用の小さな山荘に身を落ち着けた。エミーがインタヴューに応じる見返りに、記者がこの避難場所を見つけてくれたのである。

その山荘はフランクという名の森番の持ちもので、その妻は若い頃、ゲーリングと面識があった。山荘はゲーリング自身が、狩猟の会のあとに着替えたり休んだりするために建てたもののようである。ふたりが身を落ち着けた翌日、くだんの記者がニュルンベルクに行き、妻と娘が釈放されたことをゲーリングに伝えた。

エミーは毎日エッダを連れて、周辺の森を散策した。エッダの家庭教師も務め、九九や文学を教えた。一家が一文無しになってから、エッダの教師はやめざるを得なかったのである。だが、ゲーリングの最初の妻であるカリンの家族は、エミーと娘に対して経済的援助を惜しまなかった。

ヘルマン・ゲーリングのほうも、ついに妻子と連絡をとれるようになった。彼の弁護士が連絡手段を確保したのである。幸いにも再び自由の身になったエミーだったが、厳しい立場に置かれていた。ジャーナリストからはあれこれきかれ、アメリカ人の不作法さに辟易している。

彼女は自らを無一文の女と称していた。逮捕されたときには親衛隊に、約八〇〇〇ポンドと毛皮のコートを取り上げられた。彼女にそれが必要なことは、親衛隊にもわかっていたはずだ。アメリカ人はといえば、五万ポンド相当の美術品を巻き上げながら、最低限必要なものしか彼女に渡さなかった。彼女は自信たっぷりにこう結論づける。「とにかく、オーストリアからもどるとき、アメリカ人は私とエッダと全財産をのせる車を一台しかよこさなかったのよ[20]」

ヒトラーにすべてを捧げた夫が、その代償として逮捕と殺害の命令しか受けなかったことを、彼女は理解できなかった。エッダはヒトラーの名づけ子なのに、エッダさえも殺そうとしているように思えた。彼女にはとうてい考えられないほど、夫はヒトラーに対して盲目的に忠誠をつくしていたのである。それは「ニーベルンゲン[21]」の中世騎士の忠誠そのものだと、彼女は考えていた。[21]三月二四日に母と娘のもとを訪れた秘密の使者が、エミーの精神状態と、いいかげん総統に忠誠をつくすのはやめてほしいという彼女の気持ちをゲーリングに伝えたが、ゲーリングはきっぱりと拒絶した。いくつかの点について、妻の影響を受けたとしても、根本的な主義主張は妻に関係ないと考えていたのである。[22]

娘の八回目の誕生日である一九四六年六月二日、ヘルマン・ゲーリングは娘に手紙を送ろうとしている。「全能の神がおまえを見守り、助けてくださるよう、心から神に祈っています[23]」

手紙に添えられた妻宛てのカードには、「愛をこめてキスを贈る」と記されていた。

「ナチのナンバーワン」を自任していたヘルマン・ゲーリングは、一九四五年一一月から四六年一〇月にかけて開かれたニュルンベルク裁判の被告となった。夫と別れて一七か月たった九月初め、エミーは今後、夫のもとを訪れることができるようになったと知らされた。面会は三〇分にかぎられ、ガラスと鉄格子に隔てられていた。

エッダは拘置所に入ることを認められなかった。未成年の彼女にそれが許されたのは、「子どもの日」である九月一八日だけで、母親と同様に、父に触れることもキスすることもできなかった。娘の前で悲しいことは言わないでほしいと、エミーは夫に強く求めた。それに対して娘は、「心配しないで、ママ」と応じた。エッダが最後に父と会ったのは、翌四六年九月三〇日のことだった。父の右手は米兵の手と鎖でつながれていた。彼は左手を上げ、以下の言葉を口にした。「きみと私たちの娘に神の恵みがあるように。われわれの愛する祖国に神の恵みがあるように。きみたちによくしてくれたすべての人々に神の恵みがあるように」[24]

他の被告と同様に、ヘルマン・ゲーリングも裁判で「無罪」を主張した。エミーが最後に夫と会ったのは一九四六年一〇月七日だった。彼女はこう語りかけた。「ニュルンベルクでできることはすべてやったのだから、心穏やかに死ねるでしょう……。あなたはドイツのために死ぬのだと、私は思っているわ」ヘルマンが妻に宛てた最後の手紙にはこう書かれている。「私たちが最後の別れを告げた瞬間に私の人生は終わった……。ありがたいことに、神はそうして最悪の苦しみを免れさせてくださった。私のすべての思いはきみと、エッダとともにある……。最後の鼓動が私たちの永遠の愛を刻むだろう。きみのヘルマン」[25]

父に死刑判決が下ったのを知ったとき、エッダは無邪気に母に尋ねた。「パパは本当に死んじゃうの？」エッダは死刑判決のことを知っているのかとゲーリングにきかれて、彼女は「ええ」と答えた。娘にうそはつきたくない。なぜなら、娘は母親を絶対的に信頼しているに違いないからだ。娘に真実を語らなければならない。娘の人生がそれほどつらいものとならないよう祈りながら。面会の最後に、エミーはヘルマンに尋ねた。「本当に銃殺されると思う？」ヘルマンはしっかりした声で答えた。「ひとつ確かなのは、私は吊されないということだ……。いや、吊されるわけがない！」[26] いつか自分は殉教者として崇められ、「五〇年後か六〇年後にドイツじゅうにヘルマン・ゲーリングの像がたつだろう」[27]と、この男は考えていた。戦争犯罪と人道に対する罪を含む四つの訴因で死刑判決を受けたヘルマン・ゲーリングは、一九四六年一〇月一五日に自殺した。処刑の数時間前、おそらくアメリカ人看守から手に入れた青酸カリのカプセルを飲み込んだのである。娘は当時、天使が独房の天井をすり抜けて父に毒を渡したのだと思っていた[28]。

ハインリヒ・ヒムラーは自殺したことで裁判を受けずにすんだ。ゲーリングは自殺によって処刑を免れたのである。

一九四七年五月二九日、エミーはニュルンベルクで有罪判決を受けたすべてのナチ高官の妻と同様に、ナチ体制から利益を得ていたとして、サックディリングの自宅で逮捕された。彼女は座骨神経痛に苦しんでおり、救急車で連行された。心配しないようにと母は言ったが、当時九歳のエッダは、母も死刑判決を受けるかもしれないと考えた。ヘルマン・ゲーリングの妻は、アウクスブルク近郊のゲッギンゲンにある旧ロシア女子労働収容所に収容された。一〇〇〇人あまりの女性が五棟の低いバラックに拘留されていたが、エミー・ゲーリングは「ヘルマン・ゲーリングの妻として特別待遇を受けられるはず」[29]だと考えていた。そんなことはまったくなかった。一九四七年一〇月三一日、彼女は管轄の大臣につぎのように訴える手紙を書いている。「現状をありのままにお伝えし、助けを求めることを、お許しいただきたく存じます。ローリッツ元大臣の命令により、私はゲッギンゲン女子収容所に送られました。座骨神経痛の激しい発作を起こし、右腕の静脈炎を患っている私は、自宅で寝込んでおりました。三五歳から座骨神経痛の発作に苦しんでいるのです。医者の治療を受けており、私の移送に医者は反対しました（……）。しかしながら、私はただちに担架にのせられ、ここまで七時間の旅を強いられました。イギリスの占領地区に逃走しようとするかもしれないというのです。……激しい痛みに耐えながら、五か月前からここで病床についています。……私は五四歳で、ここ何年も、いろいろなことに堪え忍んでまいりました。……大臣閣下は私の身上書を見ておられることと思います。

私は政治にまったく関心がありませんでした。人種や政治的理由で迫害を受けている人々をできるかぎり助けてきました。その点について、正式な供述は十分にあります。私の唯一の過ちはヘルマン・ゲーリングの妻であるということです。夫を愛し、夫と幸せに暮らしたというだけで妻が罰せられるなど、あってはならないことです[30]」

クリスマスになると、エッダは母と二日間すごすことを許された。その後は月に一度、母に面会できるようになった。一九四八年七月二〇日の非ナチ化裁判で、エミーはバイエルン州特別問題担当検事のユリウス・ヘルフに告訴された。検事は彼女を第一級容疑者とみなしたのである。政治に無関心だったとずっと主張していたにもかかわらず、彼女は妻として、イデオロギー的にはゲーリングとつながっているのをつねに感じていたと認めた。また、強制収容所や絶滅収容所のことはまったく知らなかったと主張し、これ見よがしに贅沢な暮らしをしたおぼえはないと反論した。エミー・ゲーリングは夫への愛をたてに、すべてを正当化した。「私はずっと、愛は神の恵みであると考えてきました。そのために罰せられることがあるとは思いませんでした[31]」しかし検事は、あるとき彼女が白テンの毛皮のコートに高価な宝石を身につけてウィーン国立歌劇場にあらわれ、世間の顰蹙を買ったことがあると指摘した。裁判は二日間つづいた。有名俳優のグスタフ・グリュントゲンスに一五人の弁護側証人、そしてイェンチュ牧師がエミーを支援してくれた。イェンチュ牧師は、彼女が多くのユダヤ人を援助したと証言した。それでもエミー・ゲーリングはナチ体制の受益者であったとして禁錮一年の有罪判決を受け、財産の三割を没収、五年間の就労禁止を言い渡された。すでに刑に服していた彼女は裁判が終わると釈放され、それがまた世論の憤慨を巻き起こした。

一九四八年、一〇歳になったエッダは、当時ヘルスブルックで暮らしていた母と叔母の家を出て、バイエルンのズルツバッハ＝ローゼンベルクにある聖アンナ女学校に入った。エッダが学校に行くのはそれが初めてだった。戦争中は家庭教師がついていたし、その後は母が娘の勉強を見ていた。彼女が自分の名を意識したのは、女性校長がはじめ、ひどく躊躇した様子をみせたときだった。しかし校長は、これほど優秀な生徒を受け入れないわけにいかなかった。エッダは大学入学資格試験を受ける一九五八年まで聖アンナ女学校に在籍した。試験の小論文の課題は、「忘却は恵みであり、かつ危険であるか?」というものだった。

一九四九年には初めて、いくつかの財産の所有権をめぐる争いに直面しなければならなかった。その年の七月一一日、父親から、ないしは「名前のわからない代父や代母からぜひにと」エッダに贈られた品々の返還を求める訴訟を、母が起こした。そのひとつがクラーナハの『聖母子』だった。だが、バイエルン州政府の次席検事アウエルバッハは、それらの財産は「娘の高名な父親に取り入ろうとした[32]」人々からもたらされたものだと主張した。そのとき、エッダに対して非ナチ化裁判の訴訟手続きが開始された。

エッダは弁護士になろうと法律を勉強したが、難解なだけで味気ないと思い、すぐに勉強をやめてしまった。それでもミュンヘン大学は卒業した。グドルーン・ヒムラーと同様に、彼女も父に変わらぬ愛を捧げ、ホロコーストの首謀者のひとりだとは考えていなかった。父はユダヤ人迫害になんの責任もないと確信していた。しかしながら、ゲーリングは一九四一年七月、欧州ユダヤ人の最終解決を実行に移すようハイドリヒに命じているのである。[33]

エッダは母の分析に全面的に賛同していた。一九七三年に母が死ぬまで、ミュンヘンの小さなアパートで母と閉じこもるように暮らした。アパートの部屋は父を称える博物館だった。父は政治家にならなければ、祖父のようなチョコレート製造業者になっていたかもしれなかった。「おじいさんのように板チョコをつくるだけで満足していたら、いまごろみんなそろって幸せに暮らしたのに」と、娘は残念に思うのだった。一九六七年、エミーは真実を明らかにし、「嘘と誤り」を正すため、回顧録を書く決心をした。ナチの残虐行為で何百万もの人が死んだことを知らないわけではなかったが、夫のゲーリングは彼女にとって、善良で愛に満ちた、人のためにつくす人物にほかならなかった。

エッダとグドルーン・ヒムラーの考えでは、責任があるのはヒトラーただひとりだった。ゲーリングは娘にとってずっと「素晴らしい父」だった。「父は狂信者ではなかった。父の目を見れば、平和を望んでいることがわかった。……私は父をとても愛していたし、周知のように、父も私を愛していた」エッダはつねにゲーリングの名に誇りをもち、堂々とその名を名乗った。それどころか、とくに旅しているとき、ゲーリングの名はおおいに役に立つと考えていた。なぜなら、彼女の名が知れると、地元の名士を紹介してもらえるからだ。「私がゲーリングの娘だとわかると、レストランの給仕は私に勘定を払わせまいとしたし、タクシーの運転手は代金を求めなかった」と、彼女はいささか不遜な調子で語っている。

第三帝国の実力者の娘は、ドイツのヴィースバーデンにある病院の検査施設で看護師として働いた。リヒャルト・ワーグナーの息子の妻でアドルフ・ヒトラーの長年の友人だったヴィニフレート・ワーグナーとも付き合いがあった。エミー・ゲーリングは夫とともに、この作曲家を高く評価していた。エミーによれば、娘のワーグナー好きは父親ゆずりだった。第三帝国が崩壊すると、ヴィニフレート・ワーグナーは、もともとリヒャルト・ワーグナー自身が主宰していたバイロイト音楽祭総監督の地位を解任された。一九五〇年代、自らの過去をまったく否定しなかったヴィニフレートは、極右の運動で忙しくとび回っていた。小さな集会に参加した際、エッダ・ゲーリングやイルゼ・ヘス、英ファシスト運動指導者オズワルド・モーズリーと出会った。

オランダのネオナチの「黒い未亡人」ことフロレンティーネ・ロスト・ヴァン・トニンヘンは、あるインタヴューで、エッダはネオナチの運動にずっと携わり、デモに参加することもあったと明言している。視野の狭い官僚で最終解決の立案者であったヒムラーの娘と、ナチズムのネ口であったゲーリングの娘のあいだには、気になる類似点がある。ふたりとも父をずっと崇拝しつづけ、父の罪を認めず、戦後はミュンヘンで、父を称える博物館のような家で暮らした。もうひとつ共通するのは、エッダもグドルーン・ヒムラーもジャーナリストとの接触を避けていたことである。フランスの日刊紙『ル・モンド』のある大物記者は、一九九〇年代にゲーリングの娘のインタヴューをとろうと試みたときのことを次のように語っている。「もしもしエッダ・ゲーリングです」ドイツで電話をとるときの決まり文句にしたがい、彼女ははっきりと名を告げた。電話の目的がホロコーストの記憶についてナチの子どもたちに話をきくことだと知ると、エッダはきっぱりと、「インタヴューは受けません」と答えた。それでも言いたいことがある。「この名で問題が起きたことはありません。それどころか、誇りに思っています。（……）父はずっとドイツで人気があります。メディアはそのことを言いたがりませんが、世論を反映していません。バイエルン政府は母と私を苦しめましたが、国民はいつも私たちを応援してくれました」彼女はしゃべりすぎたと思ったのか、「インタヴューはお断りします」と繰り返し、最後にひとことこう言った。「私は父をとても愛しています。これは書いてかまいません[34]」

ヒムラーの家族と同様に、ゲーリングの甥の娘とその弟はこの重い過去を拒絶したようである。ふたりとも三〇歳になると、不妊手術を受ける道を選んだ。家系を断ち切り、もうひとりのゲーリング、もうひとりの怪物をつくらないようにするためである。ベッティーナ・ゲーリングは大西洋の向こう側のニューメキシコで、世間から身を遠ざけ、水道も電気もない生活をしている。大叔父の実の娘より、自分のほうが大叔父に似ていると、彼女は考えている。国家元帥ヘルマン・ゲーリングの話になると、彼は恐るべき人物で、家族全員が熱烈なナチだったが、彼に比べたらたいしたことはないように思えたと強調した。一一歳のベッティーナが祖母と強制収容所のドキュメンタリーを見ていると、祖母が間違いを正した。「嘘ばかりだわ！」ドイツの多くの家族と同様、ゲーリング家でも、最も手っ取り早いのは個人の関与を一切否定することだった。ヘルマン・ゲーリングについても、非難すべき行動はなにもないのである。[35]

ヘルマン・ゲーリングの甥の息子であるマティアス・ゲーリングの場合は、ユダヤ教に改宗する道を選んだ。四〇歳にして、キッパ［ユダヤ教徒の男性がかぶる帽子］とダビデの星を身につけ、カシェル［ユダヤ教の儀式に従って処理した清浄な肉］を食べ、シャバト［ユダヤ教の安息日］を祝うことに決めたのである。二〇〇〇年代に彼の理学療法クリニックが倒産したのにつづいて、妻が家を出た。絶望して自殺を考えるようになった。助けを求めて神に祈ったら、聖地へ行くよう神のお告げを受けたのだという。そこでイスラエルへ行き、犠牲者のコミュニティーに入ることにした。改宗したのはなんらかの罪の意識によるものではないと、彼は言う。「自分に罪があるとは思っていません。私たちの家族のなかにも、ドイツ国民のなかにも宗教的《スピリチュアル》な罪責感があり、それを素直に表明することが私たちの責任なのです。神は私の名を利用して、他の人々の心にあるなにかを変えようとしたのだと思います」[36]

エッダ・ゲーリングの行動基準がぶれることはない。二〇一五年に七六歳になった彼女は、第二次世界大戦後に没収された父の財産の一部を返還するよう求め、バイエルン州議会を相手どって訴訟を起こした。彼女の訴えは即座に却下されている。

ヴォルフ・R・ヘス

最後の戦犯の陰にいる子ども

彼は息子になにも言うつもりはなかった。息子はあまりに幼く、彼の任務は極秘であった。今日は特別に息子と数時間、小さな列車で遊び、それから息子をしっかり抱きしめ、息子を寝かせるよう乳母に頼んだ。息子に会うのはおそらくこれが最後だろう。子どものおもちゃのなかに、側近に宛てた手紙数通と、万一の場合に備えて遺書を隠した。家を出る前に、愛する息子の写真を上着のポケットにそっとしのばせた。

欧州での行動の自由をドイツに与えることと引き替えに、ドイツはイギリスに対しその支配権を保証すると、彼はチャーチルに言うつもりだった。彼はひとりで行こうとしていた。超自然の力が夢のお告げで彼の運命を示して以来、それをやりとげることが彼の義務となった。「何列も並んだ子どもたちの棺と涙にくれる母親たち」[1]のまぼろしを繰り返し見るようになってから、自らイギリスに渡って和平を提案する決意をかためたのである。彼はずっと目立たなかったが、ついに、「あの人」への影響力を取りもどすことができるのだ。彼が全身全霊で崇めている男、総統への影響力を。

任務をなしとげるために、彼はアウクスブルクの工場に出向いてヴィリー・メッサーシュミット教授に会い、Ｂｆ110の操縦を教えてほしいと頼んだ。作戦コードのない飛行機がどうしても必要なのだ。彼は教授を説き伏せた。飛行機から武器をはずし、予備のガソリンタンクをとりつけた。航続距離を四二〇〇キロ、飛行時間で一〇時間に延ばすためである。

彼は数か月前から訓練飛行を行い、気象に関する情報を集めた。天候がよくないために、何度も飛行を断念せざるを得なかった。

しかしその日、一九四一年五月一〇日土曜日、中欧標準時の一七時四五分、メッサーシュミット社の航空機Ｂｆ110、無線コードＶＪ＋ＯＱは、ミュンヘンから六〇キロほどのところにあるアウクスブルク飛行場を飛び立った。

その同じ日、ドイツ空軍はロンドンに夜間の空襲を行った。メッサーシュミットのパイロットは航路図を入念に調べ、どのように飛行したらよいか十分に心得ていた。危険な任務であることは承知していた。いったん飛び立ったら、引き返すのは不可能だ。青い飛行服を着たパイロットは、パラシュートの降下地点をイギリス北部、より正確にはスコットランド周辺に定めていた。

その夜はよく晴れ、ドイツ上空に雲ひとつなかった。彼はドイツ空軍の新しい軍服を身につけていた。平服でこの任務を遂行するのは不可能だった。彼は自らを、平和の使者とみなしており、その役割を信頼できるものにしたいと思っていた。だから軍服でなければならないのだ。ドイツ空軍のグレーの航空機に乗り込む前に、出発して四時間たったら総統に届けるよう、副官に手紙を渡してあった。

飛行機が大空へ吸い込まれていくとき、彼の頭のなかにさまざまな思いが去来した。自らの運命をこの手に握り、総統の望みをかなえることができると確信していた。そうなれば、総統も自分に感謝するに違いない。成功すれば、歴史は自分に借りができ、自分はあの人にふさわしい人間になる。自分と同じくらい、ヒトラーも平和を望んでいた。夢の映像が頭からはなれず、ついに彼を決意させた。その任務は強迫観念、彼の唯一の運命となった。

この男こそ総統の代理人、ルドルフ・ヘスである。

バイエルンからたった一機で一六〇〇キロ近く、四時間飛行した二二時五分。高度三二フィートから五〇フィートの低空飛行に移っていた航空機は、小さなファーン諸島からイギリスの空域に入った。エディンバラの町の南で英軍通信部隊に捕捉された。ヘスはイギリスの防空システムにひるむことはなかった。英空軍は航空機を迎撃しようとしたが、見失ってしまった。航空機は方向を変えて西のグラスゴー方面へ向かい、そのあとイギリスの海岸に沿って内陸を飛行した。

二三時、目的地であるダンガヴェルのハミルトン公爵の屋敷に到達したと考えたパイロットは、生まれて初めてパラシュートをつけて飛び降り、イーグルシャム付近の畑に着地した。そこは公爵の屋敷から二〇キロほど離れていた。足首を負傷した彼は、真夜中ごろイギリス当局に逮捕された。イギリス当局は、ハミルトン公爵邸周辺の飛行地図と、カール・ハウスホーファーなる人物の名刺に興味をそそられた。彼にイギリスへの扉を開いてやったのはこの男だと思われた。早朝にはもう、おもにハミルトン公爵によって、ルドルフ・ヘスの身元が確認された。ハミルトン公爵ならドイツとの和平交渉にのってくるだろうと、ヘスは考えていたのである。

五月一一日に総統は、ヘスのふたりの副官によって届けられた手紙を手にし、なにが起きたかを知って、このような飛行機でイギリスへ行くことは可能かと、高名な戦闘機パイロットのエルンスト・ウーデットに尋ねた。「無理です!」と、ドイツ空軍の技術部門のリーダーは答えた。気象条件がどうであれ、双発機ではスコットランドの目的地に到達できない。側面から風を受けてイギリスからそれ、北海に墜落するだろう。しかし彼は間違っていた。[2]

ルドルフ・ヘスは一八九四年四月二六日、エジプトのアレクサンドリアで、ドイツの裕福な商人の家に生まれた。まさに宮殿のような屋敷で大勢の召使いにかしずかれながら、ルドルフは子ども時代をすごした。少年は母親っ子だった。母のクララ・ミュンヒは愛情深い女性で、ルドルフも母を愛し、母のことを終生忘れなかった。一九四九年、シュパンダウに収監されていたとき、ヘスはカントのつぎの言葉をわがことのように受けとめていた。「私は決して母を忘れないだろう。母は私のなかに種をまき、最初の善の種を育てた。自然への感性へと私の魂を開いてくれた。私の関心を呼び覚まし、視野を広げてくれた。母が教えてくれたことは、いつまでも消えない有益な影響を私の人生にもたらした」そしてヘスは、「それはカントの母だけではない」[3]と付け加えている。ルドルフ・ヘスは人生をつうじて母と連絡をとり、母をほめそやした。彼の父はピューリタンの厳格な商人で、まがったことが大嫌いだった。ルドルフが自分のあとを継いで商売の道に進むことを望み、商業の勉強をさせた。しかし息子の頭のなかにあったのは逃げることだけだった。

逃げる先は軍隊であった。二〇歳のときに第一次世界大戦が勃発し、飛行機の操縦訓練を受けた。一九二〇年四月に初めてアドルフ・ヒトラーに会ってその声をきいたとき、ある種の霊感を受けた、と彼は言う。たちまち「その人」を見つけたと思ったのである。ドイツを立て直し、誇りを取りもどすことができるのは、「その人」しかいなかった。

その年の七月にはもう、一六人目のナチ党員になった。当時ナチ党は、数年後に八〇〇万から八五〇万の党員を擁するようになるとはとても思えない状態だった。その頃、内気なルドルフ・ヘスがアドルフ・ヒトラーの代理人となり、帝国のナンバースリーになると思わせるものはなにもなかった。おそらく、総統に変わらぬ忠誠を捧げることを除いては。彼は「党のハーゲンの騎士」になろうとして、その言葉を好んで口にした。ニーベルンゲンの伝説に登場するハーゲンの騎士は、王のためならなんでもやり、罪を犯すこともいとわない。ヘスにあってはなにもかも、ひたすらヒトラーに隷属しているのであり、彼の妻の言葉を借りれば、ヒトラーと「ほとんど魔術的な」[4]関係を結んでいるのだった。「私に良心はない。私の良心はアドルフ・ヒトラーだ」と、彼は繰り返し述べている。ルドルフ・ヘスは信頼できる人間で、ヒトラーは党の役職を任せていたが、彼を遠ざけることが目的だったようだ。ヘスは「プードル犬のように忠実」だと非難された。そしてたちまち、彼の副官で、際限のない権力の亡者であるマルティン・ボルマンという男に取って代わられるのである。

その同じ年、一九二〇年に、ルドルフは妻のイルゼ・プレールに出会った。イルゼは当時、学生だった。ミュンヘンのシュワービング地区にある、ルドルフと同じアパートに部屋を借りていた。ふたりは一九二七年一二月二〇日に結婚したが、なかなか子どもに恵まれなかった。ようやく子どもができたのは、結婚して一〇年ほどたったころである。その間、ふたりは民間医療に頼るようになった。夫婦ともどもオカルト科学に凝り、その種の治療師のもとに出入りしていた。マグダ・ゲッベルスがこう語っている。イルゼは「その数年間に五、六回、ようやく子どもができそうだと言っていました。そんなときはたいてい、いいことしか言わない占い師から、もうすぐ子どもができるときかされていたのです」[5]イルゼの夫もカード占いや、年老いた女占い師に運勢を占ってもらうのが好きだった。ゲッベルスの側近はこう述べる。「ヘスは心の病にかかっていると、ゲッベルスは言っており、ヘスとその妻がどんな茶番を演じているか語りました。ヘス夫妻は何年も、子どもをつくろうと努力していました。生まれた子どもが彼の子なのか、だれにもわかりません。どうやらヘスは、妻をともない、占星術師やカード占い師といった怪しげな連中のもとへ相談に行っていたようです。なにかを混ぜた飲み物やら薬やら、手当たりしだいに試して、ようやく子どもをさずかったのです」[6]さらに、ヒムラーのマッサージ師フェリックス・ケルステンは、ヘスが寝ているベッドのマットレスの上下に一二個の磁石がぶら下げてあるのを見たと語っている。体から「あらゆる有害物質」を抜くために磁気療法をしているのだと、ヘスは説明した。

イルゼは妊娠中、自分のふっくらした体型が嫌でたまらなかった。とりわけウィンザー公爵夫人のような女性の前に出ると、そう思うのだった。イルゼは公爵夫人こそ、今世紀最高のエレガントな女性だと考えていたのである。それに体調がすぐれず、社交生活にもなじめなかった。生まれてくる子が男であればいいと思っていたが、政治家には絶対にしたくなかった。父と息子が同じ職業で成功することは滅多になく、息子は父親の影でかすんでしまうものなのだ。[7]

一九三七年一一月一八日に待望の男の子、ヴォルフ・リュディガーが生まれた。父は四三歳になっていた。難産で、妻は苦しんだが、子どもは無事に生まれた。待ち焦がれた子どもの誕生を知らされたとき、ヘスはヒトラーとともにベルヒテスガーデンの有名な山荘「鷹の巣」にいた。喜びにひたる彼の顔には、あの満足しきった笑みが浮かんでいた。その笑みには秘密があり、ある種の狂気をうかがわせた。実際に彼の容貌は非常に変わっていて、眼窩の奥に引っ込んだ目といい、高い頬骨といい、突き出た眉といい、どこか狂信者を思わせるところがあった。ヘス夫妻が息子のファーストネームに選んだのは、闘争期の総統の異名「ヴォルフ」と、ナチが好んだドイツ神話『ニーベルンゲン』の英雄「リュディガー」を組み合わせたものだった。ヘスと妻は、人間の運命に天体が影響をおよぼすと本気で信じていた。息子が生まれた日の星回りは非常によかったと、イルゼは力説している。その前夜は満月で、子どもが生まれたとき木星と火星と金星の影響を受けていたのである。[8]

非キリスト教の儀式である「命名式」——ナチが禁じた洗礼式に代わるもの——では、ふたりの人物が子どもの名づけ親になった。アドルフ・ヒトラーとカール・ハウスホーファー教授である。[9]ハウスホーファーは地政学専門の大学教授で、ヘスは教え子であったため、ずっと親しい友人であった。子どもはドイツじゅうからたくさんの贈り物をもらった。だが、とりわけ、党の地方本部長であるすべての大管区指導者《ガウライター》に、管轄する地方の土を小さな袋に入れて送るよう命令が下された。ルドルフ・ヘスの考えでは、揺り籠の下にその土を置くことで、ドイツの国土における子どもの人生が本当に始まるのであった。イルゼは息子を外の世界から守ろうとし、家族の親密さにこだわった。幼い息子が父親の顔を忘れ、なかなかなつかないということのないように、ルドルフ・ヘスがあまり遠くへ行くことを望まなかった。だからヘスは、子どものためにできるだけ家にいるようにした。大変な親ばかで、息子は大いなる運命を約束されていると確信していた。彼によれば、息子の耳の形からいって、将来は「才能ある音楽家」になるかもしれなかった。子どもに音楽の素養はなさそうだったが、クラシック音楽をききながら眠りにつき、ジャズの音色で目を覚ました。[10]

ヴォルフ・リュディガーがまだ三歳半なのに、「単独和平」を結ぶために密かにイギリスへ飛び立ったのは、じつに驚くべきことである。このむなしい企ては、いまでも二〇世紀の謎のひとつであり、さまざまな憶測を呼んでいる。一九四一年五月一〇日土曜日のこの飛行については、いまなお不明な点があり、イギリスの資料の一部はまだ極秘扱いになっている。ヘスの側近はだれひとり、この計画のことを知らなかった。

彼の妻は、ベッドの脇に天気予報図が置かれているのに気づき、なにか企んでいるようだと感じたが、夫がこんなことをするとはまったく考えなかった。フランスで任務があるのかもしれないと、ちらりと思っただけである。ペタン元帥と会うつもりかとも考えたが、イギリスとは思いもしなかった。[11] 彼女はまた、あの夜の夫の服装にも驚いていた。どうして、青いシャツに黒っぽいネクタイというドイツ空軍の自分の制服を着ていったのだろうか。彼女はその制服が大好きだったが、夫は二度と着ることはなかった。そしてなぜ、ずっと戸棚にしまったきりだったパイロットのブーツをはいていったのだろうか。ヘスはベテランパイロットだが向こう見ずなところがあり、総統は彼に飛行機を操縦しないよう約束させていた。のちに帰国した夫に問いただすと、週明けの月曜にもどるつもりだったと答えたが、彼女は信じていなかった。

総統はこの企てを知っていたのか。承認していたのか。それもまだ謎である。息子の考えでは、間違いなくヒトラーは知っていた。自分が思うところの真実を、彼は人生をつうじて明らかにしようとする。

現実はもっと複雑である。総統は和平交渉を望んでいるはずだと信じて、ヘスは決断したようである。ランツベルク刑務所でいっしょに服役していたとき『わが闘争』の執筆に立ち会った彼は、ヒトラーはイギリスとの協調を維持することを望んでいると確信していた。この件について、ヘスが総統に一四枚もの手紙を書き、出発後に届けさせたという話もある。彼はその手紙のなかで、イギリスへ行く理由を説明していた。飛行機に目がなく、ドイツびいきとされるハミルトン公爵に会うつもりだというのである。ヘス自身はつねに、この問題への総統の関与を否定していた。ヘルマン・ゲーリングらの見方はこうだ。「ヘスはどうかしていた。ずっと前からおかしかった。彼がイギリスへ飛んだとき、それがはっきりわかった。ヒトラーがなんの準備もせずに、国のナンバースリーをこのような任務へ送り出すだろうか。ヒトラーはこのことを知って、『怒りをあらわに』した。党幹部のひとりの頭がおかしいことが公になって、われわれが喜ぶと思うか。もしわれわれが本気でイギリスと交渉しようとしたなら……私の人脈を使って四八時間以内に交渉を始められただろう……。いや、ヘスはなにも言わずに飛び立ったのだ[12]」

ヘスがイギリスで捕虜になったのにつづいて、彼に直接かかわる協力者たち全員が拘束され、ナチの新聞は、彼が精神を病んでいたと伝えた。ヘスがドイツにもどってきたら、精神病院に放り込むか、ただちに銃殺に処すと、総統自ら発表した。精神の変調を引き起こす病気だったとも言われた。ポーランド総督ハンス・フランクによれば、「総統の話から、ヘスが占星術や虹彩診断士、祈禱師に全面的に頼っていたことは、いまや明らか[13]」であった。そう見せかけたにせよ、実際にそうであったにせよ、ルドルフ・ヘスは長いあいだ記憶喪失の患者として、ニュルンベルクに移送される一九四五年一〇月までイギリス国内に拘束されていた。何人かの精神科医によると、彼は強度の妄想症《パラノイア》で、しだいに症状は悪化していた。たとえば、連合国が自分を毒殺しようとしている証拠を示すため、食べものをとっておいて検査させようとした。自分の料理の皿を上級将校の皿とこっそり取り替えることも、たびたびあった。料理に有害物質が入れられているのではないかと恐れたのである。ニュルンベルクに拘置されたのち、ヘルマン・ゲーリングがルドルフ・ヘスについてこう語っている。「コーヒーが熱すぎると、自分を火傷させようとしているのだと考えた。ぬるすぎるのは、いやがらせであった。正確にそう言ったわけではないが、そんな話をよくしていた[14]」

ルドルフ・ヘスが失脚したことで、妻と息子は、ヴォルフ坊やが生まれたミュンヘンの家を出なければならなかった。親子はバート・オーバードルフにある休暇用の家、「ビュルクレ」に落ち着いた。ヴォルフ・リュディガー・ヘスの見るところ、ルドルフ・ヘスに代わって総統秘書になったマルティン・ボルマンこそ、彼らの苦難の原因であった。ヒトラーの愛人エヴァ・

ブラウンは、ボルマンの差し金であるのに気づき、親子に救いの手をさしのべた。「なにか要るものがあったら、遠慮せずに知らせてください。ボルマンのいないところでヒトラーに話しておきます」彼女は親子にこう書き送っている。[15]

ヴォルフ・リュディガー・ヘスの考えでは、この言葉こそ、ボルマンがよくない影響を与えていることを示すものだった。ヘスの名はあっというまにドイツから消え、家々の壁や学校からヘスの写真が撤去された。ヘスの名のついた道路は改名された。子どもはまだ小さかったので、どうして父が辱められるのか理解できなかった。しかし、何人かの友だちは彼から離れていったし、ときおり自分の血筋について考えずにいられなかった。

ルドルフ・ヘスのほうは、息子が「山の子」になったのを喜んでいた。実際、バート・オーバードルフの家はアルガウ・アルプスに囲まれたイラー谷のはずれ、標高八四三メートルの風光明媚な地点にあった。そこは山好きの人々がよく訪れる場所だった。一九四一年一〇月二一日、四歳になった息子が書いた最初の手紙を、ヘスは受け取った。

子どもらしい筆跡で書かれた文面を読んで、彼は悲しみにうちひしがれる。最愛の息子にいつか会えるときがくるだろうかと思うのだった。長期にわたった拘置期間中にルドルフ・ヘスがなにより喜んだのは、妻と、彼が「ブズ」と呼ぶ息子の便りを受け取ることだった。愛する子どもが自分を忘れずにいるのを知って安心し、息子の教育に気を配った。手紙のなかであれこれアドバイスし、チェスの手ほどきをし、きちんと話すように促した。子どもがミュンヘン市のゴミ収集車の運転手になりたいと言ったときには、それより電車の運転手やパイロットになることを勧めた。それでも、遠いところから教育するのは難しいと嘆き、息子に会えないことに苦しんだ。ヴォルフ・リュディガー・ヘスは父親の遠い影のもとで人生を歩み始めたが、子煩悩だった父親の記憶はごくわずかしかない。ある日のこと、家のなかに飛び込んできたコウモリに、子どもはひどく怯えた。そのときの、子どもをなだめる父の声が、ずっと記憶に残っていた。ミュンヘンの家の庭でいっしょに遊んだことも覚えている。[16]

だが、ときがたつにつれて記憶は薄れていった。写真は黄ばみ、父のイメージはより漠然としたものとなった。父に対しては限りない敬意を抱いている。強欲の限りをつくしたヘルマン・ゲーリングとは違い、父は自分が金持ちになるために権力を行使したことは一度もなかった。「私がおまえの人生に望むのはただひとつ、『夢中になれる』ものを見つけることだ。技術的な発明でも、医学の発見でも、戯曲でもいい。たとえだれも、おまえの機械を組み立てようとしなくても、おまえの戯曲を上演しようと、いや読もうとすらしなくても。大学の医者がこぞっておまえを攻撃し、おまえの理論をめちゃくちゃにしようとも[17]」ルドルフ・ヘスは一九四五年に牢獄から息子にこう書いている。そして、連合国の検閲で手紙が読まれ、家族の団欒に水がさされると不満を述べている。

ニュルンベルク国際軍事法廷は人道に対する罪でヘスを裁くことはなかったが、平和に対する罪では有罪と認め、終身禁錮刑を言い渡した。ニュルンベルク裁判が終わると、ヴォルフ・

リュディガー・ヘスのクラスメートのひとりは、「よかったじゃないか、お父さんは生きられるんだから[18]」と言ったが、この判決は、当時八歳の息子にとって大ショックであった。判決を理解できず、いつまでも受け入れることができなかった。

ヴォルフ・リュディガー・ヘスの立場からすれば、いくら時間がたとうと、この判決は不当であるとしか言いようがなかった。平和の殉教者と彼が考える父親が、どうして有罪になるのか。彼にとって戦犯裁判は、裁判のパロディー以外のなにものでもなかった。判決がおりる前にニュルンベルクでルドルフ・ヘスが発した最後の言葉に、彼の考えがはっきりとあらわれている。「私はまったく後悔していない。もしゼロからやり直すとしても、同じように行動しただろう。たとえ、最後に火あぶりになるとわかっていても」

ルドルフ・ヘスは自らの熱狂的心酔《ファナティスム》と反ユダヤ主義をまったく否定しなかった。この判決について、ホロコースト研究の中心地であるロサンゼルスのジーモン・ヴィーゼンタール・センターのラビ、アブラハム・クーパーは、こう書いている。「罪を悔いていないこのナチを終身禁錮としたのは、ヘスのペンによって下等人間とされた何百万もの人々がなめた苦しみに比べれば、温情的な判決である[19]」ニュルンベルクで九か月すごしたのち、ヘスは他の六人の受刑者とともにシュパンダウ刑務所へ送られた。六〇〇人収容可能なこの赤煉瓦の要塞監獄で暮らすことになったのは七人の受刑者のみで、ヘスは受刑者番号七番であった。拘留条件は厳しかった。完全に隔離されることもたびたびあり、ヘスは二四年間、家族の面会を拒んだ。

ヴォルフ・リュディガーにとって幸いなことに、バート・オーバードルフ村の子どもたちは、「ブズ」の愛称で呼ばれる少年の父親がだれであるか、ほとんど気にしなかった。それでも一度だけ、近所の子どもが「おまえの親父はナチだ！」と彼を罵った。まだ幼く、父親がどうしてこれほど非難されるのかわからなかったヴォルフ・リュディガーは、「おまえの親父だって！」と言いかけたが、「おまえの親父はデブじゃないか！」と言い返して喧嘩にけりをつけた。

母とふたりきりで生活していたことは、ほとんど世間の注意を引かなかった。戦後のドイツには父親のいない子どもがたくさんいたからだ。しかし一九四七年六月三日、ナチ指導者の他の妻たちとともに母は逮捕・拘留された。そのなかにエミー・ゲーリング、ブリギッテ・フランク、ヘンリエッテ・フォン・シーラッハ、グレーテ・フリックがいた。アウクスブルク＝ゲッギンゲン刑務所で、イルゼ・ヘスは第五バラックの五号室に入れられた。一九四七年六月七日には夫に宛ててこう書いている。「運のいいことに、親切な人たちと同室になりました。看守は男のような声をした、煙草をふかしてばかりいる年配の女性です[20]」別の手紙では、自分が逮捕されたとき息子が気丈にふるまったと伝えている。当時たった九歳のヴォルフ・リュディガー・ヘスは、警察官の姿を見ると食料戸棚に隠れ、だれにも見られないように泣いたのである。イルゼ・ヘスは一九四八年三月二四日まで監獄に入っていた。非ナチ化裁判ののち、すべての財産を没収された。

イルゼが拘置されて数週間後、叔母のインゲに預けられていたヴォルフ・リュディガーは、母といっしょに暮らすことを許された。収容所では、エッダ・ゲーリングをはじめ、ナチ戦犯の他の子どもたちと再会した。彼は毎日、男子収容所へこっそり出かけては、ありとあらゆる話をきき、兵隊になることを夢見た。ヴォルフ・リュディガー・ヘスはこの戦後の数年間で、第三帝国の成立と残虐行為に父が大きな役割を果たしたことを断片的に知ったのである。

一九五〇年、ヴォルフ・リュディガーはベルヒテスガーデンに近い寄宿学校に入ったが、校内で同性愛のスキャンダルが起きたことから、母は息子を退学させた。ザレムの教育施設「シューレ・シュロス・ザレム」に子どもを入れようとしたが、断固として拒否された。ベルトルト・フォン・バーデン大公が、総統の副官の息子を地元の名門校に受け入れることに反対したのである。そのためヴォルフ・リュディガーはベルヒテスガーデンにもどり、そこで「クリストフォルス」という名のキリスト教の学校に入った。

一九五〇年九月にルドルフ・ヘスは息子に手紙を書いている。「私の言うことを信じなさい。不当な仕打ちをされても文句を言わずに黙って受け入れ、自分の行動の正しさを完全に認識していれば、ひとりひとりの人間がもっている内面の自由が脅かされることはないのです」[21]一九五四年にイルゼ・ヘスは『ルドルフ・ヘス、平和の囚人』という本を書き、一九四一年五月にアウクスブルクからイギリスへ夫が飛行したときのことを語るとともに、ルドルフ・ヘスが拘束されて以降にやりとりしたおびただしい数の手紙を公表した。それらの手紙には、波線で笑いを表すといった、彼ら独自の暗号が使われていた。イギリス人は当初、それを極秘暗号だと思い込み、解読しようとしたのである。

一九五五年にイルゼ・ヘスは、アルゴイ地方のガイレンベルクに賄いつきホテルを建て、「ベルクヘアベルク」と名づけた。彼女は死ぬまで、国家社会主義のシンパや、グドルーン・ヒムラーを中心とした組織に近いところにいた。イルゼはとりわけ、リヒャルト・ワーグナーの息子の妻であるヴィニフレート・ワーグナーと定期的に連絡をとっていた。ヴィニフレート自身もずっとNSDAP（国家社会主義ドイツ労働者党）の支持者であった。このようにヴォルフ・リュディガー・ヘスは、ナチの理想が否定されるどころかそれとは正反対の環境で育ったのである。

彼は順調に勉強をつづけ、一九五六年に大学入学資格試験に合格した。卒業証書を手にすると、学友とともに南アフリカへ旅立った。そこで彼は、メディアで語られるものとは別の現実を発見した。人種の分離はよいことであり、白人がリーダーシップをとるのは当然なのである。[22] 旅行中に熱帯病にかかり、そのとき受けた治療がもとで数年後に重い腎臓病になったと、彼は考えている。

第三帝国に関してメディアが明らかにしたこと、とりわけ父ルドルフ・ヘスについて言われていたことと一線を画す決心をしたのは、この時期だった。父は不当な仕打ちの犠牲者であると考え、父の行動を支持した。ヴォルフ・リュディガー・ヘスの見るところ、父がイギリスに和平を働きかけることができたのは、ヒトラーの同意があってこそであった。この見方を裏づける証拠として、父とヒトラーは親密な関係にあっただけでなく、飛行の数日前に四時間近く話をしていた。それに父が拘束されたのち、母が年金を受け取っているのを、ヒトラーは確認していたと思われる。総統への影響力を取りもどすためにヘスが率先して和平交渉を試みたという一部の歴史家の説に、ヴォルフ・リュディガー・ヘスは強く異議を唱えている。

　一九五九年、彼は西ドイツ国防軍の兵役を拒否した。兵役制度を導入した一九三五年三月一六日の法律に連署［複数の者が署名すること］したことで父が終身禁錮の判決を受けたというのが、その理由だった。彼は二度にわたって兵役免除委員会に出頭し、どの部隊を希望するかと尋ねる軍医にこう説明した。「兵役を拒否せずにすむなら、アルプス猟歩兵隊にします」一九五九年には兵役免除委員会にこんな手紙を書いている。「どうかご理解ください。父を裁いた人たちのために兵役につくことを、私の良心が許さないのです」当局が兵役につかせようとするなら、自分を逮捕させるしかないというのである。当初、彼の兵役免除申請は法的根拠がないとして却下されたが、一九六四年、良心的兵役忌避者として最終的に兵役を免除された。彼はミュンヘン工科大学で学び、民間のエンジニアになった[23]。

　一九六〇年代から、彼は父の名誉回復のために活動するようになった。平和の使者という神話、父とその弁護士アルフレート・ザイドルがニュルンベルク裁判のときからつくり上げてきた神話を、あらゆるメディアに広めようとした。ヘスが好んで強調したような「勝者の裁き」に対し、ザイドルは平和の使者としての役割を中心に弁護を展開した。「ルドルフ・ヘス釈放」

委員会が提出した請願書には、三五万人以上の署名が集まったとされる。そのなかには、西ドイツ元大統領のグスタフ・ハイネマンとリヒャルト・フォン・ヴァイツゼッカー、ノーベル賞受賞者のオットー・ハーンとヴェルナー・ハイゼンベルク、エルンスト・ユンガーなどの作家たちの署名があった。トーマス・マンの息子ゴーロ・マンのような何人かの歴史家の賛同も得られた。ゴーロ・マンはヴォルフ・リュディガーの本の序文を書くことを引き受け、ルドルフ・ヘスは軍人ではなかったと主張した。だが最も強い信念をもち、つねに彼のかたわらで活動したのは、母のイルゼであった。

一九六七年一一月二〇日、イルゼ・ヘスはドイツの週刊誌『シュピーゲル』のインタヴューに応じた。ルドルフがイギリスへ飛び立って以来、つまり二六年近く、彼女は夫に会っていなかった。シュパンダウに拘置されていたルドルフは、その姿を家族に見せたくなかったのである。イルゼの見方では、イギリスと和平を結ぶ企てに失敗したことが、夫が鬱状態になった原因だと思われた。精神病の診断は受け入れようとしなかったが、夫に鬱の傾向があることは認めていた。

ヘスの状態について医者たちの診断は分かれていた。ヘスは鬱病だと言う者もいれば、精神分裂病ないしは複数の精神病にかかっていると言う者もいた。イギリスの医者でＲＡＭＣ（英軍医療部隊）の少佐である精神科医ヘンリー・ヴィクター・ディックスは、ヘスがイギリスで逮捕されたのちに診察し、重い鬱病と精神分裂病の徴候を示していると考えた。「部屋に入ったときの第一印象は、彼は典型的な精神分裂病患者だということだった」と、精神科医は結論づけている。心気症［神経症の一種で健康に強いこだわりをもつ］の傾向があるとも指摘し、ヘスはイギリスへ飛び立ったとき、アスピリンや緩下剤、カフェインの錠剤、バルビタール、殺菌剤、メタアンフェタミン、阿片剤、ホメオパシーの薬、飛行機の酔い止めの錠剤を持参していたと述べている。[24]鬱病の診断は、ヘスが自殺を図ったことで裏づけられている。ヘスは完全にまともだ――心神喪失の場合ドイツが送還を要求する可能性があった――ということにするようウィンストン・チャーチルが要請したため、ヘスの病状は公にされなかった。

ヘスが鬱病であることは、ニュルンベルク裁判中にアメリカの心理学者ダグラス・M・ケリーによって確認されている。ヘスは「重度の抑鬱状態に近い」[25]というのが、彼の見立てであった。それは、ヘスがヒトラーに対してファーザー・コンプレックスを抱いていたことにも起因している。最初はカール・ハウスホーファー教授、やがてヒトラーに対して、父権の代用物を求めていたというのである。彼の妻にしてみれば、このような診断は馬鹿げており、政治的思惑に満ちているだけでなく、事実を歪曲していた。

ヘスは記憶喪失であるともされた。記憶喪失に見せかけているのか、実際にそうであるのか見定めるために、ニュルンベルクで尋問を担当したアメン大佐は一九四五年一〇月一〇日、ヘスと親しい地政学者で助言者でもあったカール・ハウスホーファー教授との対質を実施した。ヘスはそのとき、妻と息子の近況をいくつか知らされた。教授は彼に言った。「きみの息子は見ちがえるほど大きくなった。いま七歳だ。彼に会ったし、また会おうと約束したよ。きみの名のついたオークの木の下でね[26]」

イギリスで拘束されていたあいだ、ヘスはずっと、ベッドの正面の壁に三枚の写真をかかげていた。妻と息子と総統の写真である。ニュルンベルクには、妻と息子の写真しかもってこられなかった。ふたりの元秘書との対質でも、家族の近況が伝えられた。だが、それらの対話によっても、精神科医たちは、ルドルフ・ヘスが仮病をつかっているのか否か、はっきり見定めることはできなかった。妻と息子についてきかれると、名前も忘れてしまったと言った[27]。妻子の写真を所持していることで、ようやく家族がいることを思い出せるようだったが、家族に宛てた手紙で妻子の名を挙げていることから、まったく記憶をなくしているというわけではなかったと思われる。ヘスは法廷とその精神科医たちをあざむいているのだと、ゲーリングは確信していた。「あんたが対質でハウスホーファーを知らないと言ったとき、私の最後の疑いは消えたよ」と、彼はヘスに満足げに語っている[28]。ひとつだけたしかなのは、ヘスの偏狭なファナティスムはまったく変わらなかったということだ。

イルゼの手紙をとおして、ルドルフ・ヘスはずっと、息子の学校生活を見守っていた。実際にどのような授業を受けているか、手紙で伝えられており、ギリシア語を学ばせるよう妻に促している。子どもがドイツの辛い日常を忘れてゆっくり余暇をすごすことを望み、あまり早く大きくなってほしくないと思っていた。ルドルフ・ヘスの写真は何年も撮影されておらず、息子の記憶にある父のイメージはしだいにおぼろげになっていった。シュパンダウ刑務所の有刺鉄線ごしに撮られた一枚きりの写真もぼやけていた。

シュパンダウにともに拘留されていた何人かの戦犯とは異なり、ヘスは精神病を理由にして早期の釈放を求めようとはしなかった。ナンバーワンの副官がなさけない姿をさらすべきではないと考え、弁護人たちにそうすることを禁じていたのだ。一九六九年一一月に重い十二指腸潰瘍にかかったとき、自らの決意をひるがえし、ようやく近親者に会うことを受け入れた。妻と息子に面会の許可を出して欲しいと、刑務所長に頼んだのである。この最初の面会やその後の面会でも、政治や国家社会主義に言及したり、意見を述べたりすることは一切なかった。

一九六九年、三一歳になったヴォルフ・リュディガーは父と再会した。ヘスは七五歳になっていた。ふたりはキスもできず、握手をすることさえ禁じられた。ふたりきりで会うことは許されず、四人いる刑務所長のひとりがつねに同席していた。

最初の面会は一二月二四日に行われ、母がヴォルフ・リュディガーにつきそった。だが、初めて父を抱きしめることができたのは、一九八二年になってからだった。贈り物はいっさい許されず、誕生日やクリスマスでもそれは変わらなかった。父にききたいことがたくさんあったが、いつまでも答えは得られなかった。人から休みの日になにをしているのか尋ねられると、彼はきまってこう答えた。「休みなんてありません。あいている時間はすべて、父に捧げてきました」彼は父のために、三冊の本を相次いで出版した。一九八六年に一冊目の『わが父ルドルフ・ヘス』、一九八九年に二冊目の『父ルドルフ・ヘスをだれが殺したか』、そして一九九四年の『ルドルフ・ヘス――私はなにも後悔しない』である。[29]

ヴォルフ・リュディガー・ヘスは『わが父ルドルフ・ヘス』で、とりわけ父親の拘留状況について書き、フランス人牧師カサリスの言葉を引用して、シュパンダウの囚人が非人道的な扱いを受けていると訴えた。[30] 父は世界一孤独な囚人だと、彼は考えていた。月に一通しか手紙を受け取ることができず、それも一三〇〇語以内に限られた。毎年家族は、過去一年間にルドルフ・ヘスから届いた一二通の手紙を丁寧に箱におさめた。[31] ヘスの妻は、笑いを示す波線を引くのをやめるよう命じられた。さらに、シュパンダウの通信文の規則にはずれた多くの手紙が、宛先に届かなかった。手紙のやりとりが数か月途絶えることもあった。ルドルフ・ヘスは息子の写真をたくさん受け取ったが、明るさやアングルが写真によって異なるため、実際にどんな顔をしているのかわからないと、妻のイルゼに不平を言っている。[32]

元建築家でヒトラーの軍需大臣を務めたアルベルト・シュペーアと、ヒトラー・ユーゲント指導者だったバルドゥーア・フォン・シーラッハが釈放された一九六六年以降、ヘスはシュパンダウでたったひとりの囚人になった。最初に拘留された七人のうち四人が一九五〇年代に釈放されていた。ヘスは世界一金のかかる囚人だった。刑務所唯一の囚人を拘留しておくのに、国は年間二五〇万マルク以上を費やしたのである。

父が拘留されていた年月を通じて、ヴォルフ・リュディガー・ヘスは父を釈放させ、あるいは拘留状況を改善しようと努力しつづけた。一九八七年一月、二〇年以上かかってソ連大使館から初めて請願書への返事をもらったときには、希望を取りもどした。ソ連はそれまで、人道的措置としてヘスを釈放することに、最も強硬に反対していた。英独間で和平協定が結ばれていたら、ソ連が大きな犠牲を払うことになったからだ。しかし東西の緊張緩和を背景に、彼らは柔軟な立場をとるようになった。

一九八七年三月三一日の午後二時に会見が行われることに決まった。ヴォルフ・リュディガーがそのことを知らせるために父を訪ねたところ、父はひどく体が弱っており、助けなしに歩くことができなかった。ルドルフ・ヘスも、条件つきの釈放を求める請願書を提出したところだと息子に伝えた。シュパンダウでの四二年間を含め、四六年間も拘留されたのちのことだった。

一九八七年四月一三日、ドイツの週刊誌『シュピーゲル』に、「ゴルバチョフはヘスを釈放するか?」と題する記事がのった。ヴォルフ・リュディガー・ヘスの見るところ、父が釈放されるのは時間の問題だった。しかし一九八七年八月一七日、あるジャーナリストが彼のオフィスに電話をかけ、ルドルフ・ヘスが危篤だと伝えた。夕方遅くにシュパンダウのアメリカ人所長ハロルド・W・キーンから電話があり、父の死を告げられた。正式な通知は英語でつぎのように書かれていた。「本日午後四時一〇分に貴殿の父親が死亡したことを通知する許可が下りました。これ以上詳しいことはお話しできません[33]」

翌日、ヴォルフ・リュディガーが父の弁護士ザイドルとともに刑務所にかけつけると、入口は人であふれていた。父は殺されたのだと、彼は確信していた。刑務所長のキーンは神経質になっており、所長がどうして父の遺体と対面させないのか、彼には理解できなかった。解剖報告書によれば、ルドルフ・ヘスは、よく足を運んでいた監獄の庭の小屋で、電気コードを使って首を吊った。蘇生措置を施したが、午後四時一〇分に死亡が確認された。九三歳だった。死亡状況に関する正式な報告書が連合国から発表されたのは、翌月一七日になってからだ。

ヘスがシュパンダウに拘置されていたあいだ、息子は一〇二回面会している。拘留期間は長かったが、その間もずっと精神的な絆で父と結ばれていたと、ヴォルフ・リュディガーは考えていた。生涯、影で生き、影で戦った男が死んだのち、四九歳になっていたヴォルフ・リュディガーは心臓発作で倒れ、ミュンヘンの病院に緊急入院した。[34]

シュパンダウがナチを記念する場にならないよう、ヘスの死後まもなく、刑務所のとり壊しが命じられた。連合国と家族の合意により、ヘスの遺体は火葬されずに家族に引き渡され、バイエルンの家族の墓に、近親者のみが立ち会って埋葬されることになった。

父は殺されたとずっと確信していたヴォルフ・リュディガー・ヘスは、遺体を引き取るとさっそく、ミュンヘンで改めて解剖させることにした。一九八八年一二月二一日のヴォルフガング・シュパン教授の報告書は、前回の解剖と同じく窒息死であると結論を下したが、首に圧迫痕があり、首を絞められた可能性があると指摘していた。遺体の解剖に加え、シュパンダウの看守による二件の証言には、ＣＩＡの同意のもと、ルドルフ・ヘスを始末するよう指示された英情報部の工作員の存在が示唆されていた。ヴォルフ・リュディガーは、自殺後に父のポケットから見つかったという遺書の信憑性も疑っていた。遺書の内容は一九八七年の状況と一致しないし、最後の文章――「死の数分前に書いた」――は、父が自分の気持ちを伝えるときの書き方とまったく違っていた。ルドルフ・ヘスが二〇年前に遺書を書き、それが家族の手に渡らなかったのであれば、遺書のすりかえは可能であると、ヴォルフ・リュディガーは考えている。歴史の真実が明らかになるのを阻止するためにイギリスが仕組んだ陰謀によって父が殺されたことは、彼にはなんの疑いもなかった。そうでなければ、イギリスで拘束されていた期間に関する一部の資料がなぜ、二〇一七年まで極秘扱いになっているのだろうか。ヴォルフ・リュディガー・ヘスはいまだに、父は命がけで和平を働きかけたと確信している。彼にとって、父は犠牲者であり、犯罪者などではなかった。父が殉教者になったとすれば、その責任は連合国にある。アルベルト・シュペーアのように二〇年前に釈放されていたら、だれもこんな話をしなかっただろう。

ヴォルフ・リュディガー・ヘスは父の有罪判決を決して受け入れなかった。父をつねに理想化し、平和の使者とみなしていた。彼の考えでは、父が主要な署名者のひとりになった一九三五年のニュルンベルク人種法は、他の宗派から離れて生きようとする正統派ユダヤ人の意思をドイツ語に翻訳したにすぎなかった。人種法自体が悪いのではなく、一部のナチによる運用の仕方が問題だったのである。それに、父が欧州ユダヤ人の大量虐殺にかかわるはずがなかった。自分の言葉を裏づけるものとして、彼は父の恩師であり精神的助言者だったカール・ハウスホーファーを引き合いに出す。教授の妻はユダヤ人だったが、ヘスは自分がつくった法律から教授を守るため、通行許可証を交付しているのである。

さらに、ヴォルフ・リュディガーの見方によると、一九三九年九月のポーランド侵攻は、ポーランド人に何千人も殺されていたドイツ人少数派を守るためだった。ドイツが包囲されるのを防ぐには、ヒトラーはポーランドを攻撃するよりほかに選択の余地はなかったというのだ。ヴォルフ・リュディガーは父が書いたものをバイブルとみなしていた。

また、父の暗殺説が検討に値しないことを、決して認めなかった。辛辣で執念深いこの男は、たしかな証拠が存在しても、ためらうことなく「最終解決」を否定したのだ。修正主義者と言われると、彼はこう答えた。「修正主義がドイツ人に押しつけられた歴史の嘘を暴くことなら、その非難は甘んじて受けよう」[35]

彼の持論では、ドイツが犯した過ちはただひとつ、ヴェルサイユ条約に起因する戦争に敗れたことである。ヒトラーは狂っていたわけでも怪物でもなかった。第三帝国そのものと同じくヒトラーも歪曲され、被害者数とユダヤ人絶滅に関する荒唐無稽な神話をたれ流すプロパガンダの犠牲になっている。生存者の証言があるって？　ナチがそれほど効率的だというなら、生き残っている者があんなにたくさんいるなんておかしいじゃないか？　ガス室を稼働させるのは技術的に不可能だ。[36]

父を誇りにするヴォルフ・リュディガーは、ヘスの名は自分にとって決して呪いではなく、その反対だと考えている。エッダ・ゲーリングと同様に、その名はむしろ自分の役に立ったという。なぜなら、人々は父を愛していたし、愛しつづけているからだ。彼の見るところ、父は党の良心であり、長期間拘留されたことで、ドイツ人はますます父に共感するようになったのである。

彼にはヴォルフ・アンドレアスという息子がいる。総統の誕生日と同じ四月二〇日に生まれ、そのことは彼の最大の喜びとなった。子どもを「ヴォルフ」と名づけたのは、やはりヒトラーに敬意を表してのことだった。「ヴォルフ」はヒトラーが闘争期に使用していた異名である。祖父ルドルフを賛美する雰囲気のなかで、子どもは成長した。子どもが祖父に大いに興味を示し、「祖父の偉大さを十分に理解している」[37]のが、父の自慢だった。さらにふたりの子どもが生まれ、両者とも兄と同じような環境で育てられたが、こちらの子どもたちについてはほとんどなにもわからない。

ヴォルフ・リュディガーは一〇年間、透析治療を受けたのち、二〇〇一年に他界した。死ぬまで、ルドルフ・ヘスの擁護団体である「登録法人ルドルフ＝ヘス協会」を運営していた。一九八八年に創設されたこの団体の使命は、ルドルフ・ヘスの死の原因を解明し、暗殺説を裏づけることだった。その線にそった分析を一般に広めるため、インターネットサイトがいくつか開設されている。そのひとつ、www.meinungfreiheit.de は、ルドルフ・ヘスの人生と死に関する「偏らない」事実を自由に閲覧してもらうために設けられたが、現在はもうアクセスできない。

ヴォルフ・リュディガーの息子ヴォルフ・アンドレアス・ヘスは情報技術者になった。一時は、祖父に捧げるサイトを立ち上げようとしていたが、二〇〇二年、ダッハウにガス室はなかった、戦後アメリカが旅行者向けに設置したのだとインターネットに書き込んだとして有罪判決を受けた。[38]

ルドルフ・ヘスの死後二四年たった二〇一一年、バイエルンのウンジーデル村にある彼の墓が極秘に発掘された。村長の要請を受け、ヘスの家族が発掘を依頼したのである。おもにルドルフ・ヘスの命日に行われる、ネオナチの追悼集会を中止させるのがその目的だった。彼の遺灰は海にまかれた。だが毎年、彼をたたえる静かな行進に、帝国《ライヒ》を懐かしむ人々が何千と集まってくる。

グドルーン・ヒムラーやエッダ・ゲーリングと同様、ヴォルフ・リュディガー・ヘスは、父を擁護し殉教者の地位に引き上げることに人生を捧げた。そのいっぽうで、真実を知り、父を憎むようになった人々もいる。死刑判決を受けたポーランド総督の息子、ニクラス・フランクの場合がそうである。

ヴォルフ・リュディガー・ヘスの見方によれば、フランクの息子はほとんど病気であり、父親を憎むなどとんでもない話である。ニクラス・フランクのほうはヴォルフ・リュディガー・ヘスをあわれんでいる。死ぬまで刑務所に入れられていた父親の重荷に、その生涯は押しつぶされたのである。

ルドルフ・ヘスが終生、拘置されていたことに対して、ニクラス・フランクは逆にこう考えている。「この点で、ヘスの息子は私よりもっと重いものを背負わなければならなかった。彼の人生の重荷はさらに増したのだ」[39]

ニクラス・フランク

真実への欲求

「ここよ、運転手さん、その角で止めて。ここなのよ、美しいコルセットが手に入るのは。いいえやっぱり、まず毛皮からいきましょう。ここで待ってて。あなたもよニクラス。すぐにもどるわ」メルセデスの黒い大型セダンの後部座席に座った小さな子どもの目の高さは、ガラスの窓枠にやっと届く程度だった。四歳のニクラスは座席の上に立ち、ガラス窓に鼻を押しつけ、クラクフでときに「立ち入り禁止の町」と呼ばれ、三メートルの高い壁と有刺鉄線に囲まれた一帯をながめた。市電が停車せずに通りすぎるその地区は、ユダヤ人たちが閉じ込められているゲットーであった。子どもの目の前にぞっとする現実が立ちあらわれ、彼を途方に暮れさせた。普段はよそよそしい母が、遠出についていくことを許してくれたのはうれしかったが、目の前に広がる不気味な光景が理解できなかった。死があたりを徘徊していた。路上にいくつか死体があることにも気づいた。

ある日のこと、母が彼に、あそこのユダヤ人の店に行けば最高のコルセットが買えるのだと言った。「ゲットーのユダヤ人ほど美しいコルセットをつくれる者はいない」からだった。少なくとも、あのような地区にわざわざ足を運ぶほど、コルセットが重要なものであることはたしかだった。それに、子どもとその母は運転手と副官に守られているのだから、なにも恐れることはなかった。車に近づこうとする者がいれば、殴り殺されるか、警告なしに射殺されるだろう。

それにしても、あの人たちはいったいなんなのだろう。人間なのか？　いや、やつらは「害虫」にすぎず、駆除しなければならないと、総統が言っていた。ニクラスにはわからなかった。害虫が世界一美しいコルセットをつくるだろうか。母が自分の靴をよごし、これほど悲惨な光景を目の当たりにしてまで手に入れようとするコルセットを。あんなにきたないところと母が言うゲットーへ出向くのは、彼らがいるからではないか。人口過密なこの地区に、一万五〇〇〇から二万のユダヤ人が押し込められ、なんとか生き延びようとしていた。頭はノミだらけで、チフスのような伝染病が蔓延していた。

「驚くほど貧しくて、ぞっとするほど汚らしい地区のなかで、あのやせ細った人たちはなにをしているのだろう」と、子どもは疑問を抱いた。「子どももいる。ぼくと同じ年頃の子どもが。どうして彼らはあそこにいるのだろう。なんだか怖がっているみたい。服はよごれ、破れている。ほとんど裸で、骨が見えるほどやせている。雪のなかで、どうして裸足でいるのだろう。

あんなにみすぼらしいところにいるなんて、いったいなにをしたのだろう。罰を受けているのだろうか。それに、あの子たちの目はとても大きい。顔よりも大きいくらいだ。食べるものがないのだろうか。ぼくたちの家には、おいしいものがたくさんある。チョコレートだって！ゲットーの子どもたちが自分に対してどうしてあんな態度をとるのか、理解できなかった。「どうしてぼくをじっと見るんだろう。とくに、腕に黄色い星をつけている、あの男の子。ぼく、なにか悪いことをしたのかな？　車を見てるの？　いったい、なんだっていうんだろう。しかめ面をして舌を出したら、あんなふうにぼくを見るのをやめるかな。ほら。いいぞ、ぼくのことを怖がって、走って行ってしまった。うまくいった！」

たしかに彼は、すでに家で「ゲットー」という言葉をきいたことがあった。あそこへ行けば、「ユダヤ人」という人たちの持ちものがなんでも安く買えることを知っていた。だが、その理由はわからなかった。車にもどってきた母にきいてみた。「ママ、どうしてあの人たちは笑わないの？　どうしてあんなに意地悪そうにぼくたちを見るの？」　そしてこうつけ加えた。「でも今日は日曜だから、腕にきれいな黄色い星をつけているんだね」彼にはわかった。日曜はいつも、革の半ズボンとジャケットを着るからだ。でも母は、質問をほとんど無視して彼を黙らせた。そんなことはきくものではないと言ったが、彼には理解できなかった。この小さな男の子はニクラス・フランク。「クラクフの虐殺者」ことハンス・フランクの息子である。

ニクラスはユダヤ人のことを知らなかった。黄色い星がなにを意味するか、知らなかった。

一一歳上の兄ノルマンは、戦前、クラスにユダヤ人の子どもがいたと、ニクラスに語った。その子どもはある日いなくなったが、彼がどうなったのか、だれも気にかけなかった。兄も一度、父の運転手とゲットーに行ったことがある。家族がポーランドに来る前からゲットーはあったと、兄は考えていた。だが、どうしてゲットーを訪れたのか、その理由はわからなかった。[1]

母のブリギッテがゲットーのなかを平然と歩き回っていたあいだ、ニクラスはたいてい車に残っていた。母は毎回、宝石や毛皮、敷物といった高価な品々を手にもどってきた。いい取引ができたと、たいそう満足していた。それだけが重要だった。冷ややかな沈黙と言語を絶する悲惨さがあたりを支配していることなど、まったく意に介さなかった。

そのようにして遠出をしたある日、ニクラスは車の外へ出ることを許された。暗い路地を歩いていると、一軒の陰気な家が目にとまった。重い扉をやっとのことで開けると、そこでは怒り狂った男が、地面をじっと見つめるやせ細った老女をののしっていた。「なんて腹の立つばばあだ」それは恐ろしい光景で、少年は泣き出してしまった。すると男が言った。「こんなところに来るんじゃない。もうじきこいつは死ぬんだ」その日、目にしたことを、ニクラスは決して忘れなかった。何年もたって、あえて暖房をつけずに部屋の仕事机に向かい、母のものだったエリカの古いタイプライターで父、ハンス・フランクに関する最初の本を執筆していたときも、あのときの光景がひとつひとつよみがえってきた。

一九三九年にポーランドに来て以来、家族は総督府クラクフの高台にあるヤギェウォ朝の城、ヴァヴェル城で暮らしていた。父は公邸としてこのルネサンス様式の城を与えられ、第三帝国の趣味にしたがって城の一翼を改装した。大きなナチの旗が巨大な建物の上にひるがえった。フランク一家の生活はなに不自由ないどころか、それ以上だった。家族は二階のプライヴェートな居住区域に住んでいた。フランク家のために膨大な数の使用人が働いており、「小さなプリンス」であるニクラスは信じられないほど贅沢な暮らしをしていた。七〇年以上たっても、両親が兄と自分それぞれに自動車を買ってくれた日のことを思い出す。ニクラスは大喜びで、世界一美しい自動車であるメルセデスのミニチュアカーにさっそく乗り込んだ。ところが、それはお兄さんの車だと母が言い、たちまち降ろされたのだった。彼はいたく失望した。もう一台のおもちゃの自動車がひどくつまらないものに思えた。[2] でも、そんなことはどうでもよかった。ふたりの少年はそれぞれのスポーツカーで城のなかを走りまわって遊んだ。ニクラスは大きな廊下の角に隠れ、召使いたちが急ぎ足でやってくるのを待ち構えて、その足に車を衝突させた。けれども、総督の息子である小さな城主を叱る者はいなかった。

　連日パーティーが開かれた。城の地下にはフランス産高級ワインとコニャックの貯蔵庫があり、人々はハバナ産の葉巻を吸った。高級料理の数々、チョコレートや果物のパイといったスイーツが、銀の皿で出された。周辺の人々がぞっとするほど悲惨な生活を送り、飢え死にしていることをうかがわせるものはなにもなかった。

　もともと警察が設置したものであるゲットーの合法化に父が大きな役割を果たしたことをニ

クラスが知ったのは、戦後になってからである。ハンス・フランクは、「ユダヤ人の利益を守るため」[3]にこの措置をとったのだと供述した。ニクラスに言わせれば、母こそ、「フランク家のために最初の安売りスーパーであるゲットーをつくってくれたことをヒトラーに感謝しているに違いなかった」

精神科医たちは一部のナチ高官について、狂信的なところもサディスティックなところもなく、いたって正常であると診断したが、ハンス・フランクの場合はそうではなかった。移り気で思い悩むことの多かった彼は、最初から全面的に、国家社会主義に逃避していた。彼は最後まで、アドルフ・ヒトラーという、「人を導く不思議な力をもつ輝かしい人物」の忠実なしもべであった。彼はヒトラーを、神に遣わされた「超人」[4]とみなしており、なんとしてもヒトラーに近づき、その心をつかもうとした。

ハンス・フランクは、三人の子どもがいるドイツの中流家庭の出身だった。父親は弁護士だった。夫婦仲は悪く、子どもたちがまだ幼いときに、母親は家を出て愛人のもとへ走った。そのためハンス・フランクの心は両親のあいだで引き裂かれていた。ミュンヘンの大学に進んで法律の勉強を始め、そのころから急進化する。ドイツ文化と強いドイツという考えにとりつかれていた。一九二三年、彼はナチ党の「突撃隊」に入る。そのころアドルフ・ヒトラーはまだビヤホール演説家にすぎなかったが、ハンス・フランクは、大衆に人気のある堂々たる弁士にたちまち魅了された。

彼は学生時代に、のちに妻となるブリギッテ・ヘルプストと出会った。バイエルン議会の書記であったブリギッテは、彼より五歳年上の二九歳であった。一九二五年四月二日にミュンヘンで結婚式が行われた。一九二六年に弁護士の勉強を終えた彼は、アドルフ・ヒトラーとナチ党の闘争期にその支持者となった。

一九三三年にハンス・フランクは、バイエルンの法務大臣およびドイツ司法アカデミー総裁、その一年後に帝国の無任所大臣に任命された。彼は否認しているが、アドルフ・ヒトラーの全体主義体制を確立するための法律をつくったのは、彼である。フランクにとって、「第三帝国における憲法は、総統の歴史的意志を法律にしたものである。だが総統の歴史的意志は、その活動に先立つ法的な条件を整えることではない」[5]ポーランド総督としてユダヤ人を除去するためにさまざまな措置を講じたにもかかわらず、彼は以下のように供述している。「法が守られなければ、国家は道徳的良心を失い、闇と恐怖の深淵に沈むことになる……。これは間違いなく言えることだが、法に対するこの考えを放棄するくらいなら、わが身が破滅するほうがましだ」[6]彼は自らを法の奉仕者であり、ほとんど殉教者であるとみなしていた。アドルフ・ヒトラーはといえば法律をひどく嫌っており、法律家ほど犯罪的な人間はいない、法律家はすべて生まれつきの悪人か、あるいはときがたつにつれて悪人になるのだと考えていたのである。[7]

一九三九年の秋、末っ子のニクラスがまだ七か月だったとき、ハンス・フランクはポーランド総督、つまりナチ占領下のポーランド中心部のトップに任命された。ワルシャワ・ゲットーをはじめとするユダヤ人ゲットーを担当したのは彼だった。最も規模の大きいワルシャワ・ゲットーは一九四〇年につくられ、一九四三年に解体されている。彼の管轄下で、二〇〇万人近いユダヤ人がベウジェツ、ソビブル、トレブリンカの絶滅収容所のガス室に送られた。[8]

ハンス・フランクには男三人、女ふたりの五人の子どもがいた。長男のノルマンは一九二八年六月三日、末っ子のニクラスは一九三九年三月九日の生まれだ。ブリギッテ・フランクは五人の子どもを生んだことを夫に思い出させ、ふたりの結婚を正当化しようとした。ときおり不貞をはたらき、子どもの父親がだれか確信がもてなかったときは、中絶することを選んだ。疑い深いハンス・フランクに対しては、流産してしまい、子どもは未熟すぎて生きられなかったと言いつくろった。

一九三九年一一月二五日にポーランドの都市ラドムで行った演説の冒頭で、ハンス・フランクは自分の使命の目的をつぎのように述べている。「喜ばしいことに、ユダヤ人種に身をもって責任をとらせる機会がようやく訪れた。もっと多くのユダヤ人が死ねば、さらに喜ばしい」[9]当時クラクフには六万六〇〇〇人のユダヤ人が暮らしていた。ハンス・フランクはこの町からユダヤ人を一掃し、「ドイツのよい空気」を吸うことのできるドイツ人地区を再建しようとした。末っ子のニクラスは、ヒトラーが父をポーランド総督にしたとき、父が母にこう言ったのを覚えている。「ブリギッテ、きみはポーランドの女王だ！」一九四一年秋から、ハンス・フランクの最優先事項はユダヤ人問題を解決することとなった。以後、ゲットーを出る者はすべて死刑に処せられることになる。ユダヤ人狩りが正式に始まり、恐るべき虐殺がポーランド全域に広まった。住んでいたところを追われた者はもはやゲットーに閉じ込められるのではなく、収容所で列車から降ろされるとすぐに殺された。[10]

フランクの下の子ども三人がいつからドイツとクラクフを行き来して暮らすようになったのか、ニクラスはもう正確に思い出せない。だが、母は小さい子どもを連れて旅するのを好まず、三人の子どもは年に数か月しかクラクフですごさなかったという。それ以外は乳母のヒルデとともに、バイエルンの実家に残された。[11] 上のふたりの子ども、ノルマンとジークリートは一九四一年からずっとクラクフに暮らし、現地のドイツ人学校に通っていた。

フランク家では夫婦仲が冷え切り、父と母はよそよそしかった。家族のなかでニクラスは、「フレムデ」、愛想のないやつというニックネームで呼ばれていた。父にこんなことをきかれたのを、ニクラスは覚えている。「愛想のないやつだな、おまえは何者なんだ。うちの子じゃないのかい。いったい、なにが望みなんだ」食堂の大きな丸テーブルの周りで、父に追いかけられたときのことだ。ニクラスが父につかまることはなかった。そのときただひとつ望んだこと、それは一度でいいから父の腕に抱かれることだった。自分は家族を気まずくさせる子どもだったとニクラスは言う。だから、おとなしくして、犯罪者の家族を観察していたというのだ。[12]

母は威圧的で口うるさい女性だった。後年、母のことを書いた本のなかで、ニクラスは嫌悪感をもってこの「ドイツの母親」を描いている。[13] フランク家の子どもたちは、母親にキスされたり、抱きしめられたりした思い出がない。両親はそれぞれの生活に忙しかったのだと、彼らは言う。両親が家にいた記憶はほとんどなく、子どもたちは乳母に育てられた。ノルマンの幼い頃は母の記憶しかなく、父はほとんど家にいなかった。母も子どものために時間を割くことはほとんどなかった。

フランク家にはひっきりなしに来客があった。第三帝国のお偉方たち、音楽家や映画俳優、オペラ歌手などだ。ハンス・フランクは教養ある人物とみなされていた。第二次世界大戦中に東部戦線で従軍記者をしていたイタリアの作家、クルツィオ・マラパルテは、著書『壊れたヨーロッパ』で、ルネサンスのイタリア君主気どりの男はポーランド人が飢えと苦しみにあえいでいるのをよそに、自分の宮廷で破廉恥にも盛大な夕食会を開いていたと回想している。クラシック音楽の愛好家で専制君主そのもののフランクは、客をまえに、プレイエルのピアノでショパンを弾いてきかせるのが好きだった。しかしながら、ロマン主義の作曲家ショパンはナチに演奏を禁じられ、ワルシャワに建っていたショパンの銅像も破壊されたのである。マラパルテははっきりとこう書いている。「彼ら［虐殺者たち］は不可解な病にかかっていた。弱い者、武器をもたない者、抑圧された者、病人をなにより恐れ、老人、女、子どもを恐れ、ユダヤ人を恐れた」

週末や休暇になると、家族はクラクフ近郊の素晴らしいクレセンドルフ城に出かけた。空気銃で小鳥を撃てるので、そこはとくに男の子たちのお気に入りの場所だった。ノルマンはスズメを百羽近く仕留めたことを覚えている。[14]
ノルマンは一九四〇年にポーランドの家族と暮らすようになったが、ハンス・フランクはときおり、長男が出張についてくるのを許していた。しかし当時一三歳だったノルマンは、その時期のことをほとんど覚えていない。ウィーンへ向かう途中、アウシュヴィッツのそばを通ることもあったが、そこでなにが起こっていたかまったく知らなかったと述べている。ナチがつくった最大の複合収容所は、技術的な問題により、ハンス・フランクが管轄する総督府領に属していなかったが、クラクフから六七キロしか離れていなかった。それが捕虜収容所であると知っていたのはたしかだが、大量殺戮の話をきいたのは戦後になってからだと、ノルマンは言っていた。兄は嘘をついていると、ニクラスは考えている。[15]
ある日のこと、ニクラスが乳母のヒルデにせがんで、兄のひとりとさる労働収容所――おそらくクラクフ郊外のプワシェフ収容所――へ連れていってもらったことがあった。そこで彼は、子どもの目から見ても吹き出したくなる光景に出くわした。やせ衰えた男たちが、後ろ足を蹴り上げるロバに乗せられていた。不運な男たちがたちまち地面に投げ出されるのを、まわりの人々は笑いながら見ていた。そのあと、ヒルデの親族と思われる制服姿の親切な将校に、ホットチョコレートをもらった。[16]
長兄とは反対に、フランク家の末っ子はなんでも知りたがった。真実への欲求は彼の人生をつうじて変わらなかった。父に対しては嫌悪感しかおぼえない。父は「哀れなやつ」だと彼は言う。「宝石や城や美しい制服にしか関心がなく、人間の命はなんの価値もなかった」父は恐怖によって統治した。「私はポーランドのドイツ王だ」と公言していたが、本当の王は「私は王だ」などと言わないものだと指摘されると、平然としてこう答えた。「ポーランド人を生かすも殺すも私の勝手だが、私はポーランドの王ではない。王の寛大さと厚情をもってポーランド人を遇しているが、私は本当の王ではない。ポーランド人は私のような王に値しない。あれは恩知らずな国民だ……。ドイツの支配者をいただく栄誉に値しない[17]」

フランク夫妻の結婚生活は幸福ではなかった。ハンスはめったに家にいなかった。ニュルンベルクに拘留されていたとき、話し相手の心理学者ギルバートに、妻は肉体的にも精神的にも、自分には年をとりすぎていたと語っている。ブリギッテは、ずっと家にいて家族のために身を捧げるナチの妻の理想とはかけ離れていた。彼女は野心的で、金次第のところがあり、フランクの友人のひとりと関係をもっていた。どうやら新婚旅行の最中から、ハンブルクの海運業者の息子とよろしくやっていたようである。だが、ハンス・フランクがリリー・グロフという初恋の相手と再会したのち離婚を求めると、その女をあきらめるよう夫を説得した。なにがあろうと、家庭から遠くはなれたところへ夫を行かせたくなかった。夫を引き留めておくためならなんでもした。たとえば、夫の愛人はユダヤ人であるとハインリヒ・ヒムラーに密告することさえした。ニクラスに言わせれば、それこそ、ユダヤ人になにが起きていたか母が知っていた証拠だった[18]。彼女はさらに、夫の離婚の求めに反対するようアドルフ・ヒトラーに頼んだ。「大臣と離婚した女になるくらいなら未亡人になるほうがまし」というわけである。息子ニクラスはこの文句をいたく気に入っている。[19]ハンス・フランクのほうでも、妻のブリギッテに何人も愛人がいると言いふらした。彼の友人でラドム総督のカール・ラッシュ博士もそのひとりだった。いずれの愛人とも密通していたようで、ニクラスは実のところラッシュの子ではないかと言われていた。『父、ある決着』と題する著書の冒頭で、ニクラスは血のつながりの問題に触れている。後年、父の元秘書に尋ねたところ、ラッシュ博士は彼の父ではないと断言したというのである。ハンス・フランクの息子たちは、父は生涯をつうじて、ニュルンベルクに拘留されていたときでも母を恐れていたと語っている。[20]

一九四二年にはもう、ハンス・フランクの力はかなり衰えていた。独立した司法官が必要であるとドイツの大学で演説したことが問題視されただけでなく、とくに彼の堕落した生活や個人的な蓄財が非難をあびたのである。フランクはマルティン・ボルマンとハインリヒ・ヒムラーに目をつけられた。ふたりとも、彼の無能力を明らかにし、解任を要求する決意をかためていた。警察部門の主要な権限はヒムラーに譲らざるを得なかったが、[21]アドルフ・ヒトラーに一四回も辞職を願い出たにもかかわらず、一九四四年八月に「彼の権威が完全に失墜する」まで、クラクフのポストにとどまった。一九四五年一月一七日、数か月前にバイエルンへ発った家族に合流するため、いよいよヴァヴェル城を退去することになった。クラクフを離れる前には用意周到に、高価な品々や大量に略奪した美術品、とりわけレンブラントやラファエル、レオナルド・

ダ・ヴィンチの『白貂を抱く貴婦人』をバイエルンの私邸へ送り、出発に際しては豪華な宴を開いた。[22]

バイエルンのシュリールゼーの湖に近い、修復され「ショーベルホーフ」と名づけられた古い農家で、家族は再び暮らし始めた。ハンス・フランクは一九三六年、面積五〇〇〇平方メートルのこの大きな建物を購入した。典型的なバイエルンの民家で、スレート屋根をいただき、白いモルタルの母屋の上に、濃い色の木造部分がのっていた。何人かの子どもは、幼い頃、本当の農家の子どもとしてここで数年間をすごした。[23]

一九四五年五月四日、フランクはバイエルンの家族の家で米軍に逮捕された。その数日前には五万ライヒスマルクを妻に渡した。「父は娼婦に金を払うかのように、母にその金をくれてやった」とニクラスは言う。「ノルマン兄さんの前でそれを行ったのだが、愛情のかけらも示さなかった」[24]のである。

父のお気に入りの息子で当時一八歳だった長男ノルマンにとって、連合軍がやってくることはなんの疑いもなかった。しばらく前から敵のラジオをきき、連合軍が急速に近づいているのを知っていた。父もそのことを知っていたが、逮捕されるのを静かに待っていた。ノルマンが父の様子を見に書斎に入ると、テーブルがセットされ、コーヒーとケーキが置かれていた。「逮捕されるのをこれほど喜んでいる大臣はきっと私だけだよ」と、父は冗談まじりに言った。[25]それまでの演説や日誌によって無実であることが立証されるだろうと、そのとき彼は考えていた。

一九三九年から四五年まで毎日の活動を書き留めた四〇冊におよぶ日誌を、彼は自主的に連合国に提出した。無罪どころか、それらは有罪の重要な証拠になることに、彼は気づいていなかった。たとえばそこには、こういった意見が表明されている。「憐憫につながるあらゆる考え方を警戒するよう、諸君に求めなければならない。われわれはユダヤ人に出会ったら、それが可能な場所ならどこでも、ユダヤ人を根絶やしにしなければならない。それは帝国《ライヒ》全体の機構をたしかなものとするためである。……ユダヤ人はわれわれにとって、きわめて有害なものを生み育てる怪物でもある。総督領にはおよそ二五〇万のユダヤ人がおり、家族や利害関係でつながっている者を含めれば、現在おそらく三五〇万にのぼるだろう。それら三五〇万のユダヤ人を銃や毒で殺すことはできないが、いくつかの作戦を実施して徹底的に殲滅することは可能だ。そのための重要な方策を、国家レベルで検討しなければならない。ドイツ国内と同様、総督領からユダヤ人を一掃しなければならない[26]」

戦後フランクは、ナチ上層部と衝突したと言えば無罪になると期待していた。息子ノルマンにしてみれば、こうした考え違いをすること自体が理解できなかった。フランクが逮捕されたとき、連行にあたった米軍のウォルター・スタイン中尉は、お父さんはすぐにもどってくると子どもたちに約束した[27]。そのときニクラスは六歳だった。

逮捕から二日後、ハンス・フランクは自殺しようとした。その日、ドイツが連合軍に敗北すると、喉を切って自殺を図ったのである。フランクはニュルンベルクの独房から、アドルフ・

ヒトラーはボルマンやヒムラーのような邪悪な「活動家」に囲まれた精神病質者、悪魔のなかの悪魔であるとして、第三帝国の残虐行為はそれら三人の男たちによって密かに計画されたものだと訴えようとした。[28] その他おおぜいのナチにすぎないハンス・フランクに、蛮行の責任をとることはできない。悪魔ヒトラーに従わざるを得なかったというのである。

「ショーベルホーフ」のブリギッテ・フランクのもとには、夜になると、労働収容所から解放されたポーランド人やウクライナ人が金品を奪おうとやってきた。しかし彼女は、宝石箱を隣の家に預かってもらうことができた。息子の記憶によれば、それからほどなくして、母はいくつかの宝石をもってユダヤ難民の収容所へ出かけ、生活必需品と交換してもらっていた。[29]

またあるときは、重装備の米兵がフランク家のワイン貯蔵庫を探し当て、ブリギッテと子どもたちを壁に向かって並ばせ皆殺しにすると脅した。母が毅然として、子どもたちを撃たないでと叫んだことを、ニクラスは覚えている。やがて上官がやってきて、部下の乱暴狼藉をやめさせた。

一九四五年八月、家族は二個のスーツケースと毛皮だけをもって「ショーベルホーフ」の広い家を出なければならなかった。まず宿屋、それから隣村のノイハウス・アム・シュリールゼーにある二間台所つきの小さなアパートに、家族は移る。ブリギッテ・フランクは毛皮を売ったのち、ときおり子どもたちに物乞いをさせて食べものを手に入れた。長男のノルマンを近隣で唯一の中学校に通わせようとしたが断られる。校長は戦争犯罪人の子どもを学校に入れたくなかったのだ。一八歳になっていたノルマンは自宅で勉強しなければならず、大学入学資格試験にも失敗して、学業を放棄してしまった。

なんの便りもないまま五か月がすぎたころ、フランクの家族は父が再び自殺を図ったことを知る。家族全員が毎日ラジオで裁判の経過を追っていた。一九四六年九月、判決が下りる前に、家族そろって最後に父と面会した際、父が変わってしまったのにノルマンは気づいた。父はとてもやせていた。父が最後に長男にかけた言葉はつぎのようなものだ。「強くなれ。そしてよく覚えておけ、何を言うべきかよく考えずに決して口に出してはならないとな[30]」

ニクラスは、この最後のときを思い出すと怒りがこみあげる。「父が死んだとき、私は七歳だった。涙は出なかった。九月初めに刑務所へ面会にいった。父が死んでしまうことはわかっていた。ラジオや学校で、もっぱらそのことが話題になっていたからね。私は母の膝の上にいて、父はガラスの向こう側にいた。父は言った。『やあ、ニキ、三か月後にみんなそろって家でクリスマスを祝おう』私は思った。『こんなときに、どうして嘘がつけるんだろう。もう会えないのに、ぼくに嘘をつくなんて』いまでも、どうして父がこう言わなかったのか理解できない。『ニクラス、私は犯罪者だから、死ぬのは当然だ。私はあのすべてに関与した。後悔している』」父が後悔してないことが彼には耐えがたかった。「父の過ちを私たちは受け継いだのだ」と彼は言う。[31] あの「人殺し」の父親を十分に表現できる強い言葉が見つからない。彼は父を「弱い人間」「中身のからっぽな男」「偽善者」「臆病者」、そして哀れな「おべっか使い」とみなしていた。「だけど、その臆病者がガス室をつくったのだ」と彼はつづける。

ハンス・フランクはニュルンベルク裁判で戦争犯罪と人道に対する罪により死刑判決を言い渡され、一九四六年一〇月一六日に絞首刑に処された。逮捕から数か月後、おもにアイルランド人のフランシスコ会神父シクストゥス・オコナーの手引きで、カトリックに改宗した。ニクラスによれば、神父は「父のことを最もよく知る」男だった。新たに生まれ変わったフランクは、涼しい顔でこう言った。「私のなかにふたりのフランクがいる。あなたの前にいるフランクと、ナチ指導者だったもうひとりのフランクだ。私はときおり、このフランクがどうしてあんなことができたのかと思う」[32] だがニクラスは、神父は父が好きでなかったという印象をもっている。父が絞首台の階段を上がりながら最後になんと言ったか尋ねたところ、神父は覚えていないと答えたのである。ハンス・フランクの処刑後、シクストゥス・オコナーは彼の祈禱書を子どもたちに届けた。[33]

息子のノルマンの考えでは、ルドルフ・ヘスのような終身禁錮刑より死刑のほうがましだった。終身禁錮の判決だったら自分は耐えられなかっただろうと、彼は言う。「父が終身禁錮なら家族全体が終身禁錮になるようなもの」[34] だからだ。

一〇人の死刑囚の刑が執行された日（死刑判決を受けたのは一二人だが、ヘルマン・ゲーリングは自殺し、マルティン・ボルマンは欠席判決となった）、ハンス・フランクはひとり、口元に笑みを浮かべて絞首台へ向かった。自分にとりついていた悪魔から解放された様子だった。絞首台の前で、いくつかの言葉を発している。「拘留中の処遇に感謝します。神が私を受け入れてくださいますように」一九三四年のこと、ジプシーが彼の手相を見て、五〇歳になる前に不慮の死を遂げる、大きな裁判が起こされると予言した。当時は弁護士だったので、このような予言はべつに驚くにはあたらないように思えた。[35] ハンス・フランクは四六歳で処刑された。

ニュルンベルクで有罪となったナチ高官のすべての妻と同様、ブリギッテ・フランクも一九四七年五月末、非ナチ化担当大臣ローリッツの命令で逮捕された。警察がやってきたとき、彼女はオーバーバイエルンのノイハウスにあるアパートの台所にいた。未成年の四人の子どもを残していかなければならず、途方に暮れた。長女のジークリートは一九四五年に結婚していた。ふだんは厳格な母親が泣くのをニクラスが見たのは、そのときが初めてだった。ニュルンベルク裁判で判決が下されるとき、彼女は被疑者のリストをつくり、死刑の場合は名前の上に十字のしるしをつけ、あるいは科せられる刑罰を苗字に書き添えていた。そして夫の名の上に、ためらうことなく十字のしるしをつけた。刑が執行されたときも、涙ひとつこぼさなかった。

ブリギッテ・フランクはアウクスブルク近郊のゲッギンゲン収容所に連行された。そこには、エミー・ゲーリング、イルゼ・ヘス、元国家経済相の妻ルイーゼ・フンク、ヒトラー・ユーゲント指導者バルドゥーア・フォン・シーラッハの妻ヘンリエッテ・フォン・シーラッハなど、他の死刑囚の妻たちも拘留されていた。ブリギッテ・フランクは受刑者番号一四六七であった。戦時中に豪勢な暮らしをしていた妻たちは、そこで藁のマット、ネズミやナンキンムシに出会った。空腹と窮屈な生活が彼女たちの日常だった。子どもとの面会もごくまれにしか認められなかった。なにより子どもたちの行く末を案じ、戦後の荒廃したドイツで腹いっぱい食べているのか知りたがった。

ゲッギンゲンでは驚くべき会話が交わされていた。ブリギッテ・フランクは、エミー・ゲーリングの夫ヘルマン・ゲーリングが自ら命を絶ったことをほめそやした。ヘルマン・ゲーリングの最期は「見事」だったとして、自分の夫が青酸カリのカプセルを所持していなかったことを残念がった。エミー・ゲーリングのほうは遠慮なく皮肉を言った。「ポーランドの女王だって、いまじゃ国《ライヒ》もなければ、夫もいない」ふたりの女はときおり、「死んだ夫の健康」と「夫が多くの歳月を捧げた」アドルフ・ヒトラーのために乾杯した。

ブリギッテ・フランクは非ナチ化裁判で、闇市などで宝石を手に入れていたことを否認した。証拠を突きつけられ、追い詰められた彼女は、自分の身を守るために「私は反ユダヤ主義ではない」[36]とまで主張した。息子が四、五回面会に来たが、あるとき彼女はブーヘンヴァルト収容所の最初の司令官の妻イルゼ・コッホの話をした。イルゼ・コッホはサディストだったことから「雌犬」「魔女」などと呼ばれたが、いまではナチの古い歌をよく口ずさんでいる。そう言ってブリギッテは大笑いするのだった。

ブリギッテ・フランクは一九四七年九月半ばに釈放された。[37] すっかり日に焼けた彼女は子どもたちに向かって、「最高のヴァカンスだった……。エミー・ゲーリングも拘留をおおいに楽しんでいたわ[38]」と言ったという。拘留期間中にふたりの女は親密になった。エミーが非ナチ化裁判のためにつくった宝石のリストを見て、ブリギッテは圧倒されている。[39]

一九五一年、ノルマンは家族のもとを離れ、アルゼンチンへ移住する決心をした。だが、彼こそ父の後継者にふさわしい人物と見ていたアルゼンチンのナチにつきまとわれたことから、ボリビアとの国境にある鉱山へ働きに行かざるを得なかった。

同じ年、ニクラス・フランクはヴィクトリア・アウフ・フェールの寄宿学校へ送られ、一九五九年に二〇歳になるまでそこですごした。それはこの上なく幸せな時期として彼の記憶に刻まれた。家を離れ、もう母の怒鳴り声をきかずにすんだからだ。

寄宿学校の規則は、きわめて厳格なチュートン騎士団の規則にならったものだった。朝の点呼がすむと、昼までみっちり授業があり、午後はスポーツにあてられる。ニクラスには、寄宿舎はわが家のように感じられた。他の子どもたちは彼の出自を知っていたが、それはたいしたことではなかった。ローマン牧師はナチの子どもたちを受け入れており、ニクラスの父親代わりになった。ナチの子どもたちを愛したからといって、牧師は決してナチではなかったと、ニクラスは考えている。[40]

ある日、一二歳のニクラスは母親宛ての手紙の頭書に「ニクラス・フランク、ポーランド王子」と書いた。ローマン牧師は厳しい口調で「そんなことをしてはいけない」と言った。[41] 第三帝国外相ヨアヒム・フォン・リッベントロップのふたりの息子、アドルフとバルトルトも同じ学校の寄宿生だったが、ニクラスとのつき合いはほとんどなかった。ニクラスは彼らと双方の父親について話した記憶がない。

ブリギッテ・フランクは戦時中の数年間、豪勢な生活を送っていたが、一九四七年に財産を差し押さえられ、政府から渡された五〇〇〇マルクを限度として、ひと月五〇〇マルクで生活しなければならなかった。[42]

一九五三年に彼女は、夫が処刑される直前に書いた『絞首台を前にして』と題する手記を躊躇なく売った。それはドイツでおおいに売れ、隠れたベストセラーになった。数千部売れたことから、およそ二〇万ドイツマルクが出版元である未亡人の懐に入ったと思われる。

ハンス・フランクの手記でとくに注目されるのは、アドルフ・ヒトラーがユダヤの血をひいているかもしれないという話である。ヒトラーの甥で、母親の異なる兄アロイスの息子、ウィリアム・パトリック・ヒトラーが恐喝してきたことから、一九三〇年代末にアドルフ・ヒトラーはハンス・フランクに命じて、おもに父方の祖母マリア・シックルグルーバーについて調べさせたと考えられる。

マリア・シックルグルーバーはレオポルト・フランケンベルガーという名のユダヤ人の料理女として働いていた。アドルフ・ヒトラーの父アロイス・ヒトラーが生まれる前のことである。ハンス・フランクは、扶養手当の支払いをめぐってアドルフ・ヒトラーの祖母とフランケンベルガー家とのあいだで交わされた手紙を見つけたようである。アドルフ・ヒトラーにとってそれらの手紙は、フランケンベルガーの息子が彼の祖父であると示すものではまったくなく、私生児の父親の名をばらすと脅して祖母がこの家族から金をむしり取ったということにすぎない。イアン・カーショーのような第一級の歴史家たちは、ハンス・フランクが明らかにした話をまともに取り上げないが、この話にまだこだわっている歴史家もいる。ニクラス・フランクによると、彼の父はたしかな証拠といえるものをなにひとつ見つけていない。このエピソードは、生きるか死ぬかは血筋しだいと言っていた男自身の血筋が不確かであるのを示しているにすぎない。

この本が売れなくなった一九五八年頃、ブリギッテはミュンヘン駅で暮らしながら、旅行者に五マルクでベッドを提供するようになった。マットレスをいくつか並べ、シーツで区切った大部屋に、最高五人まで宿泊させることもあった。

ニクラス・フランクは演劇に熱中したが、大学入学資格試験に合格すると、法律、歴史、社会学、ドイツ文学を勉強することにした。しかし大学を中退し、ジャーナリスト兼作家になった。エロチックな雑誌『ハー』を経て『プレイボーイ』誌で三年間、文化欄の編集に携わった。さらに二〇年近く、ドイツの週刊誌『シュテルン』に寄稿していた。ナチ高官の一部の子どもたちとは異なり、ニクラスの考え方は非常に明快である。「私は過去を恐れない。すべてを知りたいと思っている」彼はこれまでずっと、身内の写真とともに父の遺骸の写真を保存してきた。「写真の姿に満足している。死んでいるってことだからね」この件についてきかれると、彼はこう答えた。

親自身に罪の意識がなく、後悔もしていないことは、子孫に少なからぬ影響を及ぼしたが、その形態は子孫によって大きく異なる。ある者は親の態度を引き継いで罪を否定するが、ある者にとっては耐えがたく、それは拒絶という形で現れる。良心の呵責も後悔の念もなく、父を正当化しようとするのは、ニクラス・フランクにとって許しがたいことである。「いや、父はまったく後悔していなかった……。私は父を憎んでいる。あの下司野郎は地獄で焼かれ、私にとりついているんだ」彼は父についてこう言っている。「父のことを考えない日はない。まだ父に操られていると思うと背筋が寒くなるがね……。信じてもらえるかな。私は子どもだったが、犯罪者の家族に属していると確信していたんだ。漠然とだったが、この明白な事実をずっと否定してきた兄や姉とは違って、私はそのことがわかっていた。幼い頃、新聞で収容所の写真を見たことがある。裸の死体の山、ぼろをまとった骸骨。それにほら、腕に刻まれた番号を見せようと小さなこぶしを突き出している子どもたちの写真……。あの子どもたちは私と同じ年頃だった。父が金銭をため込み、私がペダルつきの自動車で王子さまごっこをしていたポーランドの城のすぐ近くに、彼らは閉じ込められていた。私と彼らがつながっていると思うとぞっとした……。私はとりつかれたように、それらの写真のなかに自分を投影しようとした。自分の体で苦しみを、死にゆくユダヤ人の苦しみを感じようとした。彼らになりきろうとした。彼らはいまでも私にとりついて離れない」

父の死もまた彼にとりついている。頭のなかで父の最後の瞬間を追体験し、処刑を待っている時間、廊下、司祭、絞首台へ上がる一三段の階段、そして最後に、首にかかる綱と死を想像する。ニクラスは理解しようとした。手に入るかぎりの資料を丹念に読み、やがて以下の結論に達した。「なにも見当たらない。ただ金銭欲と、猛烈な出世欲があるだけだった。ユダヤ人について恐ろしいことを言っているが、ユダヤ人を馬鹿にしていたのであって、本当の反ユダヤ主義者ではなかったと思う。もしヒトラーがフランス人や中国人に対して同じことをしろと言えば、ニーチェやシラーやゲーテやコルネイユを引き合いに出しながら、彼らを標的にして熱烈な演説を書きあげたことだろう」

ドイツの週刊誌『シュピーゲル』のインタヴューで、父親がパン屋だったらよかったと、ニクラスは述べている。だが、他のナチ高官の子どもたちと同様に、もしゲーリングやヒムラーという名前だったら、もっとひどいことになっていただろうと言う。[43]

父は「処刑されて当然だし、それを喜んでいた」と、ニクラスは考えている。父がのちにカトリックの信仰をもったことについても、再び検討している。ニクラスの見るところ、父が改宗したのは過ちから逃れるためにほかならない。だが、父の個性の片鱗がいくらか自分にも受け継がれているのを、彼は認めている。父と同様に虚言癖があり、攻撃的なユーモアのセンスを備えた雄弁家である点がそうだ。そのようなユーモアはフランク家に特有のものだという。[44]

一九八七年にドイツで出版された著書『父、ある決着』は、とりわけナチ高官の子どもたちの一部に激しい反発を巻き起こした。クラウス・フォン・シーラッハやマルティン・アドルフ・ボルマンがそうである。当時、神学の教師であったマルティン・アドルフ・ボルマンは、この問題についてニクラス・フランクと話し合うことができなかったのを残念に思っていた。自分の父親を否定したり呪ったりすべきではない、という者もいる。またある者にとっては、ニクラスの言動の激しさは、明らかに行きすぎであった。兄のミヒャエルは公の場で弟をこき下ろそうと、『シュテルン』誌に公開書簡を送り、「弟ニキは愛想のないやつだったし、それはいまも変わらない」という言葉でその書簡を締めくくった。彼の友人たちは、最も親しい者でさえ彼に背を向けた。自慰行為の場面で始まる著書の冒頭は、人々にショックを与えた。ニクラス・フランクはそこにこう書いている。「子どもである私は父の死をわがこととして受け止めようとした。とりわけ一〇月一六日に先立つ数日間の夜は、私にとって神聖なものとなった。私は大きなトイレの臭いリノリウムの床に裸で横たわると、両脚を伸ばし、左手で萎えた性器をつかんで軽くこすりながら、父のことを想像し始めるのだった」[45]

ニクラスは当時、ノイハウスのデュールンバッハ通り七番地にある小さなアパートに、四人の兄姉とともに暮らしていた。あるとき、このオルガスムスは父を乗り越えて生きようとする意志のあらわれではないかと、さるジャーナリストに指摘された。その分析で目が開けたと、ニクラスは言う。[46]だがニクラス・フランクはさらに先へ進み、ドイツ国民を公然と批判した。「父のこと、そしてドイツ人がやったことを考えない日はない。世界はそれを決して忘れないだろう。外国にいても、私がドイツ人だと言えば、人々は『アウシュヴィッツ』を思い浮かべる。それは完全に正しいと、私は思う」

のちに『シュテルン』誌は、彼の五冊目の本を「わが父、ナチの殺人者」というタイトルの記事の形で取り上げ、週一回、七週にわたって掲載した。彼はそこでも、毎年父の命日には、父の写真の上でマスターベーションをしたり、父についてあれこれ分析しながら想像をめぐらせたりすると述べている。

母に対しても容赦はない。彼女は社会的地位が上がることしか頭にない、田舎の成り上がり者であった。「母はシニカルであり無気力だった。毛皮が大好きで、親衛隊の護衛をともないメルセデスでゲットーへ出かけては、わずかな金でキャミソールを買っていた。それらの見事なキャミソールは、もちろん、あのユダヤ人たちがつくったものだ。ユダヤ人が死んでいることなど、まったく気にとめなかった」

「なにもきくな。新しい国をつくろう！」が合い言葉になったアデナウアー時代のドイツで、母に説明を求めなかったことを、ニクラス・フランクは悔やんでいる。戦後のドイツについては、こう言っている。「帝国《ライヒ》への郷愁が消滅するもんか！　体制が裁かれないように、息子が父親に質問しないように、真剣な内省が行われないようにするためなら、なんでもやったのだ。ドイツ人はそのつけを払うことになるだろうよ。幸いなことに、世界中のメディアがわれわれを厳しく監視して、ひとりのトルコ人が襲撃されたり、ユダヤ人墓地が冒瀆されたりすれば、たちまち大騒ぎになる。さもなければ、すべてが再び始まったかもしれない。私はドイツ人を愛している。でも、まったく信用していない[47]」

彼は母を道徳心に欠ける女とみなしている。その他大勢のドイツ女性と同様に、彼女も第三帝国から利益を得ていた。二〇〇五年に出版された著書『わがドイツの母』で、これっぽっちも自責の念をもたなかった母を憎むと言っている。けれども、彼の話では、少なくとも戦後、母は夫を称えようとしなかったし、第三帝国の話をすることもなかった。ヒトラーの情事に関するエピソードは別で、母は飽きることなく、その話を語ってきかせた。そのころ彼女は、子どもたちの生活費を援助しなければならなかった[48]。

ニクラスは一九五九年、母に過剰な分量の薬を飲ませて殺そうと思ったことがあるという。母は心臓発作でミュンヘンの大学病院に入院しており、彼は二〇歳の誕生日を母と祝うため、三月九日の誕生日の数日前に病院を訪れていた。母はそのころ肥満に苦しみ、足に水がたまっていたが、子どものために身だしなみを整えようと、化粧をしてほしいと看護師に頼んでいた。

母の唇は真っ赤で、息子は化粧が濃すぎると思った。ニクラスに愛されていないのを、母は知っていたが、ひとことときかずにはいられなかった。「ねえ、おまえは私のことを全然愛していなかったでしょう?」そう言って黙り込んだが、やがて、父親のように法律を勉強するよう勧めた。「子どもにも大きな運が開ける」[49]よう願っていたのだ。あたかも、なにごともなかったかのように。ブリギッテ・フランクは数日後、ニクラスの誕生日である三月九日に死んだ。享年六三だった。[50]

ノルマンはアルゼンチンで五年すごした。ドイツと家族から遠ざかっていた数年間は「解放」されていたという。母のそばにいると息が詰まりそうだった。さらに彼は、父とその幼なじみとの関係についてあけすけに語り、愛する女のために母と別れようとした父に理解を示しているようだった。[51]ノルマンはミュンヘンにもどると、母が住んでいた大きなアパートで暮らした。アパートには両親それぞれの写真や、両親が使っていた家具がいくつか残されていた。自分の過去が知られるのをひどく恐れていたので、ニクラスが父について書き、あからさまな言葉と態度で痛烈に父を攻撃したときには、その勇気に感心した。再び父を問題にするのは、ノルマンにとってさらに大変なことだった。父を愛していたので、父から本当に離れてしまうことはできなかった。年の離れた弟とは異なり、ナチ体制のなかで父が昇進していくのを、日常的に体験していた。だからノルマンは、職業生活にも私生活にも正面から向き合うことができなかったのだと、ニクラス・フランクは考えている。ニクラスには娘がひとりいるが、ノルマンはナチの一部の子孫と同様、フランクの遺伝子を残さないように子どもをもたないと決めていた。ただひとりの愛する女性エレンスの離婚調停では、元の夫に一万マルクを支払ったが、エレンスは一九六七年六月三日、四〇歳の誕生日に自殺した。ニクラスによると、兄の二人目の妻は冷酷な反ユダヤ主義者なのだそうだ。[52]

ミュンヘンのアパートで死ぬまで、ノルマンはベッドの上に父の肖像画をかかげていた。何度も父を忘れようとして、アルコールにおぼれた。ニクラスはフランク家三部作の最後の本である『兄ノルマン』で、兄は薬物依存で命を縮めたと述べている。二〇〇九年のノルマンの死で終わる本書のカバーに、「父はナチ犯罪者だが、私は父を愛していた」という兄の言葉《マントラ》が書かれている。ノルマンは晩年、通りに面した窓の前の肘掛け椅子に座って日々をすごすだけとなっていたが、弟のニクラスと和解していた。『兄ノルマン』は、彼らの人生というより彼らの父の人生に関する議論から生まれたものだ。不道徳な母親、離婚、ヒトラー、処刑、カトリック信仰まで、すべてがそこで語られた。だが兄と弟は、それらすべてについて、根本的に異なる見方をしている。いっぽうが必死に忘れようとしていることを、もういっぽうは詳しく知りたいと望んでいた。ノルマンの墓には以下のような銘が刻まれている。「いま、父への愛により引き起こされた苦しみから解放された」

ハンス・フランクが「ノルミ」の愛称で呼んでいた息子、ノルマンは、ポーランドでの生活について、ニクラスと同じように分析していたわけではなかった。当時、十代の若者だったノルマンは、周囲の世界を理解できる年齢に達していたが、あのころ関心があったのは、もっぱら思春期にありがちなことだったと言っている。ドイツ人学校に自転車で通うため、クラクフの町を走り抜けていたが、学校の隣に親衛隊の兵営があったことは覚えていない。「ユダヤ人たちは、二〇度以下の気温のなか、ほとんど裸で、トラックから石炭を降ろしていた」それ以上のことは思い出せないが、級友のひとりは彼のことを完璧に覚えていた。[53] 彼の弟と妹も兄とほとんど変わらなかったし、上の妹ジークリートには彼女自身の生活があった。彼らの唯一の記憶は、両親の仲が冷え切っていたこと、あるいは孤独な生活を送っていたことである。そのほかのことに関しては、なにも覚えていない。「総督府の時代は奇妙だった。全体として、私は幸せだと感じていた。自分の思春期を生きていた。まわりで起こっていたことよりも、思春期の変化のほうに夢中だった」[54] 戦後、父の書いたものを読んだときは、「恥ずかしくなった」とノルマンは言う。「それが私の愛した父とは思えなかった。父のなかにこれほど矛盾したものが存在する。そのことが理解できなかった。あれほど教養があり、私に優しかった父が、どうしてこんなに憎しみのこもった、愚かなことを言えたのだろうか」[55]

弟とは異なり、彼は決して、何百万ものユダヤ人虐殺に父が大きな役割を果たしたと認めようとしなかった。それでも子ども時代に、「アウシュヴィッツ」と大きな文字で書かれたトラックが何台も通りすぎるのを見たことがあった。七七年以上たって、彼はようやく歴史の真実に向き合うことを受け入れた。そのいきさつは、フランク家三部作の最終巻に書かれているとおりである。だが弟のニクラスは、父と対決したことがあるのは兄だけだったと評価している。ある日のこと、城の下でドイツ人の子どもたちとサッカーをしていたとき、銃声がきこえた。そして、壁の前に並んだ男たちが撃たれ、血の海のなかに横たわっているのが見えた。当時、一四歳か一五歳だった兄は、数分前にポーランド国歌を歌っていた男たちがどうして殺されたのかと父に尋ねた。「戦争が終わるまで、その話はするな」と、父はそのとき答えた。

兄と弟は自分たちの名前がもたらす影響についても意見を異にしている。この名前はハンディキャップだとノルマンが考えていたいっぽう、弟のニクラスは、父親のおかげで人から注目されたと考えている。だがふたりとも、彼らの遺産が人生で決定的な役割を果たしたと言っている。[56]

フランクの子どものうち、父が犯罪者であることを受け入れたのはノルマンとニクラスだけである。

あとの三人はさまざまな運命をたどり、それはおおよそ悲劇的なものだったが、いずれにしても歴史の真実を受け入れることを拒んだ。フランクの長女ジークリートは一九六六年、二人目の夫とともに南アフリカへ移住した。南アフリカではアパルトヘイトが広く行われており、彼女はその政策を支持していた。弟のニクラスはあるインタヴューで、姉はホロコースト否定論に賛同していたと伝えている。電話で最後に話したとき、ジークリートは以下のように述べたという。「六〇〇万のユダヤ人が焼かれたとしたら、一体につき六秒しか焼けていなかったことになる。だから、そんなことはすべて嘘なのよ」

フランクの次女ブリギッテはガンになり、一九八一年に四六歳で自殺した。父が死んだときと同じ年齢だった。弟のニクラスの見るところ、彼女は父の無実を信じており、父より長く生きることに耐えられなかったのである。[57] 彼女はふたりの子どもの母親で、八歳だった下の子は、母が致死量の睡眠薬を飲んだとき、母と一緒に寝ていた。[58]

さらに一九九〇年、フランクの二人目の息子ミヒャエルが、肥満のため五三歳で死んだ。多いときで一三リットルもの牛乳を、毎日飲んでいたのだという。

ハンス・フランクの息子でまだ生きているのはニクラスだけである。彼は半世紀以上前に始めた真実の追究を倦むことなくつづけている。そうして、あれほど憎んでいた父親の主要な伝記作家となった。マルティン・アドルフ・ボルマンのような一部の高官の子どもたちの態度は、彼には耐えがたいものである。彼はボルマンについてこう言っている。「親を殺してはならないというのは、太古の昔にさかのぼる原則だ。ボルマンの息子がやっていることも、それと変わらない。途方もない数のドイツの学校に招かれ、ボルマンはただの犯罪者ではなく、愛情深い父親でもあったと、あちこちで語っていた。それはかなり卑劣なやり方だ。なぜなら、彼はそうして、父親の罪を小さく見せようとしているからだ。そして八〇〇〇万人の偽善的なドイツ人がそうした主張に同調しているのだ」[59]

現在ニクラスは妻とともにハンブルク北部の田舎で暮らし、年に数回、各地の学校に出向いて講演している。ヨーロッパが移民危機に見舞われ、二〇一五年もドイツはかなりの移民を受け入れる予定だが、それについてどう思うかと尋ねると、それは結構なことだが、ドイツ人の圧倒的多数は内心、移民の受け入れに反対なのだと言っている。

マルティン・アドルフ・ボルマン・ジュニア

「クレーンツィ」あるいは皇太子

一九七一年四月二五日の夕方、激しい雨が降りしきるなか、白いオペルのドライバーは車のコントロールを失い、米軍のトラックに猛スピードで衝突した。濃緑色の大型トラックは、彼が車を走らせていた県道を、ライトをつけずに走行していたのだが、そのトラックに気づいたときは遅かった。衝突の勢いはすさまじく、車体は正面からの衝撃に耐えられなかった。車の前の部分は完全に押しつぶされた。車は圧縮された鉄くずのようになり、ドライバーは車内に閉じ込められ、その命は風前の灯となった。

ドライバーの体は車体とダッシュボードにはさまれ、車から引き出すことができなかった。事故現場から数メートルのところにいた自動車修理工が、軍用トラックが通るのを目にし、大きな衝突音をきいた。ドライバーを車から助け出そうと、彼はかけつけた。ドライバーはまだ生きているのか、だれにもわからない。事故の激しさは最悪の事態を予想させた。自動車修理工が車のフレームと格闘するのを、ふたりの米兵が見ていた。彼は金てこで、ドライバーを押さえつけていた鉄板の端を一枚ずつ切断していった。いましめが取り除かれ、負傷者に近づくにつれて、男の顔が見えてきた。その顔立ちには見覚えがあった。

彼はその男を知っていた。すでに会っていたが、どこで会ったのか。「過去」に会ったことがあるのか。昔のことは忘れたかった、いやむしろ、なにも言わずにすませたかった。昔、彼は運転手だった。男を乗せたことがあるのだろうが、いつのことだったのか。いまは四十がらみの負傷者も、当時はほんの子どもだったはずだ。

あと少し鉄板を切断すれば、体を引き出せるだろう。彼はせっせと手を動かしながら、「過去」のなかで男を復元しようとした。そのとき、ひとつのイメージが頭に浮かんだ。彼が運転する黒いセダンの後部座席におとなしく座っている一一歳の男の子だ。母親とふたりの妹が一緒だった。少年は、赤いチェックのシャツを着て、肩紐つきの革製の半ズボン、レーダーホーゼンに絹のハイソックスをはいていた。昔の主人の住まいがあった、オーバーバイエルン地方の伝統的な服装である。自動車修理工は当時、親衛隊とドイツ警察の長官だったハインリヒ・ヒムラーという男のもとで働いていた。その日、瀕死の状態で彼の腕のなかにいるのは、総統の個人秘書だったマルティン・ボルマンの息子にほかならなかった。数十年の歳月が流れていたが、彼ははっきりと思い出した。グムントと総統の山荘があるオーバーザルツベルクのあいだを、たびたびその子どもを乗せて走っていた。彼はあることに衝撃を受ける。男はほとんど血だらけだったが、司祭の法服《スータン》を身につけているようだった。ボルマンの息子が司祭なのか？ 彼の疑問は、現場に到着した救急隊の物音にかき消された。近くの病院へと搬送する救急車の後部ドアのむこうへ、負傷者は消えた。男は重体で、命が助かるかどうかは予断を許さなかった。彼が生き延びるとは、だれも言えなかった。男は深い昏睡状態に陥り、そうして一〇日が経過したのち、ようやく意識を取りもどした。

アドルフ・ヒトラーの献身的な秘書、マルティン・ボルマンとその妻ゲルダとのあいだにできた一〇人の子どもたちの長男マルティン・アドルフ・ジュニアは、一九三〇年四月一四日にグルンワルトで生まれた。彼のファーストネームは代父の総統に敬意を表してつけられたものだ。彼はアドルフ・ヒトラーの最初の名づけ子であった。代母は、当時マルティン・ボルマンの上司であった総統秘書ルドルフ・ヘスの妻、イルゼ・ヘスである。ボルマン夫妻はその後、ナチの習慣にしたがい、生まれた子どもに洗礼を受けさせるのをやめた。

マルティン・アドルフの父マルティン・ボルマンは「影の総統」と呼ばれ、ときがたつにつれて、あらゆる分野で権力を握るようになった。官僚政治のマキャベリと呼ばれた彼は、冷酷にして計算高い男だった。[1] アドルフ・ヒトラーのためならなんでもする男、ボルマンは、一九〇〇年、ザクセン＝アンハルトの小市民的な家庭に生まれた。一九二三年に恥ずべき殺人事件に加わったのち、「アドルフ・ヒトラー」なる男の魅力にとりつかれていった。カリスマ性のない、このずんぐりした小男は、しだいにヒトラーをしのぐ権力をもつようになったと考える者もいる。それほど彼は、ヒトラーにとってなくてはならない人間であった。党官房長ルドルフ・ヘスの部下として出発した彼は、一歩一歩、出世の階段を上がり、やがてヒトラーの身辺から上司へスを遠ざけるようになる。彼を通さなければ総統に会うこともできず、総統は彼の忠義に全幅の信頼をおいていたし、死の間際に彼を遺言執行者に指名している。マルティン・ボルマンは最後まで、帝国の勝利は可能だと確信していた。他のナチ高官とは違って、ドイツの敗北が明らかになっても、連合国と和平交渉をするつもりはまったくなかった。

一九四一年五月一〇日にルドルフ・ヘスが無謀にもイギリスへ向けて飛び立つと、彼のキャリアは決定的な転機を迎えた。マルティン・ボルマンはこのとき、ヘスの後任として国家社会主義ドイツ労働者党の官房長に任命された。その後もめざましい出世をとげ、一九四三年四月には正式に「総統秘書」となった。彼は総統の山、オーバーザルツベルクに暮らし、総統が五〇歳になった一九三九年、「鷹の巣」と呼ばれる山荘をヒトラーに贈った。その山荘は、標高が一八〇〇メートル以上あるケールシュタイン山の岩だらけの山頂に建てられていた。彼は総統の個人的な財務管理人でもあった。なにひとつ見逃さない彼の仕事ぶりを、総統は称賛した。

彼はすべての人から恐れられた。ハインリヒ・ヒムラーやヘルマン・ゲーリング、ルドルフ・ヘスといった人々も例外ではなかった。アルベルト・シュペーアは彼のことを、ヒトラーの側近で最も危険な男だと言っていた。総統に対して影響力を行使するようになったのは彼だけだった。『わが闘争』の売り上げやオーバーザルツベルクの地所を売却した収入、郵便切手にヒトラーの肖像が使われることで得られる使用料収入といった総統の財務を、一九三五年初頭から彼が一手に管理していたのである。

彼を警戒していたのはシュペーアだけではなかった。総統のすべての側近が彼を憎み、恐れていた。失脚した者はだれでも、ボルマンの陰謀に違いないと考えた。ドイツが凋落の一途をたどっていた時期に、彼の権力は頂点に達した。総統の最も近くにいたことから、ナチの最高幹部たちをしだいに影の薄い存在へと追いやることができたのだった。

彼の妻、ゲルダ・ブーフは、国家社会主義政党の幹部でアドルフ・ヒトラーの親しい友人の娘だった。ふたりはナチのしきたりにしたがって一九二九年九月二日に結婚し、仲のよい夫婦となった。家を留守にすることが多かったボルマンは、妻とさかんに手紙のやりとりをする。

一九三六年夏、一家はミュンヘン近郊のプルラッハを離れ、オーバーザルツベルクへ移った。一九三〇年生まれのマルティン・アドルフは、なんの苦労もなく気楽にすごした幼少期に関して、ごくわずかな記憶しかない。ただひとつだけ、鮮明に覚えている出来事がある。ある日のこと、妹の頭に庭のブランコが当たって彼はパニックになり、父に叱られないよう地下倉に逃げ込んだ。あまりにうまく隠れたので、だれにも見つからず、夜になって暗闇にひとりきりとなった彼は、激しい恐怖に襲われた。その出来事は子どものトラウマとなり、母親は、あのとき怖いおもいをしたのは子どものいい薬になったと考えた。[2]

マルティン・アドルフには、生後まもなく死んだ女の子を除いて、九人の弟と妹がいた。双子のイルゼとエレンガルト・フランチスカ（一九三三年七月）、イルムガルト（一九三八年）、ルドルフ・ゲルハルト（一九三四年）、ハインリヒ・フーゴ（一九三六年）、エヴァ・ウーテ（一九四〇年）、ゲルダ（一九四二年）、フレド・ハルトムート（一九四二年）、フォルカー（一九四三年）である。

オーバーザルツベルクのベルヒテスガーデンで、長男のマルティン・アドルフは村の小学校に通った。キリスト教に公然と反対していた両親は、子どもの宗教教育を免除するよう学校に申し入れた。

公教要理の時間になると別の教室へ行かされ、奥のベンチに座って宿題をしていたと、マルティン・アドルフは回想している。自分は友だちと違うのだと、ボルマン少年は幼い頃から理解していた。宗教の授業を受けないのは彼ひとりだったが、どうしてそうなのかはわからなかった。そのことについて両親に尋ねても、返ってくる答えは、「私たちには必要ない」のひとことだった。子どもは総統の山が整備されていく様子も見ていた。工事の総監督は彼の父であった。一九三〇年代初めから住民を立ち退かせ、保安対策を講じたうえで、その地域一帯が再開発された。世界の要人を迎え、帝国高官の居住地とするためである。オーバーザルツベルクはオーストリアとの国境にあり、正面には、ヒトラーになじみの南バイエルンの山、ウンタースベルクの神秘的な山容がそびえていた。マルティン・アドルフは総統の私有地にある家で、弟や妹とともに、世間から切り離されて少年時代をすごした。親衛隊に守られたこのナチのゲットーでは、ヘルマン・ゲーリングやアルベルト・シュペーアをはじめとする体制の首脳たちが、その子どもたちとともに暮らしていた。

マルティン・アドルフの遊び友だちには、オーバーザルツベルクに暮らしていた他の政府高官の子どもたち以外に、庭師や運転手、電話交換手の子どもたちがいた。同じ年頃のすべての子どもたちと同様に、彼らも集まっては警官と泥棒ごっこ、カウボーイとインディアンごっこ、そして戦争ごっこをして遊んだ。敷地のなかにはいかなる部外者も入ってこなかった。とはいえ、ときおり「山の人たち」を一目見ようとする者はいたのだが。敷地は七平方キロメートルにわたり、フェンスで完全に囲ってあった。アルベルト・シュペーアの言葉を借りれば、「大型動物の禁猟区のなかにいるようなもの」だった。人々は型にはまった硬直化した世界で、外の現実から切り離されて暮らしていた。

マルティン・アドルフは、英首相ネヴィル・チェンバレンや仏首相ダラディエ、ムッソリーニといった要人がやってきては、ヒトラーと数日すごしていたことを覚えている。子どもはそのような場にふさわしい制服にあこがれていた。ムッソリーニに手を貸したことは、生涯忘れられない思い出だった。ひどく感動したものだから、その特別な日になにがあったのか、さっぱり思い出せなかった。

母のゲルダ・ボルマンは、あらゆる点でナチの理想にぴったりの、ナチ高官の妻のなかでもまれな女性のひとりだった。いつも台所のコンロの前にいるような家庭婦人で、政治に口をはさむことはなく、「産む女」の役目をきわめて真面目に果たした。一一人の子どもを産み、浮気な夫に献身的につくす貞淑な妻でありつづけたが、とりわけ「大義」のためにわが身を犠牲にし、子作りを目的とした一夫多妻を公然とほめそやした。総統のために子どもの数をふやしたいと考えており、この件にかんする熱烈な思いを書面にしたためている。「この戦争が終わったら、三十年戦争のときのように、健康で優秀な男性にふたりの妻をもつ権利を与える法律をつくる必要があるでしょう」マルティン・ボルマンはこのコメントの余白に、「総統も同じ考えだ[3]」と書き込んでいる。「役に立ちそうな」女性を手に入れようと、夫があちこちの女優を誘惑していることを、妻のゲルダは喜んでいた。

夫が女優マーニャ・ベーレンスの愛人になると、妻は心から夫を祝福し、できるだけ早く子どもができるよう願った。ボルマンはためらうことなく、家族がいるオーバーザルツベルクの自宅に愛人を呼び寄せた。彼の不作法な振る舞いは多くの人々の顰蹙を買ったが、妻も承知の上なので、スキャンダルになることはなかった[4]。マルティン・ボルマンのほうも、妻の反応と、女性の役割全般に関する彼女の分析にすっかり気をよくして、なじみの愛人以外にも、つぎつぎと女性をものにしていった。ゲルダは狂信的な女性で、最後まで体制を支持していた。「苦境にある国家にふさわしい結婚制度[5]」を導入するというのが、彼女の願いだった。帝国の崩壊がはじまり、絶望的な状況にあるのを夫が自覚していたときでも、彼女はつぎのように書き送っている。「いつの日か、私たちの夢の国《ライヒ》が生まれるでしょう。それを見ることは可能です、私たち、もしくは私たちの子どもたちは」[6]

学校でのマルティン・アドルフ・ボルマンはあまり勤勉ではなかった。そのため父は厳しく叱責し、ナチの寄宿学校に息子を送って「しつけて」もらうことに決めた。アドルフ・ヒトラーは次世代に国家を引き継ぐ体制を整えるため、エリートを養成する教育システムをつくりあげようとしたが、帝国の高官たちはどれほど狂信的な者でも、自分の息子を入学させようとはしなかった。息子を入学させたのはボルマンだけ、それも罰として、であった。

マルティン・アドルフは一〇歳で、シュタルンベルク湖畔にあるフェルダッフィングの国立学校に入学した。一九三三年にエルンスト・レームが創設したこの教育機関は、国家社会主義のエリートを養成することを使命としていた。地方の大管区指導者《ガウライター》はそれぞれ三人しか志願者を送れなかったが、ミュンヘンとベルリンは例外的に五人入学させることができた。マルティン・アドルフ・ボルマンだけは「コネ」で入学を認められた。彼はそこで準軍隊式の教育を受けた。「ボルマンの息子」として学校にとけ込むのは厳しい試練であり、彼はひとりでそれを乗り越えなければならなかった。授業、とりわけスポーツの授業になかなかついていくことができなかったが、身体教育は少年の教育で最も重視されていたのである。だが、彼は意思の力で、学校にすっかりなじんだ。

彼が受けた国家社会主義の講義では、学生たちは党の綱領を暗唱し、『わが闘争』、上級クラスはローゼンベルクの『二十世紀の神話』[7]を学ばなければならなかったが、学生であれ教師であれ、この本を最後まで読み通した者はいなかった。のちに彼が説明するところでは、彼の父も何度か挑戦したけれど、やはり全部読むことはできなかったという。

この学校に入ったことで、若いマルティン・アドルフ・ボルマンの人生に断絶が生じた。彼は二度と家族のもとで暮らすことなく、家族との疎遠な関係は決定的となった。家族と接触するのは休暇のあいだだけで、そのときも父は不在であることが多かった。父が家にいるときは、息子に対して厳しかった。「ハイル、ヒトラー」と敬礼したら、激しい平手打ちをくらったこともあった。直接総統に呼びかけるときは、「ハイル、マイン・フューラー（わが総統）」と言わなければならないのだった。父の厳しさは子どもの心に深い傷を残した。それとバランスをとるような愛情表現がまったくなかっただけに、なおさらだ。ふたりの関係は、コミュニケーションと人間的な温かみにまったく欠けていた。休暇で家にいるとき、彼はたいてい庭師について仕事をしたり、オーバーザルツベルクの農場で働いたりしていた。戦時中の数年間についてはいい思い出しかないが、父との関係が疎遠であることは認識していた。

総統を追いかけるのに忙しく、旅行に出ることも滅多になかったマルティン・ボルマンが寄宿舎を訪れたのは、一九四三年の一回きりだった。そのとき父に質問したことを、子どもは完全に覚えている。「国家社会主義とはなんですか?」ときいたのである。その答えは短く、ストレートなものだったが、息子の考えではそれこそ、ナチの運動に深いイデオロギーの基礎が欠けており、「神」である総統に父が執着して絶対的な忠誠を捧げていることを示していた。「国家社会主義とは総統の意志だ！」と父は言ったのである。マルティン・アドルフは一九九六年に発表した著書『影に抗して生きる』において、ＮＳＤＡＰにきちんとした綱領がなかったために、指導者グループがそれぞれ勝手に解釈する余地を残した、と主張している。ヒトラー自身が発言することも滅多になく、彼の返答はたいてい曖昧なものだった。それによってヒトラーは、互いに対立する部下たちを巧みに使うことができたのである。反ユダヤ主義とキリスト教的なものへの嫌悪に正当性を与えたのは、「総統の意志」とナチ・イデオロギーの「宗教的ルーツ」であったと、マルティン・アドルフは考えている。[8]

「父について、正確になにを知っていたのだろう？」マルティン・アドルフはこう自問している。彼は父を知らずに大きくなった。厳しい教育の規律にしばられ、「神に遣わされし者」である総統を崇拝する雰囲気のなかで、ナチの歌をききながら大きくなった。すれ違ってばかりの父と最後に会ったのは、一九四三年にクリスマスを祝ったときだった。一九四五年四月二三日に国立学校が門を閉じたとき、マルティン・アドルフは一五歳だった。年長の学生は前線へ送られることになっていたが、降伏が間近に迫ったため、その計画は中止された。

「最悪の瞬間は、五月一日の午前二時にラジオで総統の死を知ったときだった。私にとって、それは一巻の終わりだった。私はそのときのことをはっきりと覚えているが、あのときの静けさは、とうてい言葉で言い表すことができない……四時間はつづいたに違いない。だれも一言も発しなかったが、すぐあとに、つぎつぎと部屋から出ていった。最初の者が出ていくとすぐ、銃声がきこえた。それからもうひとり、そしてまたひとり。学校のなかでは、だれもしゃべらず、外の銃声以外の音はきこえなかった。私たちは全員死ぬのだと思った(……)。私にはもう、なんの未来も見えなかった。突然、小さな庭を埋め尽くす死体のむこうに、別の少年が現れた。私より年長の一八歳の少年だった。こちらにきて座るよう、彼は促した。空気はいいにおいがして、鳥たちがさえずっていた。私たちは学校を出た。あのとき、私と彼が出会わなかったら、私たちはもうこの世にいなかっただろう。私にはそれがわかった」あのときを境に、超人と下等人間からなる生活は、神の子どもたちであるすべての人間への愛からなる生活へと変わった。

国立学校の子どもたちは、自分の家族を探すと言って、どこかへ散っていった。総統の死後、「クレーンツィ」、皇太子と呼ばれたマルティン・アドルフは、ヒトラー・ユーゲントの制服と鉤十字のついた腕章といういでたちで、オーバーザルツベルクにもどってきた。だが母は、そこを離れて南ティロルへ向かっていた。それ以降はヴォルケンシュタインにとどまり、「ベルクマン」と名乗るようになる。グドルーン・ヒムラーとその母が避難場所としていたのも、その村だった。

父の秘書がまだオーバーザルツベルクにいた。彼は少年を招き入れ、グレーの上着を渡すと、ヒトラー・ユーゲントの制服をただちに燃やし、名前を変えるよう命じた。「ベルクマン」の名が書かれ、「KLV-Lager39,Steinach a. Brenner」のスタンプが押された偽の身分証明書をもらってから、国家社会主義ドイツ労働者党の地方本部長であるザルツブルク大管区指導者《ガウライター》、グスタフ・アドルフ・シェールのもとへ出頭した。シェールの新たな指示により、今度は農業実習生として、ポンガウの聖ヨハン校へ行くことになった。その学校に行ってみると、ほかの生徒はすべて自宅にもどっていた。学校にいるのはマルティン・アドルフひとりだった。翌日、通りに出ると、遠くに、家族の車と同じ黒ぬりのメルセデスのセダンが見えた。母の姿が見えたように思ったが、見間違いだと気づき、再び逃げることにして、道ですれ違ったナチの車列のあとを追った。

　少年は恐怖のなかで生きていた。連合軍につかまったら、マルティン・ボルマンの息子である自分はただちに殺されると確信していた。父がどうなったかまったくわからなかった。最初にきいた話では、破壊され火に包まれたベルリンで逃走中に死んだとのことだった。

　それから四〇年後に彼を調査したイスラエルの心理学者ダン・バー＝オンによれば、マルティン・アドルフ・ボルマンは人生のこの時期について話すとき、いつも感情をコントロールできなくなった。[9] ユダヤ人迫害のことはなにも知らなかったと言っている。若かった彼は、「水晶の夜［一九三八年一一月九日にドイツ全土でユダヤ人の家や商店が襲撃された事件］」の話をきいたことがなく、ダヴィデの星も見たことがなかった。「ベルヒテスガーデンやオーバーザルツベルクにユダヤ人はいなかった」からである。ユダヤ人について、家で話をしたことはなかった。キリスト教徒に対する迫害のほうが、はるかに記憶に残っていた。「カトリック教会はシオニズムが拡大した形態であるとされていました。ユダヤ問題はもう話題にのぼらず、おおむね解決したとみなされていました[10]」

一九四五年五月末、あちこちをさまよって山岳地帯までやってきた。サルモネラ菌による激しい食中毒に見舞われた彼は、オーストリア側のザルツブルクの南、ドイツとの国境に近いヒンタータールの古い農家に身を寄せていた。そこに住んでいた農民が彼を引きとり、なにもきかずに看病してくれたのである。彼は家畜を山へ連れていくようになった。マルティン・アドルフ・ボルマンはミュンヘンの出身だと話し、「ベルクマン」の偽名と偽の住所を告げ、身元を探られないよう、両親はミュンヘンの爆撃で死んだと言った。少年は父の秘書の助言を律儀に守り、本当の身元を明かさなかった。「ボルマン」の名が戦後のドイツで罪になることを、彼は理解していた。家族のなかで沈黙の重荷を背負ったナチの子どもたちもいたが、マルティン・アドルフ・ボルマンの場合、それは名を隠して永遠に生きることだった。この家族が実の子どもとして受け入れてくれたことを、彼は忘れなかった。

彼らは非常に信心深く、最初のミサで、少年が宗教教育を受けていないことに気づいた。マルティン・アドルフ・ボルマンは、彼らのもとで、キリスト教徒として生きるとはどういうことか発見したと言っている。それは、いままで教え込まれてきた価値観と正反対であった。彼は愛情に満ちた家庭と、人里離れた山の新しい住まい、彼によればじっくり考えるのに適した場所を見つけたのである。だが、戦時の残虐行為やホロコーストについて明らかになった事実をやがて知ることになる。農家にとって唯一の情報源であるオーストリアの有名な日刊紙『ザルツブルガー・ナッハリヒテン』を読んで、残虐行為のすさまじさに目の覚める思いがした。ホロコーストの話など一度もきいたことがなかったが、ナチがいかに恐ろしいことをしたか、はじめて知ったのだった。

そのとき彼は、自分の父が果たした役割に関する真実と向き合うことになった。ベルゲン＝ベルゼンの写真は彼の心にいつまでも深い傷を残した。たしかに、ダッハウから来た労働者たちと学校ですれ違ったことはあるけれど、ただの囚人だと思っていたから、一九四五年に収容所で死体や骨と皮だけの姿となって見つかった男女とはまったく結びつかなかった。突然、底知れない恐怖がわきあがってきた。それはじつに人間的な感情だった[11]。親が犯した過ちの責任は子どもにもあるのではないかという思いが、鋭く胸をえぐったのである。「十戒の第四に、子は親を愛し敬わなければならないとあるのは、自分の親に対してであって、社会においてある役割を果たした人物に対してではない」と彼は言う。「私たちの父が政治的職務においてやったこと、あるいはやらなかったこと、つまり私たちのために果たしていた父の役割以外のことの大半は、私たちの知るよしもないだけでなく、私たちには責任のとりようがないことであり、したがって、親の過ちの責任をとる義務はない。子どももしばしば親の過ちを背負うが、それは子どもに落ち度があるとき、そして子どもがそれを意識しているときだ。子どもが心理的な重荷を負うのは、それが引き起こす痛みや恥によるのであって、責任を負っているわけではない。子どもが過ちを犯したとき、親にもしばしば同様のことが言える。子どもの過ちが、子どもの教育を親が誤ったことに原因のあることが確実であったとしても、親が責任を負うことはない」[12]この青年にとって、自分の過去や血筋にとらわれずに生きるのはきわめて困難だった。「どんな親であっても」、自分の親から逃れることはできないと、彼は思った。

一九四七年、絶望した彼は村の司祭に心を打ち明けた。マリア・キルヒェンタール教会のレーゲンス神父は、知的で思いやりのある、学識豊かな人物だった。マルティン・アドルフ・ボルマンは数か月前から公教要理の勉強を集中的に行っていた。神父から宗教の教えをたたき込まれているうちに、彼のなかにある使命感が芽生えた。彼は神父の手を借りて血筋にまつわる困難を乗り越え、聖職者の道を歩むことになった。

ニュルンベルク法廷が戦争犯罪と人道に対する罪により、欠席裁判で父に死刑を宣告したとき、マルティン・アドルフは神に救いを見いだしていた。父が激しい敵意を抱いていたキリスト教を、彼は全面的に受け入れたのである。マルティン・アドルフは、父がどうしてカトリック教会に反感をもっていたのか理解しようとした。というのも、マルティン・ボルマンは、教会の力を抑えるための措置を講じようとしていたからだ。総統も以下のように主張していた。「不幸なことに、われわれはよい宗教をもっていない。祖国に身を捧げることを最高善とする日本人の宗教を、どうしてわれわれはもっていないのか。ムスリムの宗教だって、寛容さで人を無力にするキリスト教に比べたらずっとましである」[13]だが、すでに戦争の試練にさらされていた国民の反発を考慮して、とくにバイエルンのようなカトリック色の強い地方では、教会に対する攻撃は控えられた。一九四一年、学校の壁にキリストの十字架像を掲げることを禁じる法律が施行されたときには、そうした地方で公然と抵抗運動が起こったのである。

マルティン・アドルフ・ボルマンは、父が国家社会主義を信奉するようになった最初の手がかりを見つけた。義父のいやがらせとその頑迷な宗教観に耐えかね、父は一五歳で家を出たのである。その説明を補足するものとして、国家社会主義とキリスト教がイデオロギーの面で競合関係にあることも指摘できる。父の見方では、教会が国民に影響力を行使するのは明らかな挑戦であり、やめさせなければならないのだった。アドルフ・ヒトラーが国民を導くのに、それより上の存在があってはならない。宗教は総統の最高意思を邪魔するのである。ヒトラーの忠実にして熱心な奉仕者であったマルティン・ボルマンは、「キリスト教は病んだ人間の頭がつくり上げたものだ」というヒトラーの言葉を鵜呑みにしていた。総統の力を妨げるものがあってはならない。さらに、マルティン・ボルマンという男に個人的な動機があったことも見逃すことはできない。キリスト教は女性をものにしたいという欲求の障害になると、彼は見ていたのである。

父はナチの残虐行為を知っていたし、それを支持していたと、マルティン・アドルフは心の底から思っている。[14] 人間は個人の自由を奪われようと、罪を犯すよう強いられることはないと考えているのだ。彼の説明はただ、父は国家社会主義のイデオロギーにどっぷりつかっていて、それを問い直すこともなく、アドルフ・ヒトラーを最高の父として崇めていた、というものである。だが、父を裁くのは自分ではなく、神である。公平に人を裁けるのは神だけだからだ。マルティン・アドルフは父が関与した略奪行為について父と話したことはなかったが、父が行ったことの責任はとりたいと思っている。しかし、この男について、彼はほとんど知らないのだ。

一九四七年、マルティン・アドルフはドイツのカトリック教会に受け入れられ、五月四日にカトリックの洗礼を受けた。そしてザルツブルク＝リーフェリンクにある聖心布教会の中等学校で勉強を始め、やがて神学の授業を受けるようになった。一九四七年一〇月一七日、勉強の面談を受けるためにザルツブルクへ向かうバスのなかで、ミュンヘンの党官房で秘書をしていた女性に顔を見られたような気がした。その翌日、彼はアメリカのCIC（陸軍防諜部）に呼び出されて尋問を受け、ツェル・アム・ゼーに短期間、拘留された。この逮捕が匿名の告発によるものなら、告発したのはバスのなかで遭遇した女性に違いないと思った。ザルツブルク大司教がかけ合ってくれたおかげで、彼はすぐに釈放された。

一九四七年のクリスマスに、当時一七歳のマルティン・アドルフは、バイエルンのルフポルディンクに住む母方の叔父を訪ねた。じつは「ラインホルト・マイヤー」と名乗っていたこの叔父こそ、彼のことをCICに知らせたのである。叔父の家に着くと、一九四六年三月二三日に母がガンで亡くなったことを知らされた。まだ三六歳だった。最期のときを迎えて、母は神に近づこうとし、宗教による埋葬を望んだようだった。とりわけ親しかったメラノの捕虜収容所つき司祭テオ・シュミッツが、子どもたちの面倒を見ると母に約束していた。

ゲルダ・ボルマンは戦後、一歳から一三歳までの九人の子どもと暮らしていたグレーベンの山荘で逮捕された。連合軍によってメラノへ連行され、独房に入れられた。子どもたちは医者、商人、農民、貴族らの里親に引き取られた。年長の子どもはすでに洗礼を受けていたが、そのとき子どもたち全員がカトリックに改宗させられた。マルティン・アドルフの妹のひとり、イルムガルトだけは、「お父さんと同じでいたい」からと改宗を拒否した。これと同じことを要求した子どももがいる。グドルーン・ヒムラーである。

ボルマン家の子どものうち何人かは若いうちに死んだ。まず、フォルカーは三歳で食事をとらなくなり、衰弱して数か月後に死んだ。つぎが、年長の双子のうちのひとりで、メラノの医者の家で暮らしていたイルゼ（のちにアイケと改名）だった。アイケは身体的にも性格的にも、父にいちばんよく似た子どもだった。一九三一年生まれのアイケは、父が有罪判決を受けたとき一四歳だったが、父は彼女にとって偉大な人でありつづけた。父のことをよく知っていたし、父が無実であると疑わない。要求し、命令し、支配しようとする少女に、里親の家族はかなり手をやいた。彼女が通っていた英語の女子校では、自分に敬意を払うようクラスメートに申し渡す。勤勉な生徒で、つねにクラスで一番だったのは、父の自慢の娘でいたかったからである。一九五七年にイタリア人のエンジニアと結婚して一女をもうけたが、二六歳で急死した。

他の子どもたちはさまざまな運命をたどった。多くは南ティロルで暮らすようになり、長男のマルティン・アドルフとの関係は疎遠だった。一九四八年に彼は、インゴルシュタットのイエズス会の神学校へ送られた。一九五一年に大学入学資格試験に合格し、一九五八年七月には司祭に任ぜられた。彼の最初のミサは当然ながら、マリア・キルヒェンタール教会で行われた。[15] しかし、父への恐れはいつまでも消えることなく、父がもどってくるのではないかという絶え間ない不安のなかで暮らしていた。改宗したことで「敵」となった息子に、父がどのような反応を示すだろうかと思うと恐ろしかった。「父を憎んでいない。何年もかかって、個人としての父と、ナチの政治家であり官僚である父を区別することを学んだ」と、彼は明言している。

戦後、マルティン・ボルマンをめぐって、山ほどの憶測が流れた。地下壕で自殺したのではなく、まんまと逃げのびた、と確信する者もいた。公式な死亡証明書の日付は一九四五年五月二日となっていたが、遺体は確認されておらず、正確なものとはいえなかった。彼は生きており、実はスターリンのもとでKGBの工作員をしているともいわれた。ベルリンが陥落したとき、ロシア人が彼の頭に袋をかぶせて処刑した……。一九五三年にチリで彼の姿が目撃された……。一九九三年にはイギリスの新聞『インディペンデント』が、パラグアイで悪名高きアウシュヴィッツの医者ヨーゼフ・メンゲレの治療を受けたのち、胃ガンのため一九五九年二月一五日に死亡したと報じた。マルティン・ボルマンらしき男が黒い僧服の司祭として南米に渡り、聖体拝領や結婚式、最後の秘蹟を行っているという話もあった。マルティン・アドルフは長年、父がどうなったのかまったく知らずに暮らしていた。ようやく、一九七二年にベルリンの掘削工事で見つかった骨が、一九九八年の歯のDNA鑑定によりマルティン・ボルマンのものであると同定された。だが、そうした分析にはなお異論がある。

一九六一年、マルティン・アドルフはアフリカで活動するカトリックの宣教師として、当時内戦のさなかにあったコンゴへ旅立った。コンゴで長年すごし、トラウマとなる出来事にいくつも遭遇した。拷問を受け、処刑まがいの殺人にも対処しなければならなかった。死ぬのは怖くなかったが、拷問は彼の心に深い傷を残した。一九六五年末、布教中にかかった感染症の治療を受けるため、ドイツにもどることを余儀なくされた。ハンブルク熱帯医学研究所の担当医から、最近別のナチ高官の息子がここで治療を受けたときかされた。ヴォルフ・リュディガー・ヘス。一九四一年にマルティン・アドルフの父があとを引き継いだ党のもと官房長、ルドルフ・ヘスの息子である。ふたりともほぼ同じ時期にアフリカを旅していたが、それぞれの経験やそこから得た教訓は、およそ正反対のものだった。一九六六年三月にマルティン・アドルフ・ボルマンは再びアフリカへもどり、九か月後に帰国した。

一九七一年の自動車事故は彼の人生を一変させ、布教の旅に終止符が打たれた。もはや、なにもかも以前と同じようにはいかなかった。彼は生きており、「運命の糸の導き」あるいは「神のご意志」によって生かされているのだと考えるようになった。[16] 彼が意識をとりもどすと、ひとりの女性が枕元にいた。彼の看護をしている修道女だった。その見知らぬ女性も、取材のためにガーナを訪れて帰国したばかりだった。ふたりはたちまち恋に落ちた。互いになくてはならない存在となり、以後、離れることはなかったし、ふたりの愛を妨げるものはなにもなかった。彼女のために、マルティン・アドルフ・ボルマンは誓願を放棄した。彼女も同様にし、ふたりは一九七一年一一月八日にオランダのハールレムで結婚した。

一九七三年、彼は公教要理を教える仕事につく決心をした。まさに若いころ、公教要理の授業に出ることを父に禁じられていたのである。ミュールドルファーの学校の神学教師を志願したところ、うちの生徒が「そのような過去をもつ」人物から公教要理を教わるのは望ましくないと告げられたが、最終的に別の学校に採用された[17]。

彼は一九七三年から停年退職する一九九二年まで教壇に立ち、彼の妻はガルミッシュ＝パルテンキルヘンのキリスト教の学校で教師として働いた。

一九八〇年代にイスラエルの心理学者ダン・バー＝オンは、ナチ戦犯の子どもたちが親の築いた沈黙の壁をどのように乗り越え、その遺産とともに生き、自分の道を歩むことができたのか調べはじめた。そして、ホロコーストの子どもたちとナチの子どもたちを対面させ、できるだけ話をさせ、鉛のおおいを打ち破ろうとした。このプロジェクトの一環で、彼はマルティン・アドルフ・ボルマンに接触する。ダン・バー＝オンの考えでは、虐殺者の子どもたちも、自分が行ったわけではないことのために罪責感を抱いているという点で、ナチズムの犠牲者だった。

犠牲者の子どもたちと加害者の子どもたちは一緒にアウシュヴィッツ、ダッハウ、ワシントンのホロコースト記念博物館、エルサレムのヤド・ヴァシェム・ホロコースト記念館を訪れた。マルティン・アドルフ・ボルマンは、過去について親と話す機会がもうないことを、はっきりと自覚していた。この沈黙は、ホロコーストの生存者の子どもたちが直面する沈黙とは別のものである。後者にとってそれは、生存者と子どもたちのあいだに黒い壁のようにそびえる、口には出せない、言葉では言い表せないトラウマである。子どもたちが突然の恐怖や苦悩に襲われることを望まない親たちは、適切な言葉を見つけることができない。そこでは、言葉は無力だからである。子どもたちはそれを察し、沈黙に隠された恐怖を感じとり、やがて、親たちの苦しみをわがことのように受け止めなければならないと思うようになる。

「私の沈黙の重荷」はまったく違うものだ、とマルティン・アドルフ・ボルマンは主張する。「私は沈黙していなければならなかった。父の息子として発見され、追及されるのではないか、ナチ体制が犯したすべての罪を糾弾されるのではないかという恐れ——根拠のあるものであれ、ないものであれ——から、黙っていなければならなかった。ナチの罪は、私がその間に知ったものだ。過去について、過去に彼らが自らの責任で行ったことについて、親と話す機会はもうないのだ[18]」

マルティン・アドルフ・ボルマンは引退したのちも自分の道を歩みつづけ、プロテスタントとカトリックの双方が利用する旅行代理店をつうじて、一九九三年にイスラエルへ「聖書の旅」

を行った。この研修旅行のタイトルは、「エクソダスのあとをたどって」というものだった。マルティン・アドルフはこの国と国民にすっかり魅了された。

彼はまた、ドイツの研究者に向けて、プロパガンダを目的とした言語操作に関する論文を執筆している。資料であるナチの文書には父の書簡も含まれている。また、ダン・バー゠オンとは数年間、アメリカ、ドイツ、イスラエルでワークショップを指導している。

彼の代母であるルドルフ・ヘスの妻、イルゼ・ヘスは、一九九五年にこの世を去った。息子のヴォルフ・リュディガーは死亡通知を送ることにして、結婚直後に撮影されたと思われるルドルフ・ヘスの写真の下に、以下の銘をそえた。「いったいどこで運命は始まり、神々は死ぬのか？」[19] 写真のヘスは車のハンドルを握り、そのかたわらに妻のイルゼが座っている。彼女の視線は写真に謎めいた性格を与えている。母をよく知るマルティン・アドルフ・ボルマンに弔辞を頼もうと、ヴォルフ・リュディガー・ヘスは考えていた。戦後、マルティン・アドルフは、彼女が暮らすヒデラングを二度訪れている。成人したふたりの子どもにとって、ヘスの母の葬儀は再会をはたす機会となった。それまで何年も、ふたりは手紙をやりとりしていたが、こうして久しぶりに再会するのは大きな喜びだった。ヴォルフ・リュディガー・ヘスの父が何十年も拘置されていた話になると、ふたりはノスタルジックな気分になった。

マルティン・アドルフ・ボルマンは二〇一三年三月一一日に死去した。まさにその日、私は彼の人生の物語を書き始めた。

ヘースの子どもたち

アウシュヴィッツの司令官の子孫たち

「ママ、ママ、見にきて！」ブリギッテは母の手を引っ張りながら叫んだ。走ってきたので息が切れていた。「ねえ、来て、イチゴを見つけたの。庭の奥にイチゴがたくさんあるわ。早く！」子どもは見つけたものに有頂天だった。その素晴らしいイチゴのほうへ、母と娘は大股で歩いていった。

「ね、大きいでしょ。食べてもいい？」

「だめよ、待って。食べる前によく洗わないとね」

「どうして？　バイエルンでは、洗わないで食べたじゃない。ポーランドのイチゴはよごれてるの？」

「そうよ。ほら、黒いホコリに覆われていて、灰のにおいがするわ。ご覧なさい、イチゴを手にとったら、あなたの指も少し黒くなったでしょ」

そのよごれはホコリではなく、アウシュヴィッツからとんでくる灰だった。
少女は家の階段に座ってイチゴを食べながら、なにか燃えているのだろうかと周囲を見回さずにいられなかった。いやなにおいが喉を刺激した。いつか、大人たちがそのことで不平を言っているのをきいたことがあった。「火葬」の話をしていたが、九歳の子どもにその言葉の意味はわからなかった。父が部下のひとりに、もうこんなことは続けられないと言っているのもきいた。なぜなら、天気が悪かったり、強い風が吹いていたりすると、肉の焼けるにおいが何キロも漂うからだ。近隣の人々はみな、ユダヤ人が死んでいると話していた。一九四二年のある日のこと、父が党の幹部と話したことを母にしゃべっていた。それは殲滅計画の話で、数キロ先にも火葬場ができるというのだった。[1]
ブリギッテは一歳からずっと、強制収容所のそばで暮らしていた。アウシュヴィッツに移る前、家族はバイエルンのミュンヘンに近いダッハウ、それからベルリンの北三〇キロのところにあるザクセンハウゼンに住んでいた。父が囚人を扱う仕事をしていることを、ブリギッテは知っていた。模範的な仕事ぶりが認められ、父はポーランドのアウシュヴィッツの「所長」に昇進していた。
それ以来、一家は、母が豪華で快適な住まいに改装した家に住んでいた。その家は三階建てで、一〇間ほどの部屋があり、複数の浴室に台所と洗濯場がついていた。両親の寝室は二階にあり、窓から収容所と第一火葬炉の煙突が見える。ブリギッテの部屋には明るい木のツインベッドが二台と、大きな肘掛け椅子がひとつあった。上等の家具に高価なリネン類、壁には美術作品がかかっている。両親は以前、そのようなものをもっていなかったが、ここに来てから、「カナダ」と呼ばれる倉庫で手に入れた。バラックの倉庫には収容者の持ちものが山積みにされていて、そのなかには、あらゆる種類の美しい品があった。両親はその恐るべきアリババの洞窟をよく利用していた。[2]

一家の身の回りの世話をする使用人が何人もいる。縞模様の服を着て、黄色い星や黒い三角形をつけた男たちは、パパが指揮をとる収容所の囚人たちだった。[3] 一緒に遊んでくれるので、感じのいい人たちだと少女は思っていた。見事な木のおもちゃを作ってくれることもあった。人が入れるほど大きい、車輪つきの飛行機があったことを覚えている。

弟のハンス＝ユルゲンはその飛行機が大好きだった、とブリギッテは言う。家族写真の一枚に、満面の笑みを浮かべて飛行機を操縦している弟が写っている。まるで魔法のようだった！囚人の庭師たちが庭をそっくりつくりかえて美しい草花や灌木を植え、庭にはありとあらゆる色があった。たくさんの植木鉢や花の種が定期的に家に届けられた。ママは庭に出てくつろいだり、新しい草花を植えたりするのが好きだった。家には菜園もあり、さまざまな野菜を育てていた。いい季節になると、家じゅうが花盛りとなる。パパは、プールや大きな木製の槽もつくらせた。私たちのためだけに。

家族は動物が大好きだった。ウサギ、カメ、猫、ヘビ、テンなど、パパはあらゆる動物を運ばせた。縞模様の服の男たちは――パパに監視されていたが――よく新しい動物をもってきてくれた。庭の奥に蜂の巣もあって、蜂の群れを怒らせずに巣板を取り出す方法をパパが教えてくれた。[4]あの素晴らしい庭で家族が笑っている、アウシュヴィッツの夢のような時代に撮影された写真がたくさんある。家のすぐ近くには厩舎があった。パパはずっと馬が大好きだった。パパは子ども時代にポニーを飼っていて、両親が家にいないとき、自分の部屋にポニーを連れてきた。夜、仕事のあとに、自然のなかで馬を走らせるのが好きだった。そうしていると頭が空っぽになり、なにも考えずにすむのだと、パパは言っていた。日曜になると、パパはよく私たちを厩舎に連れていっては馬にブラシをかけたり、子馬を見たりしたし、シェパードがいる犬舎にも行った。時間があれば、アウシュヴィッツの近くを流れるソワ川に出かけ、カヌーに乗った。川辺の丈の高い草のなかで、飼っていた白ネズミを走らせるのが好きだった。

「アウシュヴィッツは天国みたいだった」[5]アウシュヴィッツに行ってから、私たちの望みがつぎつぎとかなったように思える。けれども私は、とりわけ、パパが私たちのためにもっと時間をとってくれたらいいのにと思った。パパはとても忙しかった。収容所で問題が起きると、しばしば昼夜を問わず呼び出された。自分でなければできない仕事があるのだと、パパは言っていた。パパは難しい仕事をしていた。家にもどると、ストレスで疲れ果てているように見えることもあった。

私のパパはルドルフ・ヘース。人類史上最も冷酷な殺人装置、アウシュヴィッツで毎日指揮をとっていた男だ。

ルドルフ・ヘースは、帝国《ライヒ》の犯罪行為を最も熱心に実行した人物のひとりである。絶対悪をなしたこの男のことを、私たちは理解することも、説明することもできない。[6] 自分の家族に無条件の愛情をそそぐいっぽう、毎日何千という人々を、なんの道徳的葛藤もおぼえずに、どうして殺すことができたのか。ニュルンベルクでアメリカ人心理学者G・M・ギルバートと対話したとき、「私はまったく正常な人間です。殲滅を実施していたときも、正常な家庭生活を送っていました」[7]と語っている。自分にも「心がある」と言いたかったのである。

ドイツ語でその名をHößとも綴るルドルフ・ヘース（Rudolf Höss）〔総統代理のルドルフ・ヘス（Hess）と区別するためにヘースと表記した〕は、国《ライヒ》の高官ではなかったが、彼らがいなければこれほど大規模な殺戮は起こらなかったとされる人物のひとりである。あらゆる点からみて凡庸な人物であり、その意味で、アイヒマンや、ソビブルとトレブリンカの虐殺者フランツ・シュタングルにきわめて近い。なんの迷いもなく、ただ上官の命令にしたがって、「国家の敵」とみなしたユダヤ人男女と子どもたち、ジプシー、同性愛者を大量に殺害した男たちのひとりである。

ルドルフ・ヘースは一九〇一年、シュヴァルツヴァルトのバーデン＝バーデンで生まれた。バーデン＝バーデンは景勝地として知られ、上流社会の人々がよく訪れる温泉都市である。ヘースの家族はきわめて信仰心に篤かった。ルドルフの父親は、唯一の男の子（ルドルフにはマリアとマルガレーテのふたりの妹がいた）を聖職者にしようと決めていた。権威主義的で狂信的なカトリック信徒だった父親は、子どもたちに軍隊式の規律を課していた。

父親は息子が幼いときから、「すべての大人を尊重し、敬わなければ」ならないと教えていた。ルドルフはこう明言する。「手助けが必要になると、絶対的な義務として、それをやらされた。親や教師や司祭、要するに、使用人も含めてすべての大人の希望や命令に即座に応じなければならないと、繰り返し言いきかされた。なにがあっても、この義務の遂行を怠ってはならなかった。なぜなら、大人の言うことはつねに正しかったからである」ささいなへまをしただけで、食事を抜かれた。上位の者に対するこうした絶対的な敬意を、ルドルフ・ヘースは終生失うことはなかった。「私の教育のそうした基本原則が、私という人間に染みついていた[8]」と彼は言う。彼は人生をつうじて、命令には全面的にしたがった。

子どもは孤独で、内向的だった。彼の教育はすべて、聖職者になるためのものだった。だが、ルドルフ少年にとって背信行為としか思えない出来事が起こり、彼の宗教的信念は永遠にゆらぐことになる。彼の告解をきいた司祭が、ある日、学校でのちょっとしたけんか騒ぎを父に告げ口したのである。こうした心ない行為は、途方もない裏切りのように思えた。彼は教会に背を向け、一九一四年に父が死ぬと、完全に縁を切った。一般社会で生活するのは不安だったので、父権的な家庭に育ったすべての男性と同様に、兵隊になろうと考えた。一九一四年から一八年の戦争はいい機会だった。彼はたった一五歳で軍服を身にまとった。

ドイツの敗北後、精神的安定をもたらす軍隊の環境にもどりたくなったヘースは、一九一九年、東プロイセンの国境警備兵としてロスバッハ義勇軍に入隊した。この準軍隊的組織は、バルト海地方の共産主義者と戦うために国家主義者たちがつくったものだった。ヘースはこのとき初めて、民間人に対する残虐行為を目撃したと語っている。一九二二年には国家社会主義ドイツ労働者党にも入党した。党員番号は三二四〇であった。粗暴なことで知られるロスバッハ義勇軍にいたため、彼はやがて監獄に入ることになる。一九二四年にルドルフ・ヘースは、共産主義者ヴォルター・カドウの殺害に加わったとして、懲役一〇年の刑を言い渡された。その事件には、のちにアドルフ・ヒトラーの個人秘書になるマルティン・ボルマンという男もかかわっていた。

国家の法に無条件にしたがうことは、絶対的な義務である。すなわち、命令の実行を決して拒絶しないということである。「われわれが受けた教育により、どんな命令を受けようと、それを拒絶するという考えはまったく浮かばない」[9]からである。もしそうしろと命じられたら、自分の子どもを殺しただろうか。人生をつうじてルドルフ・ヘースが望んだのは、自分で決める必要がないこと、実行するだけで足りることだった。だから自分は個人的責任をいっさいとらなくてよいと、彼は考えていた。日常生活の細かいところまで規則で定められている、刑務所の非常に厳しい規律は、彼の人格にぴったり合っていた。ルドルフ・ヘースは模範囚であった。彼はなによりしたがうことを好んだ。
四年間拘置されたのちにベルリンのブランデンブルク刑務所を釈放されると、しばらくは農業をやろうと考え、「アルタマーネン」と呼ばれる小さなグループと接触した。それは、ドイツ国民の活力の源泉である自然に近い、健全な生活にもどろうとする若い国家主義者たちのグループだった。ヘースは田舎の暮らしが好きだった。ハインリヒ・ヒムラーもこのグループに所属しており、一九二九年、ヘースはのちに妻となるヘトヴィヒ・ヘンゼルとそこで出会っている。ふたりは相性がよく、同じ意見、同じ理想を共有していた。彼女は完全に信頼できた。だが、自分の問題を解決できるのは自分だけであり、心の内は決して彼女と共有できないとヘースは考えていた。[10]
ふたりは五人の子どもをもうける。結婚して三か月半後の一九三〇年二月六日に長男のクラウスが生まれ、一九三二年四月九日にハイデトラウト、一九三三年八月一八日にブリギッテことインゲ・ブリギット、そして一九三七年と四三年にハンス＝ユルゲンとアンネグレートが生まれた。
ドイツの政治情勢が根底から変化を遂げていたとき、ヘース一家はバルト海に面した農場で孤立した生活を送っていた。両親は必死に働いた。ふたりが結婚して最初の数年間、ルドルフ・ヘースが親衛隊の部局に入るまで――すでに三人の子どもがいた――、一家はなんとか生活費を稼ごうと努め、農民生活の理想を実践しようとした。だが、農家の日常生活は厳しく、一九二九年に出会ったハインリヒ・ヒムラーに親衛隊の部局に入るよう勧められると、ルドルフ・ヘースは抵抗できなかった。おりしも親衛隊全国指導者ヒムラーは、一九三〇年六月の「長いナイフの夜〔突撃隊隊長レームらが粛清された事件〕」以降、親衛隊のライバル組織である突撃隊から収容所の監督権を取りもどしていた。

こうしてヘースは一九三四年、ミュンヘン近郊にナチが最初につくった強制収容所ダッハウに配属された。収容所司令官テオドール・アイケは、強制収容所のシステムの基本を彼にたたき込んだ。心理的、精神的、身体的に囚人を打ちのめすことである。テオドール・アイケの便箋のレターヘッドには、「重要なのはただひとつ、与えられる命令である」と書かれていた。ルドルフ・ヘースにぴったりの警句である。アイケの考える親衛隊員は、いちばん身近な親族であっても、ヒトラーの体制にさからう者は抹殺できるようでなければならなかった[11]。親衛隊を非人間化し、感覚を麻痺させるというハインリヒ・ヒムラーの目標にしたがえば、思いやりは弱さのしるしであった。自らの人間的な部分を捨て、命令には完全にしたがい、操り人形のように上官の指示のみで動くことは、ルドルフ・ヘースにとってなんの造作もなかった。ニュルンベルクで彼と対話した心理学者によると、「彼は正常な人間でありながら、精神分裂病患者のように無気力で、重度の精神病質者といってよいほど同情心に欠けているという印象を受けた[12]」

ダッハウに赴任してまもなく、妻と最初の三人の子どもたちが合流した。子どもたちはそれぞれ四歳、二歳半、一歳半だった。一家は収容所に近い官舎で暮らした。一九三七年にヘトヴィヒは再び妊娠し、ヘース家の次男ハンス＝ユルゲンが生まれた。子どもたちは他の将官の子どもたちとともに、ダッハウの村の小学校に通った。

ヘースはダッハウで真価を発揮した。ヒムラーのねらいは、ダッハウ収容所を将来つくられる収容所のモデルとすることだった。驚くべき効率のよさと戦略的・実務的センスによって、ヘースは出世の階段をあがっていった。ダッハウは、二万人近い囚人を受け入れるまでに拡大した。

彼は四年後、ベルリン近郊のザクセンハウゼン収容所へ、第一副官として異動になった。家族もついていったので、一家の生活はそれまでとまったく変わらなかった。しかし戦争が始まった。一九三九年九月一日にドイツがポーランドに侵攻すると、捕虜の数が増えはじめた。

平日の夜や週末の午後、ヘースはよく、ドイツの民話やマックスとモーリッツの物語を子どもたちに読んできかせた。いたずらっ子のマックスとモーリッツが大騒動を巻き起こす話は、とくに気に入っていた。彼は蓄音機で音楽もきかせた。よき父親として生活しながら、何百万もの人々がきちんと処刑されているか気を配る。彼は数年のうちに、自然に二重生活を送れるようになった。

ヒムラーがオーバー＝シュレジエン、すなわちポーランドのクラクフからおよそ六〇キロのところに新しい収容所をつくることを決定すると、すでに強制収容所の世界でかなりの経験を積んでいたヘースは、その収容所を監督する任務を与えられた。そこはもともと、ポーランドの小さな町オシフィエンチム近郊の沼沢地に建つポーランド砲兵隊の兵営だった。一九四〇年五月のことである。ヘースの手際のよさによって、秋にはもう、三列に並んだレンガづくりの「ブロック」二二棟と、高さ四メートルの有刺鉄線が二重に囲むフェンスができあがり、最初の囚人を受け入れる態勢が整った。入口の重い鉄柵の上には、Arbeit macht frei（労働は自由にする）という錬鉄製の文字が掲げられていた。

収容所ができあがると、ヘースの残りの家族も収容所に隣接する家に移ってきた。父のそれまでの任地と同じく、子どもたちは地元の学校に通った。だがルドルフ・ヘースの身分のせいで、子どもたちはなかなか学校になじめなかった。

増えつづける囚人を収容するため、ベルリンから収容所拡張の要請がひきもきらず、ヘースの生活もそれまでと同じようにはいかなくなった。「障害が生じるたびに私の気持ちはふるいたった」と、回想録に書かれている。上層部は当てにならず、下役は無能な者ばかりであるのを、彼は承知していた。回想録のなかでは繰り返し、輸送の困難さに言及している。命令どおりに実行するには、輸送の問題を解決しなければならなかったのである。朝はだれよりも早く出勤し、夜は部下が帰ったあとに帰宅した。物資の不足、設備の不調、管轄の違い、伝染病。ヒムラーはそんな話に耳を貸そうとせず、なんとしても収容所の拡張を推し進めようとした。一九四一年三月にヒムラーが収容所を視察したのちのことを、ヘースはこう書いている。「この収容所を拡張しただけでは、もはや三万人の収容者を受け入れることはできない。さらに一〇万人の戦争捕虜を受け入れる収容所を建設する必要があった」[13]

一九四一年一〇月、彼は最初の収容所から四、五キロ離れたところで、第二の収容所、いわゆる「アウシュヴィッツ＝ビルケナウ」の建設に着手した。そこでは一九四一年九月から、すでに兵舎の消毒に使われていたシアン化水素の殺虫剤、ツィクロンBによるガス殺の試験が行われていた。ツィクロンBはわずかな量を摂取しただけで死にいたる。ナチは膨大な量のツィクロンBをストックしていた。

ルドルフ・ヘースは、一九四一年夏[14]（原文のママ）にハインリヒ・ヒムラーからこのように告げられたと主張している。「総統はユダヤ問題の『最終解決』に着手するよう命令を下した。われわれ親衛隊はこの命令を実行する任務を課されている」そして、「私にあれこれ考える余地はなく、命令を実行しなければならなかった。すべてのユダヤ人を抹殺する必要があるのか、個人的に判断を下す余裕はなかった」と続けている。アウシュヴィッツが選ばれたのは、そこが孤立しているうえに、鉄道に近いからだった[15]。

ヘースはベルリンからアウシュヴィッツにもどると、毒ガスによる殲滅のプロセスを確実に実行に移していった。それ以外の方法では、とくに相手が女性や子どもの場合、「刑を執行する親衛隊員の負担が大きくなりすぎる」おそれがあった。彼にとってガス殺は、なにより「大量の血」を流さず、機関銃でたくさんの人間が死ぬところを見ずにすませるための方策であった。殲滅「コマンド」の兵士たちにとって、そうした場面を見るのは耐えがたく、銃殺に向かう前にあびるほど酒を飲んだり、ときには精神に異常をきたすこともあった。[16] ヨアヒム・フェストが強調するように、殺人が機械化されたことで、のちにルドルフ・ヘースはあらゆる責任を否定し、罪悪感もおぼえなくなる。まさしく彼は、自分が加担しているという感覚なしに殺人を行っていたのであり、すべては行政組織の問題なのだった。[17]

死はヘースの日常となった。彼の使命は殺すことであり、彼はそれを、熱意をもって実行した。皆殺しにし、数字と産業的効率だけを考えながら、死者の数を記録するよう訓練されていた。ポーランドで拘留されていたときに書いた『アウシュヴィッツの司令官』には、彼が司令官を務めていた一九四〇年から四三年まで、アウシュヴィッツ収容所で工場が稼働するようにユダヤ人が殺されていった様子が詳しく書かれている。人間性を喪失した男は、自分の理想をなにひとつ否定せずに、自己を正当化し、それがいかに困難な仕事であったか説明する。彼にとって哀れみや同情心は弱さでしかなく、親衛隊において評価されることはなかった。最初にツィクロンBを使用したときのことを、彼はこう語っている。「まず、ところどころで、ガスだ！　と叫ぶ声がした。それはやがて部屋全体の叫びとなった。すべての者が扉に駆け寄ったが、どんなに押しても、扉は開かなかった。部屋の扉が開けられたのは、数時間たってからだった。そのとき初めて、ガス殺者の死体が山積みになっているのを見た。私は不快感と恐怖心に襲われた。しかしながら、ガスを使用すればもっと苦しむのではないかと、ずっと想像していたのである」自分の手でひとりの囚人も殺したことがないし、部下の暴走を許したこともない。任された仕事を徹底して効率よく行ったのだと、彼はためらうことなく主張するのである。

一九四二年以降、複合強制収容所は数キロにわたって拡張された。火葬炉の稼働率を上げるため、ほとんどいつも酔っ払っている親衛隊員を毎日、奮起させなければならなかったと、ヘースは嘆いている。[18] だが彼は、大勢の人間を死にいたらしめる仕事を見事にやり遂げたし、そのために「プール・ル・メリット戦功賞」を授与されたことを誇りに思っている。彼の唯一の気がかりは最後まで、任務の困難さだけだった。最初はアウシュヴィッツ収容所をつくるため、つぎに最終解決を実行に移すために、ヒムラーが彼を信頼して指名してくれたことが、彼には心底うれしかった。 託された使命にふさわしい人間であろうとした。

ルドルフ・ヘースはアウシュヴィッツで家族とともに暮らした。ガス室から壁ひとつ隔てたところにいたわけである。距離が近くても、家族が不安をおぼえることはまったくなかった。本書で取り上げる他の子どもたちが帝国《ライヒ》のおぞましい行為から離れたところで暮らしていたのと違って、ヘースの子どもたちは死のすぐ近くで大きくなった。ヘースの孫ライナーが「地獄の門」と呼んだ鉄柵の門によって、彼らは死と結ばれていた。

ヘース夫妻は幸せだったが、情熱的な関係ではなかった。ルドルフはなによりもまず、家族を満足させようとした。最終解決のことは決してもらすなとヒムラーに厳命されていたが、一九四二年末に妻にそのことを話していた。妻の肉欲が低下したのは、夫の日々の活動が正確にどのようなものか明かしてからのことだと、彼は考えている。[19] しかし妻も、「死ぬまで働くためだけに存在している」[20] ユダヤ人やポーランド人への嫌悪感を、夫と共有していたのである。家庭でのヘースは模範的な父親であった。日中でもできるかぎり自宅ですごし、子どもたちと遊んだり、詩を読んできかせたりした。それ以上かまってやれないのを心から残念に思っている、愛情深い父親だった。

自宅にはふたりの召使いがおり、彼らはたいていエホバの証人の信者［ナチ政権下ではエホバの証人が迫害され強制収容所に多くの信者が拘留された］で、住み込みだった。その召使い以外に、女性料理人、女性の家庭教師、画家、仕立屋、お針子、理容師、運転手からなるチームが、家族の欲求と要求を満たすためにせっせと働いていた。「アウシュヴィッツの天使」と呼ばれたヘトヴィヒは、ハインリヒ・ヒムラー、ユダヤ人強制移送の責任者アドルフ・アイヒマン、ＩＫＬ（強制収容所監督局）総監リヒャルト・グリュックスのような国の要人を迎えるには、この程度の使用人はどうしても必要だと考えていた。「ハイニおじさん（ハインリヒ・ヒムラー）」が訪ねてくるのは、小さな家族にとってこの上ない名誉だった。いちばんきれいな服を着た子どもたちが全国指導者ハインリヒ・ヒムラーの膝にのっているところを、ルドルフはよろこんで写真におさめた。[21]

ポーランドの政治犯だった庭師のスタニスワフ・ドゥビエルは、一九四六年八月七日、ポーランドのヒトラーの犯罪に関する地区調査委員会の尋問を受けた。彼はヘース一家の私生活をつぶさに観察できたし、夫妻が派手なパーティーを開いていたことを覚えていた。ワインや肉、牛乳、砂糖、カカオ、小麦粉などの大量の食料品を、しょっちゅう探さなければならなかった。ヘース一家はかなり豪勢な暮らしをしており、ヘース夫人のさまざまな注文に応えるのが彼の役目だった。収容所の倉庫の食料品を横流ししたことは、もちろん秘密にしておかなければならない。ヘース一家はまったく金を払っておらず、夫人は、収容所の隠語で「バラック倉庫」を意味する「カナダ」で、毒ガスで殺される女性たちから奪った高級肌着を手に入れていたのである。ヘース家に配属されたふたりのユダヤ人のお針子が、横流しされた材料で夫人の服をつくった。ドゥビエルによると、ヘース夫妻はその家を、設備が整った豪華な邸宅に改装しており、夫人はあるとき、「ずっとここで暮らしてここで死にたいものだ[22]」と言ったという。ヘースが転属すると、自宅にため込んでいた品々を運ぶのに四台の貨車が必要だった。

ヘース夫人のお針子だったポーランド人、ヤニナ・シュチュルクは、戦時中二二歳だったが、一九六三年一月一三日に尋問を受けたとき、女主人はつねに誠実な態度で使用人に接していたと証言した。子どもたちはおとなしく、「庭で働く囚人たちの周囲を走りまわるだけで満足していた」ルドルフは毎晩、子どもたちをベッドに入れてやり、毎朝、妻にキスしていた。「アウシュヴィッツの美しさ」を称える詩も書いていた。ヘース家に仕えていたときに起こったある出来事について、彼女は語っている。「ある日、子どもたちが私のところに来て、自分たちにも囚人の着ている服をつくってほしい、みんなと同じように、黒い三角形や黄色い星をシャツに縫ってほしいと頼みました……」いちばん年上のクラウスはカポ［他の収容者の監督に任ぜられた収容者］の腕章をつけ、囚人ごっこをしている子どもたちに命令を下していた。子どもたちが庭を走っていると、父親が子どもたちをつかまえてマークをむしり取り、ただちに遊びをやめさせ、きつく叱った[23]。

　ルドルフが家で収容所の仕事について話すことはまったくなかったが、子どもたちは、その数年間に父親がしだいに疲れ、ストレスをためているのに気づいていた。彼は昼夜を問わず、殲滅作戦の一部始終に立ち会い、ガス室ののぞき窓ごしに人が死んでいくのを見ていなければならなかったと言っている[24]。回想録では自ら、しだいに「仕事がきつくなり、目標を達成できなくなった」と認めている。だが、みんなの視線がこちらを向いているので、機嫌よくしていなければならなかった。ユダヤ人の殲滅で起きている事態を考えると、子どもたちに囲まれ、いかにも幸せそうな妻を見るのに耐えられなくなった[25]。彼女は、夫の機嫌が悪いのは仕事がうまくいっていないせいだと思い、「仕事のことばかり考えないで、私たちのことも考えて」とたえず繰り返した。劇場や社交界のパーティーに夫を連れ出し、夫の考えを変えさせようとしたが、うまくいかなかった。ルドルフ・ヘースは心の内をさらけ出すたちでなく、孤独のなかに救いを見いだしていた。身近な人々と密接な関係を結ぶことはなかったし、若い頃から友人もいなかった、と彼は言う。ひとりで十分だと、いつも考えていた。

ヘースの子どもたちは、年長の子どもが生まれたダッハウの農場を離れ、父の任地にしたがってザクセンハウゼン、そしてアウシュヴィッツへと移り住んだ。下の子どもたちは生まれたときから強制収容所の近くで暮らしていた。ブリギッテはバルト海に近い農場で生まれ、一歳から五歳まではダッハウ、五歳から七歳まではザクセンハウゼン、七歳から一一歳まではアウシュヴィッツですごした。末っ子のアンネグレートは一九四三年九月二〇日にアウシュヴィッツで生まれた。

ヘースの仕事は再び大きく変化した。一九四三年一二月一日、強制収容所の監督と管理を担当するWVHA（親衛隊経済管理本部）の政務局長に任命されたのである。彼の考えでは、それはアウシュヴィッツが三つの行政部局に分割された結果であった。収容所に蔓延する贈収賄に関する調査結果をうけての措置であったとも、イギリスのラジオで戦争捕虜が殺されているといううわさが流れた影響であるともいわれ、あるいは他の収容所の効率を改善するためであったと見る者もいる。[26] 疲れ切ったヘースはその一九四三年末、過労を理由に六週間の休暇をとり、ひとりでとある山荘へ出かけている。

彼が旅立ったとき、末娘はまだ八週間をすぎたところで、父が娘と再会するのは半年後となった。ヘトヴィヒと子どもたちはその間ずっとアウシュヴィッツの家にいた。一九四四年五月に父はもどったが、家族のために割く時間はあまりなかった。四〇万人以上のハンガリーのユダヤ人を殲滅する任務を負っていたからである。大量殺戮のテンポは速められ、数キロメートル四方に黒煙がたなびくほどだった。

ドイツが降伏したとき、ルドルフ・ヘースはしばらく連合軍から逃れることができた。家族はハインリヒ・ヒムラーのあとを追って、強制収容所監督官テオドール・アイケの妻子とともに北部へ逃げた。検問所を避け、すべての明かりを消して夜間に移動した。彼らの進む道路は、たびたび連合軍の爆撃を受けた。森は唯一の、一時しのぎの隠れ場所だった。逃避行の途中、一九四五年五月一日に総統の死が伝えられた。

国家社会主義の多くの信奉者と同様に、ルドルフ・ヘースも一時、家族とともに自殺することを考えた。ソ連軍につかまった場合に備えて、毒薬も手に入れてあった。やはり、自分たちに未来はないと思ったのである。そこでヘースは、一緒に死のうとヘトヴィヒに言ったが、子どもたちがいるので、自殺はあきらめざるを得なかった。のちに彼は、その道を選ばなかったことを後悔する。そうしていれば、家族が多くの苦しみをなめずにすんだだろうし、「われわれが固い絆で結ばれていた世界」[27]とともに、自らも消え去ることができただろう。

ベルリンで短期間すごしたのち、ヘトヴィヒと子どもたち――父といっしょにいた長男を除いて――は、ドイツ北部のホルシュタインに避難場所を見つけた。ルドルフの義理の兄弟の手引きで、木造の古い小屋に身を潜めることができたのである。室内はがらんとして、薪ストーブと古い家具が二、三あるだけで、ベッドはなかった。家族は毛布もなしに、直接床に寝た。

食べるものもほとんどなかった。

いっぽうルドルフ・ヘースと長男は、国《ライヒ》の臨時政府が置かれていたフレンスブルクでハインリヒ・ヒムラーと再会した。当時一五歳の息子はナチのレジスタンスとともに戦える年齢だと、ルドルフは考えていた。彼もその歳で軍に入隊したのである。だが、ヒムラーはふたりを迎えると、最後の命令としてこう言った。「さあ諸君、すべて終わった。これからどうすべきか、わかっているだろう」国防軍に紛れ込むよう、ヒムラーはふたりに申し渡した。息子を母親のもとへ帰すと、ルドルフ・ヘースはイギリスの検問をかいくぐり、ドイツ北部のシルト島にいた海軍部隊に逃げ込んだ。ドイツが降伏したのちは、妻子が隠れていた場所にほど近い農場に仕事を見つけた。義理の兄弟をつうじ、手紙で家族と連絡をとった。アウシュヴィッツの元運転手の手を借りて、家族にわずかな金を渡すことができたが、家族は暖をとるために石炭を盗まなければならない有様だった。もはや着るものも靴もなく、冬の雪のなかを素足で歩いた。

一九四六年三月八日にヘースの妻ヘトヴィヒは、ザンクト・ミヒャエリスドン村にある、当時一家が暮らしていた製糖所の上の小さなアパートで逮捕された。数日後にイギリスの将校たちがやってきて、残された子どもたちから父親の居場所に関する情報をきき出そうとした。一三歳だったブリギッテは、「父親はどこだ……父親はどこだ?」とイギリスの将校たちがどなっていたのを覚えている。だが子どもたちは口を閉ざし、どこにいるか知らないと言い張った。そこで将校たちは、長男のクラウスを母親のいる監獄へ連行することにした。

夫が隠れている場所を教えなければシベリア送りにすると、彼らは母親を脅した。夫は死んだとヘトヴィヒは繰り返していたが、とうとう圧力に屈し、渡された紙に「フランツ・ラング」という夫の偽名と、夫が隠れている農場の住所を書いた。

それからまもない一九四六年三月一一日、ルドルフ・ヘースはフレンスブルクに近い農場で逮捕された。毒薬の入った小瓶は二日前に割れてしまい、自ら命を絶つすべはまったくなかった。ルドルフ・ヘースは証人として、ニュルンベルクの法廷に立つことになった。カルテンブルンナーが最終解決に関与していなかったことを証言してもらおうと、彼を弁護側証人に指名したのである。ヘースのほうは、そのような証言をする理由がまったくわからなかったと言っている。ユダヤ人は殺されて当然だということかと尋ねる心理学者のG・M・ギルバートに対して、彼はこう答えた。「考えることはわれわれの役目ではありません……。すべての責任はユダヤ人にあるというだけで、われわれはそれ以外なにもきいていません……。ドイツを守ることがわれわれの役目だったのです」

イギリス軍の捕虜であるヘースはポーランド当局に引き渡され、一九四七年三月から四月にかけてポーランド最高裁判所に出廷した。模範的な拘留者である彼は模範的な被告でもあり、人に責任を押しつけることなく、きかれたことに正確に答えた。それはおそらく、自分のしていることがどれほどおぞましいか考えたことがなかったからだと思われる。人間的な感情をもたなくなって久しいと、彼は言っている。確信に満ちたこの国家社会主義者にとって、アウシュヴィッツは、ドイツ諸都市への爆撃と同列に考えるべきものであった。

ルドルフ・ヘースは国家社会主義の哲学、すなわち「ドイツ国民の性質に唯一適合した」、「ドイツ国民全体をその性質に合った生活へ徐々にもどすことを可能にする」世界観《ヴェルトアンシャウング》をまったく否定しない。ポーランドのクラクフで拘留されていたあいだに書かれた回想録『アウシュヴィッツの司令官』には、以下のような、声にならない言葉が記されている。「一般大衆は私のことを、恐ろしい獣、残忍なサディスト、何百万もの人々を殺した男とみなしている。アウシュヴィッツの司令官だった男が別のことを考えているとは思いもしない。私にも心があるということを、彼らは決して理解しないだろう[28]」

死の直前には、自分にとって家族は国家社会主義と同じくらい大切なものだと述べている。「家族の将来をずっと気にかけている。農場は私たちの本当の家になるはずだった。妻と私にとって子どもたちは、ふたりの生活の目標だった。子どもたちによい教育をほどこし、強い祖国を遺してやりたかった……。私はここできっぱりと、わが身を犠牲にする。これで問題は決着し、私はもうそれにかかわることはない。だが、妻と子どもたちはどうなる？[29]」一九四七年四月一六日、彼はアウシュヴィッツ収容所の前で絞首刑に処された。そこはもとの自宅から五〇メートルほどしか離れていなかった。

一九四七年四月一一日に書かれた妻子宛ての最後の手紙で、彼は妻に対し、できるだけ遠くに行って旧姓を名乗るよう求めている。「私の名が私とともに消えてなくなるほうがよい」からである。子どもたちには、「パパはいま、おまえたちと別れなければならない」、そして長男には以下のように書いている。「クラウス、愛する息子。おまえは長男だ。さあ、広い世界に出て、おまえの居場所をつくりなさい。人生においては、おまえだけの道を歩まなければならない。おまえには優れた能力がある。その能力を活かしなさい。寛大な心を失わずにいなさい。一人前の男になったら、まず、熱意と思いやりの心にしたがって行動しなさい。自分の頭で考え、良心にしたがって判断することを学びなさい。なにごとも、批判的精神なしに、絶対的な真実であるかのように受け入れてはならない[30]」

こうして家族はつらい出来事を経験し、人目をしのんで生きていくことになった。父の死をもって新たな家系が始まるかのように、過去を切り捨てて暮らしていた。[31]ヘトヴィヒと子どもたちは一〇年間、ザンクト・ミヒャエリスドン村にいて、少しずつ村にとけ込んでいった。それでも隣人のなかには、一家と付き合うのを避ける者もいた。戦争犯罪人の未亡人であるヘトヴィヒは、国からなんの手当も年金も受け取ることができなかった。子どもたちは成人すると村を出て、それぞれの場所で暮らすようになった。クラウスはオーストリア、別の子どもたちはバルト海諸国、ブリギッテはアメリカである。

一九五〇年、五人のうち上から三番目の子どもブリギッテは、ドイツを出てスペインへ向かった。非常に美しい、ブロンドの若い女性だった彼女は、おもにバレンシアガでモデルをつとめた。そのスペインで、ワシントンに本社のある企業で働くアイルランド系アメリカ人の男性に出会った。それはおりしも、歴史に対するきわめて重要な告白の書である父の回想録が出版された時期にあたっていた。[32] 夫の転勤により、夫婦はリベリア、ギリシア、イラン、そしてベトナムへと移り住んだ。一九六一年に結婚し、男女ふたりの子どもをもうけた。夫に出会ってまもなく、ブリギッテは家系のことを話した。のちの夫は少しショックを受けたが、彼女と話し合ったのち、彼女も犠牲者なのだと理解したという。それらの出来事が起こったとき、彼女はまだほんの子どもであった。わずかな期間に豪勢な暮らしから窮乏状態へと、彼女の生活は一変したのである。

一九七二年、夫婦はノースカロライナ州のワシントンに転居した。ブリギッテはなかなかワシントンになじめなかった。友人もいないし、英語も話せず、特別な能力もなく、彼女自身の言葉によれば、銀行の小切手に必要事項を書き込むことすらできなかった。ある店でパート販売員として働いていたとき、彼女のファッションセンスに目をつけたユダヤ人の女性から、ワシントンのセレブ御用達の高級ブティック、サックス・ジャンデルで働かないかと誘われた。入社して間もないある晩、彼女は飲みすぎて、自分の父親はアウシュヴィッツの司令官ルドルフ・ヘースだったと店長に話した。店長から話をきいたユダヤ人のオーナー夫妻は、一九三八年の「水晶の夜」のあとドイツから逃げざるを得なかったのだが、彼女を解雇しないことにした。ブリギッテがそれを知ったのはずっとあとのことで、三五年近くオーナー夫妻とともに働くことになった。オーナー夫妻は彼女のことを、だれそれの娘というより、ひとりの人間としてあつかい、彼女の秘密を胸におさめていた。[33]彼女も本当の身元を隠していた。知人や友人には、自分の父親は戦争中に死んだと言った。自分の孫にさえ、あなたたちのおじいさんはアウシュヴィッツの司令官だったと明かす勇気がなかった。一九八九年に母親が彼女の自宅で死んだときは、別の名前で埋葬してもらった。

停年退職して離婚すると、ブリギッテはワシントンD.C.近郊で、ジャズピアニストの息子と暮らした。娘はガンで死んでいた。彼女自身もガンに冒され、病と闘っていた。彼女は最近、『ハンスとルドルフ』という本を書いていたトーマス・ハーディングのインタヴューを受けることにした。この本は、彼の大叔父で、戦後ヘースを逮捕したユダヤ系ドイツ人のハンス・アレクサンダーの生涯をあつかっていた。それでも彼女は、娘時代の名も、結婚後の名も書かないよう求めた。仕返しを恐れ、身元を特定されるようなことが本にのるのを拒んだ。

ブリギッテがトーマス・ハーディングのインタヴューに応じたのは、年齢を考えてのことだった。長いあいだ、自分自身のために秘密を守ろうとしてきた。歳をとるにつれ、父は残虐行為にかかわったかもしれないと考えるようになった。戦後すぐには認めることができず、やがて、アウシュヴィッツはヘースが考えたことではなかったと、父親の役割を過小評価するようになった。ブリギッテの考えでは、ヘースはヒムラーやアドルフ・ヒトラーの命令にしたがって行動したにすぎず、彼はあくまでも模範的な父親なのだった。「世界一やさしい父親がどうしてアウシュヴィッツの司令官になれたのですか」とハーディングが尋ねると、その点についてはまったくわからないと、彼女は答えた。ヘースにはふたつの顔があり、彼女自身は父親のいい面しか知らなかったということか。だが彼女は、何百万もの人間が殺されたとは信じられなかった。「そんなに大勢の人が殺されたなら、生き残っている人がどうしてたくさんいるのだろう」と、彼女はずっと疑問に思っていた。父が殺人を自白したのは、拷問されたからにほかならなかった。彼女のベッドの上には両親の結婚写真がかけてあった。彼女にとって、甥のライナー・ヘースは「とんでもない嘘つき」[34]であった。

ルドルフ・ヘースの次男ハンス＝ユルゲンの息子ライナー・ヘースが、自分の祖父は「史上最悪の大量殺人者」のひとりだったことを知ったのは、一二歳のときだった。そのときから彼の人生は一変した。

彼の父は自分の理想をまげなかった。ライナー・ヘースは、父を反ユダヤ主義の暴君呼ばわりしていた。ハンス＝ユルゲンも姉のブリギッテと同様に、この重大な秘密を決して息子に話そうとしなかった。息子が質問しようとするたびに、たちまち貝のように口を閉ざした。ライナーが家族の歴史を知ったのは、彼自身の苦い体験をつうじてであった。寄宿舎の庭師はアウシュヴィッツの生き残りで、彼の祖父がだれなのか知ると、彼を激しく殴ったのである。「私は殴られた。彼が堪え忍ばなければならなかったすべての苦しみを、私にぶつけたのだ」と、ライナーは説明する。「ヘースはあくまでヘースなのだ。祖父であろうと孫であろうと、罪人は罪人なのだ」

あの焼けつくような沈黙が家族全体に重くのしかかった。家族のなかで沈黙の抵抗にあったことから、ライナー・ヘースは秘密を白日の下にさらすべく、長い調査にとりかかった。公文書館やインターネットで、祖父に関して手に入るかぎりの情報を探し求めた。アウシュヴィッツの自宅に集う幸福な家族をとらえた多数の写真を集めた。母のイレーネは、結婚して二七年後に父と離婚した。自分がアウシュヴィッツ収容所の司令官の息子であることを、夫はまったく彼女に明かさなかった。彼女は新聞記事でそれを知った。アウシュヴィッツのことを話すとき夫はいつも悲しそうだったと、彼女は言う。

ライナー・ヘースはずっと、この遺産を耐えがたく思っていた。家族の歴史のために心に深い傷を負った男は、若い頃に二度、自殺未遂をおこしている。三度、心臓発作に見舞われ、喘息の発作は、家族の過去を調べるにつれてますますひどくなった。だが、他の家族とは違って、彼は目をつぶっていることができなかった。祖父が大量殺人者であるとしても、彼にできるのはそれを恥じたり、悲しんだりすることだけだった。家族は彼を裏切り者とみなし、もう彼の話をきこうとしなかった。一九八五年以降、家族との縁は切れている。[35] 彼が自らに課す目標は、その沈黙の過去が子どもたちにとりつかないようにすることである。彼は歳を重ねるにつれ、家族の歴史にもう罪悪感を抱かなくなっている。とはいえ、遺産の重みはつねにのしかかっているのである。

しかしながら、ライナー・ヘースが物議をかもす人物であることは指摘しなければならない。金目当てと思われる、その薄気味悪い日和見主義は、非難の的になっている。彼は祖父のものだった財産をヤド・ヴァシェム記念館に売ろうとしたとされる。簡潔な短い手紙のなかで、臆面もなく、祖父の持ちものをいくつか買いとってもらえないかともちかけているのである。彼の手紙は以下のとおりである。「珍しい品々、アウシュヴィッツ司令官ヘース。アウシュヴィッツ司令官ルドルフ・ヘース個人の財産がいくつかあります。公式の記章がついた大型の耐火ボックス、親衛隊長官ハインリヒ・ヒムラーの贈物で、重さは五〇キロ。ペーパーナイフ一本。未公開のアウシュヴィッツの書類と写真。ルドルフ・ヘースがクラクフで拘留されていた時期の手紙。返事をいただければ幸いです。敬具、ライナー・ヘース」彼はこのような手紙を送ったことを否定している。最初は、送ったのは別のナチの息子だと言い、つぎに、話をもちかけたのはヤド・ヴァシェムのほうだと釈明しているのである。

彼は自分の名を告げると、人々が警戒心を抱くようにこちらを見るのを感じる。それはあたかも、祖父の悪魔的性質を彼が受け継いでいるかのようである。けれども、名前を変えようと思ったことは一度もない。結局、それではなにも解決しないからだ。収容所の生存者で祖父の運転手だったヨーゼフ・パツィンスキにも会ったことがある。彼とは建設的かつ友好的な会話ができると期待していた。ところがパッィンスキは、もっとよく顔を見たいから立ってもらえないかとライナー・ヘースに頼んだのち、「あんたはじいさんに生き写しだな」と吐き捨てるように言った。だが、その件について尋ねる者には、飽きもせずにこう繰り返している。「じいさんがどこに埋められたか知っていたら、じいさんの墓に行って小便をするだろうよ」[36]

二〇一四年、欧州における過激主義運動の高まりと闘うキャンペーンのために、彼はスウェーデンの社会民主主義運動組織と組んでプロモーションヴィデオを撮影した。キャッチフレーズは「投票を忘れるな」こんにちの欧州で過激主義が拡大するのを食い止めるためである。現在の極右運動はヒトラー時代のドイツより組織化が進んでいる、欧州諸国は過去からなにも学んでいないと、彼は考えている。

シュペーアの子どもたち

「悪魔の建築家」の一族

フランクフルト、二〇一三年秋のある日の夕方。自ら指揮をとって制作した二〇〇〇年ハノーファー国際博覧会場の模型を、アルベルトは見つめていた。一・五メートル×一・五メートルの模型は、このプロジェクトの巨大さをよく表していた。アルベルトは、自らの比類ないスケールとエレガンスをあますところなく表現するのを好んだ。決まったスタイルがあるわけではないと、彼は言う。それはあたかも、だれかと一線を画そうとしているかのようだ。

ドイツのルートヴィヒスハーフェン駅の改築計画で最初のコンペを勝ちとった一九六四年以来、彼はいくつものプロジェクトを手がけてきた。匿名のコンペに優勝したとき、彼はまだ三〇歳だった。彼にはわかっていた。審査委員会に彼の名が伝わっていたら、物事の流れはおそらく違っていただろう。彼はいつも、そのことを考えまいとしてきた。彼の姓もファーストネームも、彼の父と同じだった。コンペに優勝した日、父が自分のことを誇らしく思っていたのを、彼は知っていた。

ガラス張りの高層ビルにある彼のオフィスの大きな窓をとおして、夕暮れの光が射し込んでいた。父は石材を好んだが、彼は軽さを感じさせる素材が好きだった。ガラスもそのひとつである。いつものようにスタッフと、より創造性の高いものをつくるにはどうしたらよいか検討した。創造性は事務所の合い言葉、その原動力だった。なぜ大規模な建築物をつくろうとするのかと部下にきかれて、大きな計画を立てることを恐れてはならないと彼は答えた。モニュメンタリズムと建築物の大きさはまったく関係がないのである。

八〇歳になってまもない彼は、人生をつうじて、夢のあることをしたいと考えてきた。予測のつかないプロジェクトを好み、普通のプロジェクトは他人に任せておけばよかった。

彼の活動領域はフランクフルト市やドイツ国内にとどまらなかった。国境を越え、世界のあちこちで建物を建ててきた。彼の設計事務所、AS&Pは何年も前からアジアに進出し、数え切れないほどの事業を手がけていた。

現在彼は砂漠に夢を抱いている。カタールのドーハでプレゼンテーションを行ったときのことを思い出した。巨大なスクリーンを照らすプロジェクターを背に、二〇二二年サッカー・ワールドカップのために彼が設計した建物の映像をいくつも披露したのである。この計画をめぐって、やれ彼の頭はいかれているだの、史上最大の愚行だのと言われた。彼を中傷する人々には、オリンピックやワールドカップのようなイベントは不可能を可能にするためにあるのだと反論した。[1] 一九九二年に出版された著書『インテリジェント・シティー』[2]では、現代都市は市民を楽しませることだけを考えてつくった、人間的で革新的な都市でなければならないと述べている。人間のスケールを決して過小評価してはならないのである。都市は自然かつ自律的なものでなければならない。計画立案者の介入は目に見えるものであってはならない。つまり、主軸となる計画をつくることで、建築家、道路建設者、空間デザイナーといった人々に、空間を美しくするための簡単な下絵を提供する。[3]なぜなら彼は、個々の建物の美しさより、都市とその複雑さのほうに興味をそそられるからだ。彼はなにより、自らを都市環境の計画立案者だと思っている。

妻がやってくると、アルベルト・シュペーア・ジュニアはオフィスを出て明かりを消し、他の部屋の照明も消えているか確認した。彼は環境にやさしい建築家の先駆けのひとりなのである。こんにちわれわれは、エネルギーの消費を減らさなければならない。彼こそ建築界のエコの良心だと見ている者もいるのだ。[4] 妻で女優のイングマール・ツァイスベルクとともに、彼はビルをあとにした。四〇年以上、彼女だけを愛してきた。一九七二年に結婚したが、彼女は旧姓を使いつづけることを望んだ。

彼はフランクフルトを歩きながら、この都市に感嘆していた。夜はことのほか美しく、自分もそのために貢献したのだと思っている。彼の見るところ、フランクフルトはドイツで唯一の真に国際的な都市だった。それは世界のモデルだった。フランクフルトで彼の名は、父の名よりも都市の建築と結びついていた。「スター」建築家とは彼のことだった。

父と子はそれぞれ自分の都市をもっていた。それはあたかも、都市を分けあうことで、互いに比較されるのを避けているかのようだった。ベルリンは父と関係の深い都市だったが、彼はヒトラーが嫌った「ユダヤの都市」、フランクフルトが好きだった。ベルリン市民はまだ自分の名に不快感を抱くだろうと、彼は考えた。ベルリンでプロジェクトのプレゼンテーションをすれば、「ベルリンでシュペーア？　すでに一度、試してみたがね[5]」と言われるのがおちだろう。

中国は二〇〇八年の北京オリンピックを機に、自国の大きさを見せつけようとした。二〇〇二年にAS&Pを含む建築業者に対し、紫禁城と国立競技場を結ぶプランを立てるよう求めた。彼の事務所はそのとき巨大プロジェクトを提案したが、それは、一九三六年のベルリン・オリンピックのために設計されたオリンピック・スタジアムと、アドルフ・ヒトラーが構想し、彼の父アルベルト・シュペーアが発展させた「ゲルマニア」プロジェクトを思い起こさせるものだった。「ゲルマニア」はナチ千年帝国の世界首都であった。

ベルリンは東西と南北の二本の基本軸を中心に再開発されることになっていた。大規模な鉄道の再編も検討されていた。プロジェクトでは、巨大な中心軸の北に、ローマのパンテオンに着想を得たドーム屋根の巨大な建物、「国民ホール」、西に新しい首相官邸と総統宮殿、南に国防軍最高司令部、東に帝国議会《ライヒスターク》が置かれることになっていた。

あるイギリスの新聞が非難したように、アルベルト・シュペーア・ジュニアも自分のプロジェクトは「ゲルマニア」の影響を受けているのではないかと思っている。[6] 無意識にであれ、彼はなんとかして父をしのぐ存在になろうとしていると見る者もいる。同じ分野で親のあとを継ぐのは、いつの時代でも難しい。比較されるのは避けられないからだ。彼の年齢では、もう「……の息子」と呼ばれたくはない。だが、彼は自分の名を否定しない。絶対に名を変えたくないが、姓もファーストネームも父と同じなのである。彼が望むのは、自分の建築や道路が人々の話題にのぼることだ。それに彼は、自分の力で成功したと考えていた。[7]

シュペーア個人のインターネット・サイト、www.albert-speer.de によると、彼は祖父、父のアルベルト・シュペーアと三代つづく建築家の家系で、父を「建築家＝政治家」と呼び、自分のことは「建築家＝都市計画家」としている。サイトを立ち上げるに際し、父が愛したバイエルンに近いアルゴイの実家で家族写真の入った古い箱を調べた。サイトの最初のヴァージョンでは、三代の建築家それぞれについて、彼の好きな建築物を挙げている。祖父については、ドイツのマンハイムの歴史地区にある、祖父の手で改修された建物。父については、父の代表作である、ベルリン中心部のヴィルヘルム通りとフォス通りが交差する地点にあった新しい首相官邸を選んでいる。一九三八年から四五年まで総統官邸になっていた建物である。そして最後は、フランクフルトのヨーロッパ地区で彼自身が手がける建築物である。それは二〇〇五年に始まったプロジェクトで、彼のキャリアの集大成となるものである。最初のサイトには、「ドルチェ・ヴィータ」と題された、彼の職業生活と私生活の年表ものっていた。バイエルン・アルプスの素晴らしい山岳地帯、オーバーザルツベルクで、ヒトラーの建築家である父のかたわらに弟や妹と並んでいる、子ども時代の彼の姿を見ることもできた。その後、サイトは更新され、弟と妹の写真はまだ見られるが、父の姿は消えてしまった。

その写真は、シュペーア家のスイートホーム、森と動物に囲まれた山荘で暮らしていた幸せな子ども時代を思い出させた。それは、現実が彼らに追いつく前、彼が「悪魔の建築家」と呼ばれる男の息子になる前、父が戦争犯罪と人道に対する罪でベルリンのシュパンダウ刑務所に収監される前のことだった。彼は当時たったの一二歳で、そのころ発声の問題を抱えていた。いまでも吃音が残っているが、そのために、若い頃はずいぶん悩んだものだった。この言語障害が正確にいつ始まったのかわからないが、「あのことと関係がある」[8]と彼は考えている。障害を乗り越えるために、彼は最も嫌いだったことをしなければならなかった。話すこと、話すこと、そしてまた話すことである。[9]

シュペーア一家は一九三八年に総統の山に移ってきた。彼の父とアドルフ・ヒトラーとの距離は、それぞれの住まいが近いことでますます縮まった。国家元帥ゲーリングやアドルフ・ヒトラーの個人秘書ボルマンと同様に、アルベルト・シュペーアも総統の山荘ベルクホーフの近くに大邸宅を所有していた。彼がプロジェクトを進めることができるように、ヒトラーは大きな建築工房をつくらせた。一家はさる画家の古い家に住んだ。アドルフ・ヒトラーの身辺を保護するために、マルティン・ボルマンは念には念を入れて、総統の山荘に隣接する家々からすべての住民を追い出していたのである。

アルベルト・シュペーア・ジュニアはアルベルト・シュペーアの最初の子どもで、一九三四年にベルリンで生まれた。彼につづいて、ヒルデ（一九三六年）、フリッツ（一九三七年）、マルグレート（一九三八年）、アルノルト（一九四〇年）、エルンスト（一九四二年）が生まれた。父アルベルト・シュペーアは急速に出世し、家族とともにすごす時間はしだいに少なくなった。アドルフ・ヒトラーは建築に目がなく、ふたりは出会うべくして出会ったのである。

アルベルト・シュペーアは建築によって、第三帝国の権力の中枢に位置を占めるようになった。しかしながら、彼の自伝では以下のように、平然と責任逃れをしている。「私はヒトラーの建築家だと思っていた。政治の世界のことは、私にかかわりがなかった。私はただ、彼らのために、見る者を圧倒する舞台装置をつくらせただけだった」[10]途方もない建築物をつくるために何百万もの人々が強制労働をさせられたことは、なんとも思わないのだろうか。[11]

シュペーアはだれからも輝かしい人物と認められたひとりの、いや、ただひとりの技術者である点からいって、ナチの装置を動かしていただけの他の技術者とは一線を画す存在である。それでは、そのような男がどうして、ナチの理想、その殺人の狂気を進んで受け入れることができたのだろうか。なぜ、最後までこの体制に奉仕したのだろうか。彼がいなければ、戦争がこれほど長くつづくことはなかったかもしれない。アメリカの歴史家R・トレヴァー＝ローパーのように、その点で彼こそが「ナチ・ドイツの真の犯罪者」[12]であると考える者もいるのである。

シュペーアはシュヴァルツヴァルトの子どもであった。建築家の息子として、一九〇五年、マンハイムの裕福な家庭に生まれた。その家庭のおかげで、激しく移り変わる外の世界から守られていたのである。彼にはごく若い頃から、自律神経系の機能不全による身体的欠陥が認められ、そのため彼はひよわで運動の苦手な子どもになった。彼はこの弱点を、頭の回転の速さで埋め合わせた。一二歳のときには、墨で最初の美術作品をつくり上げている。

一七歳になったアルベルト・シュペーアは、通学路で出会ったマルガレーテ・ヴェーバーという女性と恋に落ちた。アルベルトの両親はふたりの関係を快く思わなかった。息子には指物師の娘よりもっとふさわしい相手がいると考えていたのである。しかしアルベルトはマルガレーテと別れるどころか、六年後にベルリンで結婚した。彼の両親は結婚式に姿を見せず、新婦の両親であるヴェーバー夫妻だけが参列した。

アルベルト・シュペーアは数学の勉強をしたいと思っていたようだが、建築の道に進んだことから、父はおおいに満足した。ミュンヘンとシェルロッテンブルクで教職についたのち、一九二七年に「ベルリン工科大学」で、新ドイツ派の都市計画建築家ハインリヒ・テセノウ教授の助手になった。教授が唱える「祖国防衛」様式は、二〇世紀初頭に登場し、ワイマール共和国時代に一世を風靡した。
このように、アルベルト・シュペーアとやがて彼の息子も、アルベルトの父と同じ道を歩むことになった。政治とほとんどかかわらないリベラルな家庭で育ったアルベルトは、ほどなくして国家社会主義のイデオロギーと出会った。国家社会主義のイデオロギーと指導教授テセノウの仕事とは、似ているところがあったからだ。教授はとりわけ、「あらゆる様式は民族から生じる」と考えていたのである。アルベルト・シュペーアが指摘しているように、テセノウ教授は国家社会主義の理想にまったく賛同していなかったので、このように比べられたら憤慨したことだろう。[13]
「ベルリン工科大学」の学生のあいだですでに非常に人気があったアドルフ・ヒトラーに出会ったとき、アルベルト・シュペーアは彼の魅力のとりこになった。「アドルフ・ヒトラーは私を心底から感動させた」[14]と彼は言っている。聴衆に迎合するすべを心得ているこの男の言葉に、アルベルト・シュペーアは夢中になった。「彼の説得力、魅力的とはいえない彼の声がもつ独特の魔力、どちらかといえば野暮ったいが型破りなところがある彼の物腰、複雑な問題を驚くほどシンプルに語るところ。そのすべてが私をおおいに喜ばせ、魅了した。彼の計画についてはほとんどなにも知らなかった。私が理解する前に、彼が私の心をとらえ、夢中にさせたのだ」[15]
家族のなかで、国家社会主義に初めから賛同していたのはアルベルト・シュペーアが最初ではなかった。彼の母親も非常に早くから、混沌状態に陥った国の政党が提示する秩序の考え方に引きつけられていた。リベラルな家風を考えて、彼女はそのようなことを決して夫に言わなかったし、息子と話したのもずっとあとになってからだった。大学の助手として数年すごしたのち、不況を理由に給料が減らされたことから、アルベルト・シュペーアは一時、独立して生まれ故郷のマンハイムに自分の建築事務所を開くことを考えた。それは一九三二年のことで、シュペーアは二六歳になっていたが、小さな仕事ですら見つかるチャンスは非常に少ないことを、たちまち理解した。国はかつてないハイパーインフレに見舞われており、建築は瀕死の状態にあった。経験のない若い建築家に建築工事を依頼するところがあるとは思えなかった。

自家用車をもっていたアルベルト・シュペーアは、国家社会主義ドイツ労働者党の自動車運転手連合、NSKKで働きたいと申し出た。すると、彼が住んでいたベルリン郊外のヴァンゼー地区に、NSKK支部長のポストが見つかった。さらに、上司である国家社会主義ドイツ労働者党地区責任者のカール・ハンケから、ベルリン地区の党の建物の修理を依頼された。この建物にはのちにアドルフ・ヒトラーの名がつけられることになる。彼の仕事ぶりに満足したハンケは、躊躇なくアルベルト・シュペーアを上層部に推薦した。

ヒトラーが首相に任命されたのち、アルベルト・シュペーアは宣伝相ヨーゼフ・ゲッベルスの強い希望で、ベルリン大管区本部の改築に参加した。だが、党指導部の目にとまったのは、とりわけ、一九三三年五月一日にテンペルホーフの野で行われた政治集会の舞台設計を担当したときだった。アルベルト・シュペーアは、七階建ての建物の高さに達する三本の大きな旗の前に、巨大な演壇を設置させた。中央の旗には鉤十字が描かれていた。旗全体が一三〇基の強力な軍用サーチライトで照らされ、壮大な光の束が空に向かってのびるさまは、まるで「ガラスの大聖堂」[16]のようだった。このときの成功により、彼は同じ年にニュルンベルク党大会の舞台装置をデザインすることになる。彼こそ、総統の新しいドイツがもつべき力を演出によってアピールできる男だと、党指導部は考えた。ヒトラーはその演出力に魅了された。ヒトラーの側近に迎えられたアルベルト・シュペーアは、「建築」という言葉が総統に対して魔法の力をもつことにたちまち気づいた。

彼は首相官邸の改築において、当時ヒトラーお抱えの建築家であったパウル・ルートヴィヒ・トロースト の助手に任命された。トローストはおもに、工事の進捗状況を総統に報告する役目を負っていた。ヒトラーその人から昼食に招かれ、新しいドイツの建築の夢を実現できる若い建築家を探してほしいと頼まれた。アルベルト・シュペーアこそその建築家だった。一九三四年にトローストが死ぬと、事態は急速に進展した。シュペーアは党の主任建築家に任命されたのである。

オーストリアとの国境に近いオーバーザルツベルクでの生活は順調そのものだった。毎年、ヒトラーの誕生日に、子どもたちはいちばんきれいな服を着せられ、総統の山荘であるベルクホーフへ出かけて誕生祝いを述べ、総統といっしょにチョコレートケーキを食べた。子どもたちはそれぞれ総統に花束を渡し、若い崇拝者たちに囲まれたヒトラーの写真が撮影された。エヴァ・ブラウンが撮影した多くの映画フィルムに、笑顔で子どもたちと遊ぶヒトラーの姿が映っている。シュペーアの子どもたちももちろんその場にいて、マルティン・ボルマンの子どもたちやゲーリングの娘と遊んだ。アルベルト・シュペーア・ジュニアは、自分と妹が総統とともに映っているヴィデオを見て、総統はとても愛想がよく、子どもにやさしいおじさんだったと回想している。けれども父は、ヒトラーは子どもたちに好かれていなかったと言っている。「子どもの気を引くこつを知らず、いくら努力してもうまくいかなかった[17]」のである。

シュペーアの子どもたちはこうして戦時中をすごした。そこは山の中で、耐乏生活からほど遠く、侵入者や部外者から守られていた。一九四五年四月二五日まで、一発の爆弾も彼らのところまで届かなかった。シュペーア家からは、オーバーザルツベルクを見下ろすドイツで最も高い山のひとつ、ヴァッツマン山の素晴らしいながめを一望にできた。シュペーア家の学校に通う年齢の子どもたちは、広大な私邸に避難していた他のナチ高官の子どもたちとともに、ベルヒテスガーデンの村の学校に通った。子どもたちは毎日、約六キロ離れた村まで一時間かけて歩き、同様にして帰宅するのだった。学校は嫌いだったと、アルベルト・シュペーア・ジュニアは回想している。なにをすべきか、あらかじめ決められていたからだ[18]。

シュペーアの家には、国家社会主義を連想させるものはなにもなく、そのシンボルも、制服も、しきたりも存在しなかった。妹のマルグレート・ニッセンは、ボルマン家の教育とずいぶん違っていたことを覚えている。狂信的なボルマンの家では、国家社会主義の教えにしたがって子どもを育てていたのである。

シュペーアは満ち足りた家庭生活を送っていた。エレガントな男性でもあり、妻のいる家庭に愛人を住まわせるマルティン・ボルマンのような男の粗野で不作法な振る舞いに眉をひそめていた。マルグレートは幸福な子ども時代と、権威主義的なところが少しもなく、ユーモアのセンスをもち合わせていた父親について語っている。父親の権威の問題では、兄と妹は見解を異にしているようだ。

オーバーザルツベルクで暮らすことにより、アルベルト・シュペーアはまた、ヒトラーの家でたびたび開かれる退屈なパーティーに出かけなければならなかった。そうした社交生活のせいで、プロジェクトは思うように進まなかった。シュペーアは仕事人間で、一日中、図面と向き合っていれば満足だった。だがヒトラーは彼の存在を高く評価しており、シュペーアはその点について、アドルフ・ヒトラーに友人がいたとすれば、自分はそのひとりだったと語っている。[19] 部下同士がライバルとなり争っているのを知っていたヒトラーは、シュペーアこそ、下劣な連中から距離をとり、全身全霊で仕事をする男だと見ていた。一九四二年に軍需大臣となったシュペーアは、年末を家族のもとですごさずにラップランドへ行くことにした。彼の妻はまたしても、夫の不在を黙って受け入れるしかなかった。

一九四五年四月、シュペーアは情勢が変化したのを感じ、牧歌的な生活も終わりを告げた。子どもたちはベルヒテスガーデンを去るのが辛かった。なにが起きているのか理解できなかったし、それがどれほど重大なことかわからなかったが、破滅的な事態が迫っていることには気づいていたと、彼らは言う。逃げようとすれば裏切り者として総統の怒りをかう恐れのあることを、シュペーアは知っていた。だが選択の余地はなかった。連合軍から逃れ、総統の死後デーニッツ元帥が率いていた臨時政府に合流するため、シュペーア一家はドイツ北部へ避難した。臨時政府に加わったものの、一九四五年五月一五日、シュペーアは連合軍に逮捕された。

彼の家族はオーバーザルツベルクの広大な屋敷から、二間しかない狭い家へ移った。国家社会主義の指導者の他の子どもたちと同様に、小さい子どもたちは洗礼を受けさせられ、今後は一般市民として生きなければならなかった。彼らは父親のいない家で大きくなった。それが戦争犯罪人というものであり[20]、その身分規定は家族全員におよぶのだった。シュペーアの子どもたちにとって、それは、父との決定的な断絶へといたる長い道のりの始まりだった。父と連絡をとるのは難しくなり、アルベルト・シュペーア・ジュニアも例外ではなかったが、彼は父と同じ職業につく道を選んだ。父以前に祖父も建築家だったのだから、建築の仕事は父だけのものではないのだが。

アルベルト・シュペーアはルクセンブルクのモンドルフ＝レ＝バンの収容所、ヴェルサイユ近郊の収容所、さらにニュルンベルクへと移送され、家族はシュヴァルツヴァルトのハイデルベルクにあるシュペーアの両親の家で暮らすことになった。ハイデルベルクでの生活は快適だった。シュペーアの子どもたちは学校へ行かずに一年間すごしたのち、再び市の公立学校へ通うようになったが、すんなりと話がまとまったわけではなかった。アルベルト・シュペーアの子どもたちを進んで受け入れる学校はなかったのである。

小さな町の住人たちはマルガレーテを受け入れた。夫のアルベルトと同様、彼女もこの町の出身だったからだ。また、子どもたちにとって幸いなことに、何人かの教師がなにかと気を遣ってくれた。

長男アルベルトの教師は子どもたちにこう呼びかけた。「きみたちのひとりのお父さんがどうなったか、みんな知っているだろう。だから、彼に礼儀正しくしよう」[21] 上の学校へ進むのは難しかったので、アルベルトは一五歳になると、指物師の見習いになるよう勧められた。建築家になるまでの道のりは長かったが、彼は成功を収めることになる。学校と夜学に三年間通ったのち、アルベルトは大学入学資格試験に合格してミュンヘン工科大学に入り、戦後の復興建築で知られたハンス・デルガスト教授の指導のもと、建築の勉強をつづけた。デルガスト教授は一九七二年にハインリヒ・テセノウ建築賞を受賞したが、テセノウ教授は奇しくも父が初めて出会った学問の師であった。

シュペーアのふたりの娘、ヒルデとマルグレートは、ハイデルベルクのプロテスタント系の女子寄宿学校に入学を許された。レジスタンスのエリザベート・フォン・タッデンの名を冠した学校だった。すべての者が少女たちの身元を知っていた。この学校に受け入れられたことを、少女たちはいつまでも心に刻んだ。何年もたって、ヒルデは自らの歴史教師を称えている。ベルリンのユダヤ人家庭の出身で、戦争を生きのびたドーラ・ルクス先生である。少女が知的な素養を身につけるのに、彼女は決定的な役割を果たした。[22] マルグレートも、一九四四年七月二〇日のヒトラー暗殺未遂事件に加わったレジスタンス、ハンス・ベルント・フォン・ヘフテンの娘アッダに出会ったことが忘れられない。友だちの父親はナチに処刑されたのに、戦犯である自分の父親はまだ生きて拘留されている。レジスタンスの英雄の「良い」娘を前にして、自分がナチ犯罪人の「悪い」娘であることに、彼女は初めて罪の意識を感じた。三男アルノルトはといえば、「一九四五年まで私の前にいたのは父親だったが、一九四五年以降は戦犯だった」[23]と語っている。

ニュルンベルクでアルベルト・シュペーアは、ナチのイデオロギーと総統アドルフ・ヒトラーを非難するだけでなく、「あれほど恐ろしい犯罪に対しては集団的責任」を負うべきとの弁護方針をとった。体制に影響を与えた人物として、自分にも責任があると認めたのである。[24]

アルベルト・シュペーアは四件の容疑で取り調べを受けたが、そのうち、共同謀議と平和に対する罪の二件の容疑は免れた。そして一九四六年一〇月一日、戦争犯罪と人道に対する罪で禁錮二〇年の有罪判決を受けた。法廷でのシュペーアの態度、自らの責任と協力を認めたことは、共同被疑者たちとの違いを強調するためだったが、彼に有利に働いた。さらに、アドルフ・ヒトラーに対して陰謀を企んでいたこと、戦争末期にヒトラーの焦土政策に反対した唯一の人物であるかのように行動したことを前面に出したのも、寛大な判決を勝ちとるための作戦であった。彼の伝記を書いたギッタ・セレニーが強調しているように[25]、ユダヤ人がひどい扱いを受けたことに関して彼にも疑念があることが知られていたら、彼の言い分はとおらなかったに違いない。暗黙の了解であれ、ユダヤ人の迫害と殲滅を知っていたことを認めていたら、事実上、殺人装置の主要な歯車のひとつとみなされたことだろう。このようにシュペーアは巧妙な弁護方針をとり、彼にとって幸いなことに、当時、彼に直接かかわる文書の一部は知られていなかった。

アルベルト・シュペーアは拘留されたとき四一歳であった。「これからの年月、なにをしたらよいのだろう。これは際限のない刑罰、朝がくるたびに再び始まる責め苦に等しいのではないか」判決後に面会に来た妻に向かって、彼は絶望した口調で言った[26]。だが、生き残りの術に長けたシュペーアは、そんなことで参りはしなかった。彼は自制心が強く、感情を抑えることのできる、冷静な人間であった。拘留されるとすぐ、信頼できる幼なじみのルドルフ・ヴォルターズの手を借りて、家族のために、子どもたちの養育費をまかなう「支援基金」を創設した。彼に恩義のある古くからの知り合いが、出資を引き受けてくれた。家族は毎月二〇〇マルクを受けとり、[27] アルベルト・シュペーアは一九四八年から釈放される一九六六年まで、総額一五万マルク以上を手にしたと思われる。父親が収監されたとき、子どもたちの年齢は一歳半から一一歳半だった。子どもたちが学校でいい成績をとったら褒美に小遣いを与える仕組みもつくった。ルドルフ・ヴォルターズのおかげで、シュペーアは独房にいながら家族の生活を「意のままに」し、その行動をコントロールできた。女手ひとつで六人の子どもを育てるのに苦労することの多かったマルガレーテも、この忠実な友を頼りにしていた。一種の「闇の郵便」である連絡システムによって、ヴォルターズはシュペーアに、外部と頻繁に連絡をとらせることができた。この「郵便」を使えば、日常生活と精神状態について彼が書いたメモを外部へもち出すことも可能だった。

シュパンダウでアルベルト・シュペーアは、受刑者番号の「五番」で呼ばれていた。書きものはたちまち彼の主たる活動となった。ヒトラーのことであろうと自分自身のことであろうと、彼はなんでも語りたがった。だが、ヒトラーの伝記を書く計画は早々に放棄し、自分自身のことを集中的に書くようになった。ルドルフ・ヘスと同様に、アルベルト・シュペーアも八年近く子どもに会おうとしなかった。『シュパンダウ日記』にそれとなく書かれているように、子どもたちが泣きながら帰るのを見たくなかったのだろう。[28] 一九五三年に子どもたちが初めてシュパンダウへ行ったとき、年長の子どもでもまだ十代だった。

毎月三〇分の面会はぎごちなく、冷ややかなものだった。シュペーアはなにを話したらよいかわからず、子どもたちに向かって堅苦しい態度をとり、こわばった笑みを浮かべながら、なんとか会話をつづけようとした。父親のよそよそしい質問に、子どもたちは丁寧な言葉で答えた。これでは「独り言を交わしている」ようだ、子どもたちと「うまくいかないのは拘留期間中だけなのか、それとも永遠になのか」[29]と、彼は思った。子どもたちが見知らぬ他人のようだった。刑務所に入る前、彼は仕事に夢中でほとんど家にいなかったので、「あの頃、アルベルトが子どものことを話すなんて想像できなかった」と妻は語る。「もちろんその後、シュパンダウでは時間があったので、子どもたちの話をした」[30]

結局のところ、子どもたちは手紙をとおして父親を知るようになったのだが、それでも何人かの子どもにとって、父親はずっと知らない人だった。アルベルト・シュペーアは子どもたちと形ばかりの関係しか結ばなかった。身体的な接触もなければ、心のこもった仕草もなく、その場限りの礼儀正しさがあるだけだった。「おとうさん」という言葉さえタブーになった。いつまでも家に帰らないほうがいいのではないかと思うこともあった。「六〇歳のよそ者なんて、彼らもどうしていいかわからないだろう」と彼は書いている。[31]父に手紙を書くときは家族会議を開き、どんな言葉を使ったらよいか念入りにチェックしたと、娘のマルグレートは回想している。[32]シュペーアが子どもたちの成長を見守ることができるように、手紙にはそれぞれの写真が添えられた。けれどもシュペーアは子どもを混同してしまい、どの写真がだれなのかよくわからなかった。[33] 若い頃や刑務所生活についてユーモアあふれる楽しい手紙を書くことで、彼は何年も全力を尽くして家族と接触を保っていた。上から二番目の長女ヒルデは、そうした話を読んで大笑いしたことを覚えている。

子どもたちは、最良の仲介者である娘のヒルデでさえ、父親と親密になることは決してなかった。彼女は限りない誠実さをもって、シュペーアと彼を支える人々のサークルとのあいだをとりもっていた。家族の名で、父親の釈放を求める手紙を毎年ドイツ連邦共和国大統領に送った。それらの嘆願書はポジティヴな反応を巻き起こしたが、シャルル・ド・ゴールやヴィリー・ブラントが支持したにもかかわらず、父親の早期釈放にはつながらなかった。[34] シュペーアの釈放がようやく認められたとき、ブラントはまだベルリン市長にすぎなかった。というわけで、シュペーアが釈放されたとき、ブラントがこの献身的な娘に赤いバラの花束を贈ったのは、とくに意外な話ではなかった。シュペーアが非ナチ化裁判の対象にならず、そのため彼の財産が没収されなかったのも、ブラントのおかげだった。

ヒルデはおそらく父のお気に入りの子どもだったし、彼女をとくに自慢していたが、ヒルデが娘であることに変わりはなかった。シュペーアにとって、それは息子や男性とは別の話だった。そのため、もっぱら娘婿のウルフ・シュラムを相手に、手紙のやりとりをつづけていた。知的な刺激を受けられると考えてのことだったが、ほかの家族はないがしろにされたような気分になった。自分の考えや分析はウルフにだけ伝え、それ以外の相手には現実的な話しかしなかったからだ。[35]

お気に入りの娘は一六歳になると、奨学金をもらってアメリカで勉強したいと思ったが、当初はアメリカのビザがおりなかった。しかし、さる支援団体と、彼女を受け入れると申し出たイスラエル人の家族が、アメリカ当局の姿勢を軟化させるのに成功した。それでもアルベルト・シュペーアは、戦犯の娘をアメリカが受け入れるのか心配だった。

一九五三年五月一三日、ヒルデは父に手紙を書き、あれほど邪悪な体制にほんとうに加担していたのかと初めて尋ねた。彼は長い手紙のなかで、ためらうことなくこう答えている。「安心しなさい、残虐行為のことはなにも知らなかった」そして、なにが起きたのかもっとよく理解するために、G・M・ギルバート博士の『ニュルンベルク日記』を読むよう勧めた。そこには、「アルベルト・シュペーアが強制収容所について知っていたことは、他の大臣がV2ロケットについて知っていた程度のことだ」と書かれていた。

父親が収監されたとき一歳半だった末っ子エルンストとの関係は、とくに難しかった。エルンストはシュパンダウに行っても、決してしゃべらなかった。内向的で口数の少ない彼は、人生をつうじて父のことを話そうとしなかった。「私はなにも言うことがなかった。それは悲しいことだが、ずっとそうだった」と、彼は後年語っている。しかしながら、一九六八年以降、エルンストとその妻とふたりの子どもは、ハイデルベルクのシュペーア家の敷地に隣接する自動車修理工場に暮らしている。「私はよそ者としての父しか知らない」エルンストはシュペーアとの関係をうまく表現できない。なぜなら、父はいても、いないようなものだったからだ[36]。シュペーアは次男のフリッツとも容易に関係を結べなかったが、この子は非常に賢く、たぶん自分にいちばん似ていると考えていた。シュペーアの日記では、息子のきまじめな態度にはいらいらさせられるし、息子が困惑した表情を浮かべるとどうしていいかわからなくなると述べている。息子に話しかけても、答えは返ってこなかった。三男アルノルトはシュパンダウに面会に来ると、父との会話より、面会所の備品の細かい部分に関心があるようだった。親子の触れあいは存在しなかった[37]。

シュペーアは監獄にいた年月を利用して名誉回復をはかろうとし、自らの人生と、ヒトラーからこれほど影響を受けた理由について書いた。それは気力が衰えないようにするためでもあり、「私が一行も書かなかったら、あの時期を生き延びることができただろうか」[38]と述べている。彼は庭いじりにも挑戦し、監獄の庭をせっせと歩き回った。気を紛らわすために、一九五三年から六六年まで毎年、二三〇〇キロから三〇〇〇キロの距離を歩いていた。まさに地球を一周したようなものだ。拘留期間が終わるまでに歩いた距離は、総計三万一八一六キロに達した[39]。

アルベルト・シュペーアが釈放される日、一九六六年一〇月一日の午前〇時に、大勢のジャーナリストが受刑者番号五番の元囚人が出てくるのを待ちかまえていた。彼は六一歳になっていた。サーチライトとフラッシュの目もくらむような光を浴びながら、白髪まじりの男は監獄の敷地をあとにした。年をとり、長年拘留されていたにもかかわらず、彼はまだかなりエレガントだった。

その日、彼を迎えにきた家族は妻だけだった。愛のない短い抱擁を交わしたのち、シュパンダウ刑務所の元五番の囚人は、「私が刑に処せられたのは当然のことです」と静かに言い残し、迎えの車に乗り込んだ。アルベルト・シュペーアはドイツの週刊誌『シュピーゲル』のために、自由の身となった男の最初の感想を用意していた。

シュペーア夫妻は翌日、ドイツ北部のケラーゼーにある狩猟用の屋敷で残りの家族と再会した。一五人ほどの親類縁者が、何年も会えずにいた彼の顔をようやく見られるのを、いまかいまかと待っていた。だが家族の集まりはひどく気まずいものとなった。だれもが心のこもった自然な態度をとろうとしたが、うまくいかなかった。長い沈黙でしばしば会話が途切れた。成人した子どもたちに、まだ幼い頃に拘留された父親の思い出はほとんどなかった。義理の息子や娘にいたっては、彼と一度も会ったことがなく、なんとか家族らしく振る舞って、その場の雰囲気を和らげようとした。だが、シンプルで心のこもった、自然な言葉が欠けていた。シュペーアがシュパンダウのことを話すと、その話はすでにだれもが知っていることだったので、家族の集まりはますます気の重いものになった。子どもたちは自分自身の計画や考え、友人や生活のことを話そうとした。けれどもアルベルト・シュペーアは、そういったことに関心がなかった。

「彼に期待しすぎたのだろう」と妻は考えた。[40] 過去の世界と未来の世界、監獄の世界と自由な世界。対立するふたつの世界は通じ合うことがなかった。娘のマルグレートにしても、シュパンダウ以前の生活について話す気になれなかった。当時の家族関係は悪循環に陥っていた。[41] 話すことはほとんどなかった。シュペーアは妻に対しても、過去について話そうとしなかった。「昔の話はやめよう」国家社会主義や戦争についてきかれると、彼はいつもそう答えた。[42]

父と子どもたちのコミュニケーションは成り立たなかったし、その状態はずっと変わらなかった。一九七八年、ギッタ・セレニーがハイデルベルクに来て話をきいたときには、家族関係がうまくいかないのは自分のせいであり、どうしたらよいかわからないと認めた。彼の存在が家族に重くのしかかっていた。[43] 多くの親と同じように、子どもたちが学校や大学の試験に受かったときけば、シュペーアも喜んだ。自分と同じ道に進んで建築家になった息子アルベルトのことは、とくに関心があった。シュパンダウにいたときからすでに、自分と子どもたちの距離が遠いのは現在の状況によるのか、それとも決定的に疎遠になってしまったのかと考えていた。出所後の家族の集まりによって、それが後者であることが明らかとなり、苦い思いが残った。彼は失望し、シュパンダウにいたときだって、これほど孤独を感じたことはなかったと思った。家族の家で暮らしていたあいだ、修道士のような生活や読書、空想上の徒歩旅行が懐かしく思い出された。もはやなにもかも以前と同じようにいかないことに、シュペーアは気づいた。[44] 子どもたちも同じ思いだった。娘のヒルデが述べているように、「兄弟姉妹はひとりまたひとりと離れていった。そこにコミュニケーションはなかった」「父は、私の建築の仕事を認めてくれたが、理解できなかった。父と私の時代はあまりに違っていた」と、息子のアルベルトは言っている。[45] 子どもたちはしだいに父と会うのを避けるようになり、ハイデルベルクの母を訪ねるのは、たいてい父がいないときだった。シュペーアはそのことをあまり重く受け止めていなかったようで、以後、自分の生活を名誉回復に捧げるようになる。彼はあらゆる方面からインタヴューの申し込みを受けていた。子どもたちによれば、ハイデルベルクの自宅には訪問客がひきもきらなかった。

一九七一年、シュペーアは『プレイボーイ』誌の記者エリック・ノルデンのインタヴューに応じ、大量殺戮に暗黙の同意を与えていたことを認め、「私がなにも見なかったのは見ようとしなかったのだ」[46]と語った。このインタヴューでいちばん面食らったのは、シュペーアが泰然自若としていることだった、と記者は書いている。恐ろしい犯罪の責任を認めたときの様子は、一切れのリンゴタルトを勧めるのと同じ調子だった。[47] 数年後にはギッタ・セレニーに、「なにか恐ろしいことが起きているのではないかと思っていた」と話している。自分が知っていたことを暗黙のうちに認めたようなものである。[48]

彼の著作は大評判になった。『回想録』（邦題『ナチス狂気の内幕』読売新聞社、一九七〇年）はナチ高官による唯一の証言。『シュパンダウ日記』はあらゆる素材に毎日書き留めた二万以上のメモをまとめたもので、使われた素材のなかには、「思いもよらない使い道」[49]のトイレットペーパーまで含まれていた。最初の著作はドイツで二〇万部以上売れ、アメリカでベストセラーになった。

シュペーアは晩年、アルゴイの自宅で隠退生活を送った。妻との関係はすっかり冷え、愛人をつくったが、そのことで子どもたちとの関係が変化することはなかった。外部との接触はしだいに減ったが、国家社会主義の専門家であるマティアス・シュミットは受け入れた。シュミットは博士論文を書くため彼に会おうとしていた。アルベルト・シュペーアは古くからの親友であるルドルフ・ヴォルターズに彼を引き合わせた。だがヴォルターズは、シュペーアがヒトラーに責任をおしつけ、シュペーアの著書に自分への言及がないことに失望して、自らの『日記』の原本をシュミットが読むことを許した。一九四一年から四五年までシュペーアが果たした役割が書かれているこの本は、第三帝国の忌まわしい出来事に彼が積極的に関与していたことを裏づけるものだった。それに加えて、アルベルト・シュペーア自身の署名のある、ユダヤ人のベルリン追放に関する資料が見つかった。ヴォルターズの日記とこれらの資料は、彼がニュルンベルク法廷をあざむいていた確たる証拠であった。

シュペーアは一九八一年にロンドンのホテルで心臓発作を起こして死んだ。ニュルンベルクのアメリカの元検事ヘンリー・T・キング・ジュニアとオクスフォードの歴史学教授ノーマン・ストーンによるBBCのインタヴューを受けるため、愛人につき添われてイギリスに渡っていたのである。

シュペーアの何人かの子どもは、アドルフ・ヒトラーにかかわるすべての記憶を封印したと言っている。ヒルデ・シュペーアが「むかむかする」という男と密接な関係にあったことを、彼らは認めようとしない。ヒトラーのことはなにも覚えていないとヒルデは言うが、幼い彼女はヒトラーに好意をもっていたのかもしれない。多くの写真に、小さな白いスカートをはいて髪に花を飾り、ヒトラーと手をつないだ彼女の姿が写っている。なにも覚えていないのか、それとも思い出したくないのか。拒否するにせよ、前に進もうとするにせよ、過去を切り捨てるのは不可能である。

ヒルデは社会学者になり、政治の道に進んだ。一時期、ドイツ緑の党幹部のひとりと親しい関係にあり、やがてベルリン市議会の副議長になった。二〇〇四年、ヒルデ・シュラムは寛容、宗教と民族の和解、およびその仕事全体によって、モーゼス・メンデルゾーン賞を受賞した。当初、ベルリンのシナゴーグで予定されていた授賞式は、ユダヤ人コミュニティーが反対したため行われなかった。コミュニティーのスポークスマン、アルベルト・マイヤーの支持をとりつけていたにもかかわらず、である。主要な戦犯のひとりアルベルト・シュペーアの娘がユダヤ人にとって神聖な場所でこのような賞を受けるのは、とうてい考えられないことだった。授賞式は結局、とある教会で行われた。ヒルデ・シュラムはこの決定を理解し、受け入れた。[50]

戦時中、ナチはヨーロッパじゅうのユダヤ人が保有していた多くの財産を強奪した。おびただしい数の私財がドイツへ運ばれ、競売にかけられた。自宅に飾ってある美術品のような自らの財産の出所、さらに自らの仕事の発端について、すべてのドイツ人が自問する必要があると、ヒルデ・シュラムは考えている。それらは一九三三年から四五年のあいだに購入したもの、あるいは手に入れたものではないのか。シュペーアの娘の考えでは、戦争を生き延びた人々すべてに罪があるわけではない。彼女がそれとなく言っているように、われわれは罪を受け継いでいるのではなく、先祖の罪ある行為を受け継いでいる。だから、各自が責任ある行動をとり、強奪された人々に財産を返還しなければならない。

彼女が父から相続した絵画は、戦時中にユダヤ人の所有者から安値で購入したものであることから、彼女は当初、それらの絵画の受けとりを拒否していたが、のちに売却する決心をした。絵画を売って得た七万ポンドの金は、芸術や科学を志すユダヤ人女性を支援する「返還」基金に払い込まれた。罪は複雑な概念だと彼女は言う。シュペーアの娘は何年間もそのことについて考えたのち、自分がやっていないことの責任をとることはできないと考えるようになった。こんにちでは兄や弟と同様に、父のことを話そうとしないが、基金への寄付についての話には応じている。

父が第三帝国の中枢にいたとき、彼女は子どもにすぎなかった。戦争が終わったときは九歳で、それから一年もたたないうちに父はシュパンダウに収監された。アルベルトらと同様に小さな子どもだったが、生きていくためには、自分に罪はないと言わなければならず、自分と父の活動とを分けて考えなければならないことを理解していた。こんにちでも彼女は、あの厄介な生みの親とつねに結びつけられるのはご免だと思っている。罪よりも恥という言葉のほうが、彼女の感情にはしっくりくる。自分になんの罪があるのだろう。罪に血のつながりはあるのだろうか。[51]「父親が帝国指導部の中枢にいたことが、彼らにとって長期にわたり、きわめて重大な問題となるだろう」と、一九五二年に彼女の父が『シュパンダウ日記』に書いていた。[52]「私は罪責感にさいなまれているのではなく、恥ずかしさでいっぱいなのだと気づいていました」と、娘は言っている。自分の人生でメディアがいちばん関心をもつのは父アルベルト・シュペーアに関する部分であるのは知っているし、政治家として、自分の活動が注目されるのはありがたいことだと認めている。聡明な彼女は、自分の伝記を書けるのは自分しかいないと考えている。[53]

アルベルト・シュペーアの下の娘マルグレートは写真家で、四人の子どもの母親である。ごく若いうちに結婚した彼女がシュペーアの姓を名乗らなくなって、かなりのときがたつ。二〇〇七年に出版された『きみはシュペーアの娘?』という著書で、自分の人生はつねに総統の建築家の影のなかにあったと述べている。[54]著書のタイトルは、同僚のひとりが彼女の名を知ったときに発した質問からとられている。彼女は当時ベルリンで、「恐怖のトポグラフィー」という展覧会のために写真家として働いていたのだが、そのとき、総統のとなりで誇らしげに笑みを浮かべている少女の自分が写った写真を見つけた。

マルグレート・ニッセンは父のことを疑問に思っている。どうしてあのような体制のために、自分の専門知識を役立てることができたのか。彼女は子ども時代の数年間のこと、家にいたあの男のこと、そして戦時中や拘留中、釈放されてからあの男がどうなったか語っている。父に対しては苦々しい思いがある。あの男はのちに愛人をつくり、家族、とくに彼のために人生を捧げた妻を再び捨てたのである。マルグレートはあの男と血がつながっていることをなかなか受け入れられないが、傷ひとつない子ども時代の思い出は大切にしたいし、起こったことに責任を感じなければならないとも思っていない。彼女は若い頃、父を犯罪者とみなすのを拒んだ。父個人はだれも殺していないからだ。帝国時代の数年間に父が責任ある地位についていたことを直視したくなかった。彼女の否認は、「知りたいと思っても、知ることができなかっただろう」という、ユダヤ人大量虐殺に対するシュペーア自身の否認を思い起こさせる。父があのような行動をとったのは、日和見主義と、なんとしても目標を達成しようとする意志によるものだと、マルグレートは説明している。

彼女が描く父親は、自分のプロジェクトのために全身全霊を捧げる男、自分の行動の影響や結果を考えずに建物をつくろうとする男である。その分析は、『回想録』において父が発した言葉と響き合うかのようである。「私はヒトラーの建築家だと思っていた。政治の世界のことは、私にかかわりがなかった。ただ、彼らのために、見る者を圧倒する舞台装置をつくらせただけだった」[55]

アルベルト・シュペーアは名誉を回復したいという望みに閉じこもって生き、子どもたちとの関係を顧みることはなかった。けれども子どもたちは、つねに父のことを自問しながら人生を送っており、息子たちはいまも父の姓を名乗っている。しおらしく自分の責任を認めながら、ナチの残虐行為は知らなかったと言い張るこの男と、彼らが個人的に対決する日は永遠にこない。

自分の父と対決する機会をもつことのできたナチの子どもたちもいる。ヨーゼフ・メンゲレの息子がそれにあたる。だがメンゲレは決して悔い改めることがなかったのである。

ロルフ・メンゲレ
「死の天使」の息子

二〇一一年七月二一日、コネチカット州スタンフォードにある古書専門のオークション会社アレキサンダー・オートグラフズで競売が開かれた。そのカタログには、ロットナンバー四にかんして以下のように書かれている。「全巻そろいで入手し、内容を注意深く読み、分析を行った。この文書の大半は未公開で、フィルムで見ることすらできないが、二〇世紀で最も残酷な人物にかんする掘り下げた見方を提供している」

決まりました、落札！　競売人のハンマーが鳴り響いた。総額二四万五〇〇〇ドルの競売に電話で参加したホロコーストの生存者の息子、匿名希望の超正統派ユダヤ人が、ブルーのインクで書かれた三三八〇ページあまりの文書を手に入れた。落札価格は三〇万から四〇万ドルのあいだと見積もられた。あらゆる否定論に対抗し、差別につながるすべての主義主張に反対するため、このような資料は絶対に公開すべきであると、買手は考えていた。

そのロットは、黒、カーキ、緑、チェック柄の学習用スパイラルノート三一冊からなっていた。表紙にはスペイン語で「Cuaderno（ノート）」、「Cultura General」ないしは「Agenda classica」と書かれていた。右肩上がりの角ばった、几帳面な文字が、ノートのページを埋めていた。自伝的な話、詩、政治的・哲学的な考察のあいまに、スケッチやクロッキーが描かれていた。それらはすべて一九六〇年から七五年にかけて作成されたものだった。

この競売は大反響を巻き起こした。メディアの論者のなかには、このような資料を金儲けの対象にすべきでないと考える者や、この競売自体をいかがわしいと見る者さえいた。

ノートを作成した人物は第三者に向けて自分のことを語っており、「アンドレアス」という偽名をつかっていた。その男は二〇世紀最大の逃亡者のひとりで、それらのノートからいつか自分の居所が知られるのではないかと恐れ、偽名のうしろに身を隠しているのだ。実際そこには、戦後の欧州から南米のアルゼンチン、パラグアイ、そしてブラジルにいたる彼の逃亡のあとが綴られていた。それればかりか、かつて彼が行った実験についても書かれていたが、彼によれば、それはすべて人類の幸福に貢献する実験なのだった。

作者はノートのなかで、国家社会主義の理想をなにひとつ否定せず、人口過剰、優生学、安楽死にかんする自らの理論をとうとうと述べている。

「人種の混淆がすすむと、文明は衰退する」一九六〇年から六二年にかけて、彼はとりわけこのように書いている。[1]「自然に良いものも悪いものもない。合う要素と合わない要素があるだけだ……。合わない要素は生殖から排除されなければならない」[2]「フェミニストのイデオロギーを捨てなければならない。生物学は権利の平等と関係がない……。女性は重要な役職につくべきではない。女性の仕事はその能力に応じて、生物学的な役割をはたすことだ。産児制限は、欠陥のある遺伝子をもつ女性に不妊手術をほどこすことによって行われなければならない。良質の遺伝子をもつ女性は五人の子どもを産むまで不妊手術を受けてはならない」[3]

ノートは二〇〇四年、それらの文章を書いた者を宿泊させていたサンパウロの夫婦の家から押収され、のちに、生物学上の唯一の息子であるロルフに返還された。彼がノートを売ったのだろうか。それはわからない。売り手も匿名を希望していたからだ。

寄る年波で徐々に腰の曲がったヨーゼフ・メンゲレは、毎日、小さなテーブルに向かい、栄光の時代を、そして果てしのない逃亡の時代を思い返していた。逃亡の時代は、ノートが書かれる一五年前に始まった。それ以来、彼の信念は変わらなかったし、逃亡して三四年たっても、最後まで変わることはないだろう。自分にはなんの責任もないと確信する彼は、逃亡生活をつづけるうちに、強迫観念にとりつかれた作家になった。サンパウロ郊外の小さい家に身を潜め、大半の時間を執筆にあてるようになった。バイエルン風の家具のデッサンや、家や動植物のスケッチで、ノートのページを埋めていった。さらに、庭いじりや家具づくり、たわいのないおしゃべりに精を出し、草花や動物を眺めるのを好んだ。

一九七七年、長年待ち望んでいた日がついに訪れた。たったひとりの息子がヨーロッパから到着したのである。二一年間息子の顔を見ておらず、最後に会ったのは一九五六年のことだった。息子は当時、偽名で潜伏しているこの男が自分の父親だと知らなかった。だから、その日が本当の親子の対面となるが、それにはリスクもあった。悪名高きヨーゼフ・メンゲレ博士は、地球上で最も行方を追われていたナチのひとりだったからだ。「死の天使」というニックネームは、アウシュヴィッツで人体実験を行ったことに由来する。

息子がナチ・ハンターに見つからないよう、旅に出るまでに五年以上の準備期間が必要だった。ブラジルへ出発する前に、メンゲレ家が信頼をよせる弁護士ハンス・ゼードルマイヤーの手引きで、ロルフ・メンゲレはいとこのカール＝ハインツに会った。カール＝ハインツはアルゼンチンで数年間、ヨーゼフ・メンゲレと暮らしたことがあった。ドイツの若者が考えている第三帝国と、その時代を生きた人々の認識とのあいだにはギャップがあると、ハンス・ゼードルマイヤーは若いロルフに注意を促した。また、メンゲレにまとまった金を渡したいとも考えていた。メンゲレは家族からずっと支援を受けていたのである。

父の助言にしたがい、ロルフは用心深く名を隠し、以前友人と一緒に休暇をすごしたときに盗んだパスポートを使ってサンパウロにやってきた。父と再会する決心をしたが、父はもはや、若い頃にそうであったような英雄ではなかった。父と共通するものはなにもないと、彼は考えていた。「それどころか、私たちの意見は正反対でした。父の話をききたくもなかったし、父の考えに関心をもとうとも思わなかった。父がなにを言おうと、拒絶するだけでした。国内外の政治に対する私個人の態度は、疑問の余地のないものです。周知のように、私はどちらかといえば左派で、リベラルな政治を強く支持しています。多くの批評を書いているので、共産主義者ではないかと疑われたこともありました[4]」

日が暮れ、サンパウロ郊外のほこりっぽい通りを古ぼけたバスが走ってくる音がきこえると、腰の曲がった老人はびくっとし、手足が震えだした。色あせたズボンのポケットに骨張った両手を入れ、顔をこわばらせ、彼はじっと待った。かつては服装にうるさかった彼も、最近では見た目を気にしなくなっていた。息子がその夜に到着することは知っていたが、ナチ・ハンターが自分を逮捕しに来るのではないかと考えずにいられなかった。寂しい晩年をむかえても、メンゲレは決してガードをゆるめなかった。アウシュヴィッツ収容所に君臨した冷たく計算高い男は、長年の逃亡生活で、恐怖にさいなまれる男になった。強迫観念のように、見つかって捕まるのを恐れていた。その恐れはなによりも強く彼を苦しめた。たえず髭を嚙んでいるところに、不安の大きさがよく表れていた。飲み込んだ髭は腸のなかで毛玉となって消化管を詰まらせ、彼をひどく苦しめたうえに、命の危険にさらすことさえあった。

メンゲレは何年も前からたったひとりで暮らしていた。黄色い化粧漆喰の小さな家は質素そのもので、テーブルと数脚の椅子、ベッド、戸棚しかなかった。小さな山荘を思わせる勾配のある屋根に、白い窓がふたつついていて、周囲を数本の木に囲まれていた。

息子が木の門をくぐると、彼は胸がいっぱいになり、涙がこみあげてきた。やっと立っていられる状態だったが、なんとか階段までいって、勇敢にも訪ねてきてくれた息子を迎えた。ロルフ自身が言っているように、ブラジルまでわざわざ会いにきた息子は敵の戦線を突破した勇敢な兵士そのものだと、父は考えていた。[5] だが、こんなチャンスはめったにあるものではない。

その日はロルフが、父にとって英雄だった。まったくかまってもらえなかった父親に会うため、数々の危険を冒したのだ。彼が幼い頃、父は最悪の残虐行為に手を染めるのに忙しく、また彼が若い頃は、連合国とナチ・ハンターから逃げるのに精一杯だった。息子のために割く時間はほとんどなく、手紙のやりとりだけで、形ばかりの親子関係を維持していた。

ロルフは生身の父親をこの目で見たいと思っていた。そしてようやく、目の前の男こそ人生で二回しか会ったことのない生みの親だと認めた。偽装の名人だった父の身体がこれほど衰えているのに、彼は驚いた。この対面が父にとって重要なこともわかっていた。ロルフが危険を覚悟で会いにきたのは、三〇年以上前から連合国の裁判を逃れてきた男に対して検事として振る舞うためなのか。いや。彼が望んだのは理解しようとすることだった。結局のところまだ自分の父親であるこの男が、あのような殺人装置にどうして積極的に関与できたのか、理解したかった。

メンゲレ一族から長いあいだ除け者あつかいされてきたロルフは、現在、ドイツのフライブルクで弁護士をしている。一族から極左とみなされており、世間で最も憎まれている男をとおして血がつながっていることを除けば、一族と共通するものはなにもないと、ずっと考えていた。旅に出たとき、ロルフは三三歳だった。父がアウシュヴィッツの医者として、簡単な手ぶりで何千人もの人々の生死を決めていたときと、同じ年齢だった。

生存者はだれひとり、乗馬用の鞭を手にした男、南欧風のエレガントなこの男を忘れることができなかった。非の打ち所のない制服に身を包み、完璧に磨き上げたブーツをはいたこの男は、実験台に選んだ者を指さすだけだった。右は生と彼の実験室、左は死である。男、女、子ども、赤ん坊をガス室や闇の人体実験へと送り込むとき、彼の顔にはいかなる感情も見られなかった。彼が好んで口ずさむワーグナーやプッチーニの調べとともに、彼は殺人装置の中心にいた。

ロルフはようやくひとこと、「やあ、お父さん」と言った。ふたりの男はそっけなく短い抱擁を交わした。どちらも感情をさらけ出すことに慣れていなかった。「やはり、父親なんだ」から、情愛のこもった態度をとろうと思っていたが、実際にそれができたのは、父の涙が自分の頬をつたって流れるのを感じたときだった。

父が逃亡して以来、息子のロルフが父に会ったのは二度目で、それが最後となった。最初に会ったとき、母は彼に、南米に住んでいる「フリッツおじさん」だと言った。ずっとあとになって、おまえの父だと教えられ、ドイツの暗黒時代に父がどんな役割を果たしたかを知った。親への愛情と、非人道的な行為をしたあの男をどうしても受け入れられないという気持ちとに、ロルフの心は引き裂かれていた。人類の大半にとって父は戦犯でも、メンゲレ一族の目から見れば、いまだに名誉ある輝かしい医者であった。メンゲレの家族にとってなにより重要なのは、バイエルンの裕福な実業家一族の名誉をまもること、ヨーゼフを長男とする三兄弟の名をけがさないことだった。

農業機械を専門にあつかう同族会社「カール・メンゲレ&ゼーネ」は、バイエルンの都市ギュンツブルクの主要な雇用企業のひとつだった。国家社会主義を支持することにより、第三帝国時代にドイツ第三位の農業機械メーカーになった。ヒトラーその人も演説にやってきた。「カール・メンゲレ&ゼーネ」社はいまも存在しており、都市中心部にそびえる工場に大きな文字の社名が掲げられている。ヨーゼフの父カール・メンゲレを記念して名づけられた通りもある。だがギュンツブルクに、あの迷惑な息子の痕跡はどこにもない。

若かりし頃のヨーゼフは農業機械にまったく関心がなく、弟たちに会社を継がせたいと考えていた。学業優秀な彼がなにより望んだのは、歴史に名を残すことだった。ずっと以前から、彼は飽くなき野心に突き動かされていた。

一九三〇年にミュンヘンで哲学と人類学、そして医学の勉強を始めたとき、ドイツの大学はすでにナチの理想に強く感化されていた。彼は非常に早くから、筋金入りの優生学者たちの指導を受け、とくに、遺伝的欠陥をもつ人間の不妊化に関する法律のもとになった、エルンスト・

リューディン教授の講義に関心をもっていた。五年後の一九三五年には、「人種衛生学」の専門家であるミュンヘン大学のテオドール・モリソン教授の指導で、『四つの人種集団における下顎前部の形態学的研究』という、すでに優生学理論を取り入れた論文を書いている。ヨーゼフ・メンゲレはそのときから、優等なアーリア系ゲルマン人種の存在を確信しており、それを科学的に証明しようとしていた。

純血・人種衛生研究所所長で、国家社会主義的遺伝学の主唱者である優生学者、オトマール・フォン・フェルシュアーの助手となったメンゲレは、ミュンヘン大学、および一九三八年にフランクフルト大学で学位を取得した。オトマール・フォン・フェルシュアー教授は、金髪碧眼の純粋なアーリア人種モデルをつくる鍵は双子に固有の遺伝学にあると確信していた。一九三七年にメンゲレは、党員番号五五七四九七四でNSDAPに入党し、翌年には親衛隊に入隊した。純粋な血筋であることを示すため、彼は迷うことなく一七四四年まで家系をさかのぼり、自らの「人種的純粋さ」を証明している。

ドイツの将来は遺伝操作にかかっていると、メンゲレは確信していた。双子の研究によって、ドイツ民族を増やそうと野心を燃やしていた。[6] 思想上の師であるフォン・フェルシュアー教授とともに、純粋なアーリア人種が生まれる遺伝コードを確定しようとした。国家社会主義は、科学的考察にもとづいた人種衛生の理論を打ち立てる必要があり、メンゲレはこのテーマの研究に積極的に参加した。

一九三九年にメンゲレがロルフの母であるイレーネ・シェーンバインと結婚するとき、新婦の父方にユダヤの血が入っていないことをなかなか証明できなかった。この手続きを経なければ、結婚許可が下りない恐れがあった。イレーネの「北欧的な外見」のみで疑いは晴れ、結婚が可能になった。イレーネのような長身でブロンドの女性を、彼は生涯好んでいた。彼女自身は夫ひとすじで、非常に嫉妬深かった。だが、ロルフの両親が実質的に夫婦生活を送ることはなかった。イレーネにとってこの結婚は夫の不在や孤独と同義だった。メンゲレは祖国と仕事に全身全霊を捧げていた。結婚後二か月で、なんのためらいもなく若い妻をあとに残し、ポーランドに侵攻したドイツ軍にいさんで入隊したのである。

一九四二年一月には、東部戦線、とくにウクライナで活動していた親衛隊ヴィーキング師団の衛生部隊に参加。ふたりのドイツ兵を救出・治療したことで、メンゲレは鉄十字章を授与された。彼は戦闘で負傷し、一九四二年末にベルリンにもどらなければならなかった。そこで彼は迷うことなく、医学の道、とりわけ、長年の師であるフォン・フェルシュアー教授のいる遺伝学の道へ、再び身を投じた。その間に教授は、カイザー・ヴィルヘルム研究所の指揮をとるようになっていた。この研究所はもともと基礎研究のために設立されたが、一九二七年から四五年までは優生学と人種衛生学が研究の中心だった。

半年後の一九四三年五月末、四月に親衛隊大尉に任命されたヨーゼフ・メンゲレは、クラクフの西六七キロ、チェコスロバキアの国境近くに位置するナチがつくった最大の強制収容所、アウシュヴィッツに配属された。

アウシュヴィッツは当時、工場のように大量の人間を処理する絶滅装置であった。ガス室と火葬炉を備えた四つの大きな複合施設から絶え間なく煙があがり、息をするのもままならず、暑くなると人肉の焼ける臭いはさらに耐えがたくなった。広大な収容所は三つの大きなセクションからなっていた。年を経るあいだに絶えず拡張され、同じような形の赤レンガと木造のバラックがつぎつぎと建てられた。この世の地獄といった光景に、メンゲレは少しもひるむことなく、到着するとさっそくナンバー一〇の実験棟バラックへ向かった。

彼はできるだけ早く仕事を始めたかった。彼にとってアウシュヴィッツは、研究を進めるためのまたとない機会であった。「人間モルモット」をつかって実験すれば、彼の人種理論を証明できるかもしれないのである。メンゲレは「軍需品、至急」と書かれた人体の断片を、分析のためカイザー・ヴィルヘルム研究所へ定期的に送っていた。

収容所に到着して数日のうちに、一五〇〇人以上のジプシーを躊躇なく死に追いやったが、自分は完璧なアーリア人よりジプシーに似ていると、しばしば皮肉まじりに語っていた。子どもの頃、くすんだ肌の色、黒い髪、緑がかった栗色の目によって、学校で「ジプシー」[7]というあだ名をつけられていたのである。

メンゲレはアウシュヴィッツに単身で赴任した。妻はドイツに残ることを選んだ。メンゲレが収容所ですごした一年半のあいだに、彼女は二回だけ夫のもとを訪れている。一九四三年八月と、息子が生まれて数か月たった一九四四年八月である。その年の三月に生まれたロルフはドイツに置いてきた。収容所にたちこめる耐えがたい臭いはなんなのかと夫に尋ねたが、返ってきた答えは「そのことについて私にきくな」[8]の一言だった。だがイレーネは、自分の周囲でなにが起きているのか、ほとんど気にかけなかったようだ。二度目の旅を、愛する男との二度目のハネムーンぐらいにしか考えていなかった。その数日間を、ソワ川で水浴びしたり、ビルベリーを摘んでジャムをつくったりしてすごした。彼女の日記には、夫の実験や収容所の現実についてひとことも書かれていない。[9]メンゲレは冷徹でシニカルな男であり、胸の内を明かすことなく、同僚から離れていることが多かった。自分の社会的地位と勲章をはなにかけ、鉄十字章をつねに身につけていた。他人から距離をとり、自分の宿命だと考えていることに集中して生きていた。それは人類の進化であった。しかしそのためなら、人間らしさや思いやりの心などどうでもいいのだった。

メンゲレは学識経験があることから、一部の同僚に一目置かれる存在であった。アウシュヴィッツの医師のひとりハンス・ミュンヒはこう述べている。「彼は身体と精神のイデオローグであった……。感情を決して表に出さなかったし、憎悪や熱狂をあらわにすることもなかった。彼にとってガス室は唯一の根本的な解決策だった。ユダヤ人はいずれにせよ死ぬことになっていたので、医学実験に使わない手はないと考えていた[10]」メンゲレ博士について知る者はだれもいなかった。目立たず、控え目だったので、近づきがたかった。一九四四年に息子ロルフが生まれたことをだれにも知らせなかったし、そもそも、出産をひかえた妻のもとへかけつけることもなかった。

生まれたばかりのロルフは、シュヴァルツヴァルトのフライブルクで母とふたりきりで暮らした。一九四四年一一月、ヨーゼフ・メンゲレが初めて息子に会いにやってきた。ロルフは八か月近くになっていた。やがて、一九四五年四月以降、イレーネとロルフはメンゲレ家の地元に近いバイエルンのアウテンリートで生活するようになった。幼いロルフはそのとき祖父母と暮らし、ようやく本当の家庭を知った。

ヨーロッパのあらゆる都市から、ひっきりなしに列車がアウシュヴィッツに到着した。新たに到着した人々はまず、強制労働に適すると判断された者と、シャワーに見せかけたガス室へ直接送られる者とに選別された。人々が降荷場に到着するたびに、メンゲレは昼夜を問わず、残忍きわまりない実験を行うための双生児を物色した。実験台にされた子どもはひどく苦しみながら、たいてい死にいたるのだった。双生児の発生に関する実験を行うことで、遺伝の仕組みを解明し、欠陥のある遺伝子を根絶できると、メンゲレは確信していた。双子が選別に現れると彼は顔を輝かせ、大声で「双子だ、双子だ」と叫んだ。

彼は数え切れない実験を、麻酔もなしに行った。血液の実験、感染物質の接種、脊髄に関する実験、器官や四肢の切除、不妊手術などである。ヨーゼフ・メンゲレは目の色にも興味を示し、目の色を変えられるかどうか調べようとした。そのために、ためらうことなく化学物質を注入し、大半の「患者」を失明させた。そうした実験の目的はただひとつ、国家社会主義の理想に適合した優等な人種を増やすことだった。

一九四五年一月一七日にメンゲレがアウシュヴィッツから逃げ去ると、あとに死体の山が残された。彼の「人間モルモット」のうち死の実験を生き延びた者はほんのわずかしかいなかった。それでも、ある生存者によれば、メンゲレのリストにのったおかげで、少なくともしばらくは希望がもてたのである。軍隊が敗走しはじめると、メンゲレは西へ逃げるドイツ兵にまぎれて連合軍からのがれることができた。親衛隊の制服を国防軍の制服に着替え、チェコスロバキアに潜伏した。おびただしい数の逃亡兵に手が回らないため、連合軍は、脇の下に血液型の入れ墨があることでそれとわかる親衛隊員だけ捕らえることにしていた。ところがメンゲレは、自分の身体に強いこだわりをもっていたので、他の親衛隊員のように腕に入れ墨をしようとしなかった。見栄っ張りな性格が彼の命を救った。連合軍は当時、完全な戦犯リストをもっていなかったのである。母がロルフに語ったところでは、メンゲレは見た目をなにより重視していたので、そのように体を傷つけるなど考えられなかった。入れ墨をほどこすのは美的でなく、嫌悪感をおぼえた。[11] 彼は体に合った服しか身につけず、何時間も鏡の前で自分の姿をながめたり、なめらかな肌に見とれたりしていた。

終戦直後、夫が消息不明になっていたとき、イレーネは夫の医者仲間の妻からメンゲレが生きていると知らされた。メンゲレの名が広く知られるようになり、連合軍は、メンゲレの探索につながるどんなささいな情報も逃すまいと網を張っていた。逃亡者メンゲレの家族全員が監視下に置かれ、尋問を受けたが、成果はなかった。家族のだれひとり、ひとことも情報をもらさなかった。ドイツの新聞『ブント』によると、家族が彼を支援しつづけたのは、ヨーゼフ・メンゲレの犠牲者から損害賠償を求められるのを恐れたからだという。

夫を捜すふたりの米軍将校から尋問を受けたとき、夫は姿を消してしまった、おそらく東部戦線で死んだのだろうと、イレーネは答えた。いかにもそれらしく見せるため、イレーネはいつも黒服を着るようにしていたし、一九四六年の夏にギュンツブルクの司祭を訪ね、戦死した夫のためにミサをあげてほしいと頼むことさえした。[12] メンゲレの妻は二度アウシュヴィッツ収容所を訪れていたにもかかわらず、しばらくは夫の残虐行為を知らずにいられたが、もうそのようなわけにはいかなかった。それでも彼女は夫を密告しないことにしたのである。

メンゲレはミュンヘンで短期間すごしたのち、先祖伝来の土地にもどってギュンツブルク周辺の森に身を潜め、家族から定期的に食料を届けてもらっていた。当局はなにも気づかず、イスラエル警察の報告書にも、メンゲレと家族が接触していたことはまったく記されていない。

一九四五年末以降、「死の天使」は「フリッツ・ホルマン」の名で暮らし、バイエルンのローゼンハイムの農場で使用人として密かに働いていた。アメリカ在住の叔父というふれこみで息子に会ったときも、この偽名を使っている。彼の家族、とくに妻はしばしば彼のもとを訪れており、ときには、当時たった二歳だったロルフをともなうこともあった。彼らは人目を避けて、とある湖の土手で落ち合った。このとき撮られた写真には、息子のうしろに笑顔のメンゲレが写っている。だが、イレーネはたいていひとりで夫に会いにきた。一九四六年一一月には連合軍の捜査の手がゆるんだと見て、そのころ妻子が暮らしていたアウテンリートをメンゲレが訪れ、二週間滞在している。

戦後の四年間、母は心配が絶えず不幸せだったと、ロルフは語っている。ひとつにまとまった家族の伝統的な生活にいつもあこがれていたのに、逃亡者の妻となり、実際に夫と生活したことは一度もなく、夫はしだいに完全なよそ者となっていったのである。メンゲレ夫妻の関係は、戦争によってすでに大きく傷ついていたが、いっそう冷え込んでいった。イレーネは以前から孤独に苦しみ、夫は変わってしまった、もはや自分が結婚したときの夫ではないと感じるようになった。話し相手になる男性を求め、ヨーゼフ・メンゲレはそれを知って怒り狂った。病的に嫉妬深い彼は、妻が出歩いてばかりいるとたえず責め立て、そのあとは大げんかになるのだった。イレーネは何年も前から、もはや結婚当初の忠実な妻ではなかった。メンゲレから与えられる逃亡者の妻の生活に耐えられなくなっていた。一九四八年のこと、夫にひどく責められながらも外出したとき、のちに夫となる男性と出会った。フライブルクの靴店主アルフォンス・ハッケンヨースは、当時四歳のロルフから見て、人生で最初の父親らしい男性であった。

主要な戦犯の裁判につづいて、一九四六年一二月にニュルンベルク「医師裁判」が始まった。被告のなかに自分の名があるのを新聞で知り、メンゲレは危険が迫っていることに気づいた。それまでガードをゆるめていたが、ヨーロッパを離れる潮時だと考え、南米へ渡る決心をした。イタリアのジェノヴァ港で「ノース・キング」号に乗船。ヨーゼフ・メンゲレは以後「ヘルムート・グレゴール」となった。彼はまだ、ブエノスアイレスに落ち着いたら妻子もあとから来るだろうと思っていたが、期待は裏切られた。イレーネはドイツとその文化に愛着があり、ドイツの家族と別れて地球の反対側で逃亡生活を送るつもりはなかった。それに、彼女の生活には新しい男性がいた。たとえ息子の父親にまだ愛情を感じていたとしても、新しい関係を犠牲にする気はなかった。

一九五四年、現状にうんざりし、恋人もいたイレーネは、離婚を申し入れた。アウシュヴィッツでの父の活動が原因で母が離婚を決意したとは、ロルフにはとうてい思えない。元夫婦のあいだではずっと、「なにもきかず、なにも言わない」のが決まりであった。だがイレーネは、メンゲレ一族と縁が切れたばかりか、彼らに一銭も要求せずに別れることができたのをうれしく思っていた。[13] その年、ヨーゼフ・メンゲレは「ヘルムート・グレゴール」の偽名を捨て、元の身元を取りもどす決心をした。そこで西ドイツ大使館へ出向き、ヘルムート・グレゴールはじつはヨーゼフ・メンゲレであると認めた。イレーネとの離婚は一九五四年三月二五日、彼の実名で正式に認められた。メンゲレは再びメンゲレ、「死の天使」になった。

メンゲレは一九五六年にヨーロッパにもどり、そのとき家族がヴァカンスをすごしていたスイスの山で、一二歳になった息子のロルフに会った。子どもにとって、彼はずっと南米の「フリッツおじさん」だった。ヨーゼフ・メンゲレの弟の美しい未亡人マルタとその息子カール＝ハインツもそこにいた。ロルフは毎朝いとこととともに、この「おじさん」のベッドにとびのって、ロシア戦線での戦いの話をきいた。子ども扱いされなかったことがうれしくて、それは人生で最高のヴァカンスだったと、彼は言っている。ロルフは幸せだったが、いとこのカール＝ハインツに、しだいに対抗心を燃やすようになった。父がしょっちゅうカール＝ハインツをほめ、彼にばかり注意を払っているのに、ロルフは苦しんだ。この「おじさん」が叔母のマルタと親しい関係にあることを、彼はまだ知らなかった。

それから二年たった一九五八年、メンゲレはウルグアイのモンテヴィデオで義理の妹と結婚した。マルタは息子のカール＝ハインツを連れてアルゼンチンに渡り、数年間メンゲレとともに暮らした。

メンゲレは独裁者フアン・ペロン時代のアルゼンチンに難なくとけ込んだ。アルゼンチンは当時、祖国を追われたナチの新たなエルドラドになっており、フアン・ペロンが死ぬまでその状態はつづいた。メンゲレもそのころ他の多くのナチと同様にパラグアイへの移住を決め、ひとりで旅立った。新しい妻と息子のカール＝ハインツはドイツにもどることを望んだのである。うわさとは異なり、メンゲレは二年間しかパラグアイにおらず、一九六二年にブラジルへ向かった。その間、一九五六年と五九年の二度にわたり、危険を冒してドイツに帰国しているが、本当の身元を回復していたにもかかわらず、逮捕を免れている。この頃から、ロルフの母は息子に、父がいないのはロシア戦線で死んだか行方不明になったせいで、父は英雄だったと説明するようになった。ロルフは一〇年近く、実の父は死んだものと思いながら、南米に住む「フリッツおじさん」と手紙をやりとりしていた。この偽りのおじさんこそ、彼の本当の父親だったのである。

ロルフは一六歳のとき、すなわちスイスのヴァカンスから三年以上たってから、ようやく、「フリッツおじさん」が実は自分の父親、ヨーゼフ・メンゲレであることを知った。ロルフはこう回想している。「父はずっと、東部戦線で戦死した英雄でした。父は教養があり、ギリシア語とラテン語を話しました。真実を知って、私は大きな衝撃を受けました。ヨーゼフ・メンゲレの息子であるのは、それほどよいことではありませんでした[14]」学校では他の子どもたちに、「こいつはメンゲレの息子だ。おまえの父親は犯罪者だ」と言われた。彼らはロルフを「小さなナチ」とか「ＳＳメンゲレ」などと呼んだ。ロルフは仲間の攻撃に皮肉っぽくこう答えた。「そうさ、ぼくはアドルフ・アイヒマンの甥でもあるんだ」ロルフが怠惰なのは、あるときは英雄、あるときは虐殺者とされた父親の存在がトラウマになっているせいだと、教師たちは考えていた。

メンゲレのほうから歩み寄ろうと努めたにもかかわらず、愛情のかよった父と息子の関係を築くことはできなかった。メンゲレの手紙は冷ややかで、よそよそしかった。それはメンゲレとメンゲレ自身の父親との関係を彷彿とさせた。メンゲレは息子のために、子ども向けの本を書いたり、挿絵を描いたりしたが、うまくいかなかった。ロルフはなにより、メンゲレの義理の息子であるいとこのカール＝ハインツを父が愛し、評価しているといっては、父を責めた。メンゲレは実の息子よりも甥のカール＝ハインツに親近感を抱いており、親子といってよい関係を結んでいた。ロルフにとって、ヨーゼフ・メンゲレはいつまでも他人だった。ロルフが最後に父と対決しなければならないと考えたのも、それが理由だった。たとえ、ヨーゼフ・メンゲレが自宅に引きこもり、ふさぎこんで自殺を考えるような老人になり、かつて母がつくりあげた英雄とはほど遠い存在であったとしても。

サンパウロの自宅は質素だった。自分は床にマットレスを敷いて寝るからと、メンゲレはロルフにベッドを譲った。いずれにせよ、夜はほとんど議論に費やされることになった。ロルフは答えを渇望していた。最初のうちこそ、アウシュヴィッツでの残虐行為に父が加担した問題に触れるのを避けていたが、やがて父に質問した。だが父はすぐにつむじを曲げた。「私にそんなことができたと、どうして信じられるんだ？　それはうそだ、プロパガンダだと思わないのか……」老人は猛然と自己弁護した。「私がアウシュヴィッツをつくったんじゃない。あそこで起こったこととの責任は、私個人にはない。私より前にアウシュヴィッツは存在していた。私は助けようとしたが、それには限界があった。すべての者を助けることはできなかった」

収容所に到着した男女を降荷場で選別したことについてロルフが尋ねると、メンゲレは選別に加わったことを認めた。「病気にかかり、ほとんど死にかけた状態で到着した人たちに、なにができたというんだね。あそこがどんな状況だったか、想像がつくまい」彼の話をきくと、彼の役割は労働に適するか否かを決める「だけ」だったことになる。新たに到着した人々を可能なかぎり労働に適しているということにして、結果的に、何千人もの人を助けたと考えている。絶滅を命じたのは自分ではなく、自分はそのことに責任がない。個人として殺したり傷つけたりしたことは一度もないと思っている。

息子のロルフはこう考える。「アウシュヴィッツにいたなんて、一日もそこから出ようとしなかったなんて、あり得ない話です。そうしなかったのは恐るべきことだし、不可能だ。人間がどうしてあのような行動をとれたのか、私にはまったく理解できません。父親だからといって、それはまったく変わりません。起こったことは私の美意識や道徳に反しており、人間性を疑わざるを得ません」こうした父と息子の夜の議論をつうじて、ロルフは以下のような結論に達した。父はなにも悔いていない。国家社会主義の理想にまだ忠実で、いまでもアーリア人種の優越を確信している。いくつかの人種はとくに優れているという自分の理論を正当化するため、メンゲレは社会学や歴史学、政治学の論拠を引き合いに出した。ロルフが強調しているように、それらの論拠はメンゲレの主張に反してほとんど科学的といえないものである。[15] メンゲレはさらに、自分は義務を果たしただけだ、生き残るために命令にしたがったのだと言い張った。そう言えば、罪の意識を感じないですむに違いなかった。人類から見れば怪物でも、息子にはそう見られたくないだけなのだ。

最後に、正しい行動をとったと確信しているなら、どうして当局に出頭して裁判を受けなかったのかと、ロルフが尋ねると、メンゲレはただこう答えるにとどめた。「正義なんてない。復讐しようとする連中がいるだけだ[16]」

ロルフにはこの男に、人間性や思いやりの心、後悔の念などこれっぽっちも感じられなかった。二週間後に別れるとき、父を見るのはこれが最後だと思った。メンゲレのほうは、こうして息子と会えたのだから、心安らかに死ねると考えた。あたかも死ぬ前に、たったひとりの子孫に身のあかしを立てなければならないと思っていたかのようだった。自分は怪物ではなく、命令にしたがっただけの男なのだと納得してもらえるように。

ロルフは人生をつうじて、父の逮捕につながるような情報をわずかでももらさないようにしていた。父を裏切ることはできないと、彼は言っていた。自分の父ハンス・フランクを憎んだニクラス・フランクとは違って、父を憎むほど父のことを考えてはいないと思っていた。

この旅から二年たった一九七九年、ブラジル在住のメンゲレの友人たちからロルフに手紙が届いた。「私たちの友人が熱帯の海岸で亡くなりました」ヨーゼフ・メンゲレは、三四年にわたる逃亡生活を生き延びたのち、海水浴で心臓発作をおこして死んだ。メンゲレの家族は沈黙することを選んだ。そうすれば、長年共謀してきたことの責任をとらされずにすむと考えたのである。

父の死からほどなくして、ロルフは父の身辺を整理し、資産を回収するためにブラジルへ渡った。今回は本名での旅だった。偽名で滞在したことのあるリオのホテルにチェックインしたとき、コンシェルジュが叫んだ。「メンゲレさん……。こちらでは、お客様のお名前はとても有名です」[17]震え上がったロルフは部屋に駆け込み、仮天井のなかに父の遺品を隠した。そのようなところに隠しても、捜索されたらすぐに見つかってしまうことはわかっていたが。父の遺品には金時計、それに手紙と私的な日記が含まれていた。だが、なんの捜索も行われなかった。その日記こそ、二〇一一年のオークションで売りに出され、非難をあびることになった問題の日記である。

ロルフはホテル内を行き交う人々の様子をうかがい、できるだけ目立たないようにした。なんとしても、人目、とくに警察に通報したかもしれないコンシェルジュの目につきたくなかった。父が死んでもなお、メンゲレ家の秘密を守らなければならなかった。ロルフ・メンゲレは父を助けてくれた人々を守るためだとして、父の死についても、父が死んだ証拠をもち帰ることができないことについても、沈黙を守っていた。

その四年後にとうとう、メンゲレが死んだというニュースが広まった。父の友人やナチのシンパはそのことを知っていたが、沈黙の掟はそれまで破られることはなかった。一九八五年になって、メンゲレの信頼する人物のひとり、ハンス・ゼードルマイヤーの家に家宅捜索が入り、ふたりの男が交わした手紙と、メンゲレのブラジルの友人たちから送られた悔やみ状の存在が明らかになった。

ヨーゼフ・メンゲレの甥で同族会社を率いるディーター・メンゲレは、叔父の死を秘密にしておくことができなくなり、マスコミのインタヴューを受けなければならなかった。メンゲレ一族にとって最優先事項は、ヨーゼフ・メンゲレが逃亡生活を送っていたあいだ一族が援助していたという情報によって会社の経営に影響がおよぶのを避けることだった。ディーター・メンゲレは躊躇せずに、ヨーゼフに資金援助をしていたことと、叔父と連絡をとっていたことを全面的に否定した。ロルフは蚊帳の外に置かれ、そのことでいとこに不満を抱いた。それでもなお、メンゲレはたしかに死んだという証拠の問題は残った。たしかめるには遺体を掘りおこす必要があった。発掘が行われたとき、たしかに父親であると確認できる唯一の人物であるロルフはヴァカンスに出ていて、現場に行くことができなかった。ヴァカンスからもどってきて、父の死の秘密が暴かれたことをテレビで知った。

メンゲレが南米にいた三〇年間に、メンゲレはどこそこにいるといったうわさが何度も流れ、とりわけイスラエルの情報機関は、「彼の痕跡を断続的にたどることには成功したが、身柄を確保できなかった」と言っている。しかしながら、モサドやナチ・ハンターの組織に見つかって拉致される恐れにとりつかれていたにもかかわらず、メンゲレは堂々とヨーロッパにもどり、本当の身元をとりもどしていた。サンパウロ近郊のエンブに「ヴォルフガング・ゲールハルト」の名で埋葬されていた遺体は、一九八五年六月六日、ドイツ当局の依頼を受けたブラジル警察によって発掘された。歯型からたしかにメンゲレだとわかったが、一九九二年にDNA鑑定が行われ、最終的に遺体の身元が確認された。それまでロルフ・メンゲレは、この種の分析に必要な血液の採取を拒否していた。[18]

多くの国際組織とナチ・ハンターが行方を追っていたのに、三四年あまりにわたってメンゲレがどうして一切の逮捕を免れたのか、よくわからない。「最終解決」の首謀者であるアイヒマンとメンゲレの居所は同じ時期につきとめられたにもかかわらず、一九六〇年にモサドがメンゲレよりアイヒマンを拘束することにしたため、アウシュヴィッツの医者はまたもや当局の追及を逃れることに成功したのかもしれない。だが、その時期の前後にメンゲレがどうしていたかは不明である。

一九八五年にロルフは、父との再会とメンゲレが書いたものをメディアに明らかにすることに同意した。他の親族とはそのとき決定的に縁が切れた。

ロルフはナチの他の子孫と異なり、残酷な性質を伝える遺伝子が存在するとは考えていない。そのかわり、過去を清算しようと、子どものために姓を変えることを選択した。一九八〇年代に妻の姓になり、ミュンヘンで弁護士をしている。

三人の子どもは祖父の行為の責任を負う必要はないと、彼は考えている。子どもたちに真実を伝え、その重荷から解放された人生を送らせる義務を、彼は負っている。彼にとって、そのような遺産がもつ唯一のメリットは、命の本質そのものと、善と悪の戦いについて考えさせられることである。ヨーゼフ・メンゲレの息子であること、その不都合に耐えることは、彼の宿命である。彼は政治に深くかかわることも、ユダヤ人実業家や戦争の犠牲者といった一部の人々が自分と仕事をしたがらない理由を表立って知ることもできなかったのである。[19]

二〇〇八年、彼はイスラエルの新聞で、どうか自分を恨まないでほしいとユダヤ人コミュニティーに呼びかけた。イスラエル、とくにヤド・ヴァシェム記念館を訪問する予定もあるという。「でも、ショア（ホロコースト）の生存者とその子孫が私の出自を知ったら動揺するのではないかと心配している」[20]

本書に取り上げた子孫で、長年父親がだれであるか知らずにすごしながら、殺人装置への関与について父にきくことができたのは、ロルフ・メンゲレただひとりである。この親子の対決はすれ違いに終わった。メンゲレはまだ自分の理想を確信しており、自分は残虐行為の主導者でなかったと考え、多くの命を救うことに貢献したとまで主張したからである。けれどもロルフは、父が死んだあとでさえ、父を裏切らなかったし、裏切ろうとも思わなかった。そのいっぽうで、自分の子どもには、「メンゲレ」の名から身を遠ざけるよう望んだのである。

ドイツの歴史？

にぶい音がマイクをとおして増幅され、ベルリンのドイツ連邦共和国キリスト教民主同盟（CDU）党大会に参加していた人々のあいだに響きわたった。手のひらが頬をたたく音だった。多くのドイツ人と同じく、自らのナチの過去を黙っていられると考えていた男の顔に、ひとりの女性が激しい平手打ちを食らわせたのである。しかも相手は首相のクルト・ゲオルク・キージンガーであった。女性の平手打ちは、自らの過去と向き合うよう促すためのものだった。ドイツ人は彼の過去を問題にせず、彼はすんなりと首相に選出された。だが一九六八年一一月のその日、ドイツは、ナチの過去に関する道徳的かたくなさとタブーが粉みじんに砕け散るのを目撃した。それと同じ頃、一九六八年五月の学生たちの騒乱に引きつづいて、極左のテロリスト集団「赤軍派」が形成された。

一九四〇年代末、西ドイツ国民の大多数は、過去と決別して再出発することを望み、当時進行中だった非ナチ化の事業を中断しようとした。多くのドイツ人にとって、その事業は連合国に押しつけられたものであり、ドイツ民主化の妨げになっていたからだ。国民の声に耳を傾け、世論を味方につけようとして、首相は非ナチ化に終止符を打ち、明白な犯罪者を除く一部のナチの復権プロセスを創設した。この政策により、多くのナチ高官が告訴と逮捕を免れた。ヨーゼフ・メンゲレが戦後ドイツに滞在できたのはそのためだが、裁判を免れたのは彼だけではなかった。

首相をたたいたのは、親世代のナチの過去と向き合う決心をした若いドイツ人女性、ベアーテ・クラースフェルトだった。ドイツ議会の前で「キージンガー、ナチ、辞職しろ」と叫んだのち、「ナチの父」に公然と平手打ちを食らわせたのである。ドイツでは国家社会主義の重荷によって、世代間の対立が激しくなっていた。[1] アデナウアーの時代は標的になった。一九六八年の若者たちは反抗し、かつてのナチが政府の重要なポストについているのを認めなかった。

この象徴的な場面は人々の記憶に永遠に刻まれ、家族や世間に対して自らの過去を黙っていられると思っていた人々を震え上がらせた。一九五〇年に生まれた世代は戦争を知らない最初の世代で、過去について調べることをもはや恐れていなかった。「ヒトラーひとりに責任がある」という紋切り型の表現にもはや満足できなかった。

首相に平手打ちを食らわせると、ベアーテ・クラースフェルトは心に決めていた。彼女は当時、キージンガーと前首相のアデナウアーを忌み嫌っていた著名な作家ギュンター・グラスと親しかった。戦後ドイツの「良心」であるギュンター・グラスは、第三帝国に関する重要な著作のひとつを書いていた。一九五九年に出版された『ブリキの太鼓』をはじめとする多くの著作により、一九九九年にノーベル文学賞を授与されている。のちの二〇〇六年、彼が八〇歳になってまもなく、自伝的な著作『玉ねぎの皮をむきながら』の出版を前に『フランクフルター・アルゲマイネ・ツァイトゥング』のインタヴューに応じ、一七歳だった一九四四年に武装親衛隊の殺戮部隊に兵籍登録していたことを明らかにしてスキャンダルを巻き起こした。二〇〇六年の『ル・モンド』紙のインタヴューで[2]、グラスはこう述べている。「私はそのことに苦しんできました。何年間も沈黙してきたことは、この本を書くにいたった理由のひとつです。やはり、この本を世に出さなければならなかったのです」

平手打ち事件が起きた年である一九六八年に、そのことはまだ秘密だった。戦後ドイツの思想的指導者とみなされていた作家自身がナチの過去をもっていたとは、だれが想像できただろう。武装親衛隊に入っていたことを半世紀も隠していたと、どうして予想できただろう。まるで自分自身の人生と呼応するかのように、ギュンター・グラスはナチ体制との共犯関係や罪の問題にたえず関心を抱いてきた。「自らすすんで過去と向き合う」べきだと説いていた人物がどうして、ときがたち、自ら闘っていれば、消すことのできないその汚点を水に流すことができると考えたのだろうか。人生をかけた社会参加に決定的な影を落とすことになりかねないのに、彼はずっと沈黙してきた。大作家であるギュンター・グラスは、ドイツの沈黙と、国が沈黙を破って受け入れがたいことを受け入れる難しさをよく表している。

「ブラント時代」は、ドイツの民主主義を再構築するには過去のことを黙っていなければならないという考え方に終止符を打った。一九七〇年一二月七日、西ドイツ首相ヴィリー・ブラントは、忠実な支持者のひとりであるギュンター・グラスとともにポーランドを訪れ、一九四三年のワルシャワ・ゲットー蜂起を記念するモニュメントの前にひざまずいて、ナチが行った残虐行為についてドイツ国民の名で許しを請うた。そうして黙禱したのち、彼はあの有名な言葉を口にした。「言葉ではじゅうぶん伝わらないときに人間がすることをしたのです」歴史家のノルベルト・フライが強調しているように、歴史とホロコーストの影響を受け入れられるようになるまでには数世代かかるだろう。なぜなら、「知る」ことと「受け入れる」ことは別だからだ。一九九〇年にフライはこう主張した。新しい世代に戦争に関する個人的な記憶や罪の意識はない、あるいはほとんどない。したがって、政治的・道徳的な責任を負うよう強いることはできない。[3]

感情的に近ければ近いほど、判断を下すのに必要な距離をとることが難しくなる。親が行った残虐行為を認めることは、親子の愛をとり返しのつかないほど傷つけてしまいかねないのである。父が怪物だったのを知っていた、でも父を愛していた、と言うのは難しい。このように認められるようになるまでの道は険しく、障害に満ちている。

情愛が薄くなれば、判断する余地がもっとふえる可能性がある。おそらくそうした理由から、子ども時代に父親からほとんど愛されなかった者、さらには父親を知らない者が、それほど苦労せずに父親を評価できるのであろう。そしておそらく、血縁関係のより薄い孫や甥、姪のほうが、罪の一部を自らのこととして引き受けやすいのであろう。マティアス・ゲーリングやカトリン・ヒムラーの場合がそうである。彼らにとって「怪物」は、自分の知らない遠い人間なのである。

感情的な距離に時間的な距離が加わる。歳月と、ベルリンの壁崩壊のような歴史的状況の変化は、過去をより受け入れやすくするように思われる。ナチズムに対する受けとめ方は年を経るごとに変化し、それにつれて歴史家の分析も変わってきている。ときがたち、犯罪の実態がよく知られるようになったことから、子どもたちはドイツの過去を認めざるを得なくなった。そのプリズムをとおして、自分の家族の過去と、世代を越えた沈黙が意味するものを認めなければならなかった。[4] 本書で見てきた子どもたちは、ナチズムに対するドイツの沈黙を経験したのであって、それは「家族に対する」沈黙ではなかった。戦後彼らは、自分がだれそれの息子や娘であるという事実、残酷きわまりない犯罪行為に父が加担したという事実を引き受けなければならなかった。家族が黙っていても、父のナチの過去を知らずにいることはできなかった。だが家族の沈黙は、父がナチの過去をもつということではなく――ナチとかかわらずにいるのは不可能だった――、第三帝国の常軌を逸した大量殺人に関与した度合いにかかわるものだった。

ハーラルト・ヴェルツァー、ザビーネ・メーラー、カロリーネ・チュクナルの著書のタイトル『おじいさんはナチでなかった』のように、それらの子どもたちは「パパはナチでなかった」と言うことは決してできなかった。戦争中、英雄の子どもたちだった彼らは、戦後、「殺人者《テーター》・の子どもたち《キンダー》」になった。しかし、新たな世界の秩序に彼らの居場所は用意されていなかった。彼らはそこでのけ者あつかいされていた。自分の父が権力やヒトラーといかに近い関係を結んでいたか、子どもたちは知らずにいることができなかった。ヒトラーが史上最悪の犯罪者のひとりであることが明らかになったとき、自分も血のつながりによって、内在的にヒトラーとつながっていたことを知った。さらに、ヴォルフ・リュディガー・ヘス、アルベルト・シュペーア、ロルフ・メンゲレを除いて、彼らはニュルンベルク裁判後に二度と父に会うことはなかった。したがって彼らは父と対決できなかったし、重要な質問をすることもできなかった。そうする機会があったと思われる者も、しばしば、その試練に尻込みした。だが、すべての者がナチの子どもであるという事実と向き合わなければならなかった。

自らのアイデンティティを確立するために、ある者は、ナチズムの蛮行に父が進んで加わった度合いを矮小化する道を選んだ。別の者は激しく父を拒絶し、感情的なものにいかなる余地も与えなかった。深い感情を抱きながら罪を認めるのは、なかなか複雑で、苦しみをともなうものである。けれども、自分の名を口にしたとき、すべての者が社会の反応に直面しなければならなかった。父との関係がどうであろうと、その名を口にすれば、彼らはきまって血のつながりへと引きもどされた。

ドイツでは、戦争を知らない世代であるヘルムート・コール首相が登場し、一九八九年一一月九日のベルリンの壁崩壊にともなうドイツ統一の時代になって、ようやく過去が見直され、じゅうぶんに検証されるようになった。西ドイツと東ドイツの統一とともに、かつてはナチの蛮行の首謀者だけに罪があるとしていたものが、国全体で罪を負うことを受け入れるようになった。

だが、重要なのは、ナチズムの記憶が完全に受け継がれることである。残虐行為は異なる形で繰り返される可能性がある。新たな過激主義の高まりがそのことを示している。ヒトラーが再び出現することはないだろうが、ヒトラーの出現につながった出来事に近いことは起きるかもしれない。過去は、あらゆる方面の過激主義に対する防壁になるのではないだろうか。そうであることを期待しよう。ヒトラー・ユーゲントの世代は消えようとしており、その下はすでに四世代を数える。あのような社会、経済、司法の時代に自分だったらどのように行動したか、それを考えるための試みもなされるようになった。

あれから七〇年あまりのときがたち、あの時代を生きた殺人者も犠牲者も少なくなるいっぽうで、まもなく全員いなくなるだろう。彼らとともに、時代の立役者たちの主観的な記憶も薄れていく。ナチ体制の高官たちの名が未来への警鐘となるためには、なおいっそう、あの時代に関する知識を正確にとどめる必要がある。残念なことに、若い人たちは無知や無関心から、歴史を顧みないむきがあるようだ。アレクサンドラ・エセルが言うように、たしかに杓子定規な考え方はよくない。著書『ヒトラーを教える　ナチの過去と向き合うドイツの青少年』で彼女が示したように、ナチズムとの関係は、世代、社会階層、性別、政治的傾向、学歴によってじつにさまざまなのである。[5]

ナチの子孫についても同様である。父と息子、父と娘の関係がつづいていようと、手紙のやりとり程度であろうと、それらの子どもたちには共通点があるように見受けられる。自分の父が国家社会主義に帰属していたことはずっと知っていたが、自分の家族が第三帝国において果たした役割は、戦後、第三者をつうじて知ったということである。歴史を見れば、父の行動を否定する余地はほとんどない。なにがなんでも否定できると信じる者がいても、である。それ以外のことに関しては、子どもたちはひとりひとり異なっており、それぞれ独自の複雑なやり方で、家族の歴史と折り合いをつけている。多くの要素がそれにかかわっている。性別（娘か息子か）、家族構成（一人っ子か大家族か）、親子関係（やさしい母親か冷たい母親か、愛情深い父親かよそよそしい父親か）といったことである。何人かの生い立ちはたしかに似ているが、まったく同じという者はいない。唯一の共通点は、家族の歴史とかかわりなく生きられないことである。家族の歴史はそれだけ重荷になっているのである。そして多くの子どもたちが、自らの人生をそのために捧げている。仕事で成功を収めたアルベルト・シュペーア・ジュニアでさえ、人生をつうじて、人から最初にきかれるのはきまって父アルベルト・シュペーアのことだと嘆いている。

ナチの子どもたちがつねに父の宿命を背負っているように、ナチの過去はまだわれわれの記憶に存在している。過去を証言する犠牲者がいなくなろうと、ナチの残党狩りが遠い昔の話になろうと、彼らの名はわれわれになにかを語りつづけるだろう。

その意味で、彼らの歴史は大きな歴史とつながっているのである。

以下のかたがたに謝意を表する。

ジャン＝フランソワ・ブロンステン、校正とアドバイスにたいして。

弟ステファン・クラスニアンスキ、そのアイデアにたいして。

セルジュ・ランツ、原稿を注意深く読み助言してくださったことにたいして。

オリヴィエ・マンノーニ、翻訳と原稿の修正にたいして。

オルリー・ルズラン、何事にも的確かつ辛抱強く対応してくださったことにたいして。

パスカル・テュタン、有益なアドバイスにたいして。

エマニュエル・ドリールとトルスタン・リュトケは調査を引き受けてくださった。

アンナ・オレクノヴィッチは引用文献のリストを作成してくださった。

グラッセ社のオリヴィエ・ノラとジュリエット・ジョストにもお礼を申し上げる。おふたりの貴重な助力がなければ、本書は日の目を見なかったであろう。

私を支え、優先すべきことの方向性を示してくれた家族に感謝する。

訳者あとがき

本書は Tania Crasnianski, *Enfants de Nazis*, Grasset, 2016 の全訳である。著者のタニア・クラスニアンスキはドイツ人の母とロシア系フランス人の父のあいだにフランスで生まれた。ドイツ、およびロンドンとニューヨークで暮らし、本書の執筆に専念するまで、パリで刑事弁護士をしていた。本書は彼女の処女作である。

もし自分の親がナチの高官だったら……。自分を愛し、育ててくれた人が、大勢の罪もない人々の殺害にかかわっていたとしたら……。私たちはその重みに耐えられるだろうか。そして、どのような人生を歩んだだろうか。

グドルーン・ヒムラー（終戦時の年齢＝一五歳）とエッダ・ゲーリング（六歳）はいずれも父親に溺愛され、父の死後もその「無実」を信じて疑わなかった。ヴォルフ・リュディガー・ヘス（七歳）も人生をつうじて父を擁護しつづけた。

いっぽう、五人兄弟の末っ子ニクラス・フランク（六歳）はひたすら真実を追求し、父を厳しく批判している。十人兄弟の長男マルティン・アドルフ・ボルマン（一五歳）は、父が嫌っていた宗教の道へと進んだが、ながらく自分の名を隠していた。アウシュヴィッツ収容所司令官の次女ブリギッテ（一一歳）も子や孫に家系について語ることができなかった。しかし、アルベルト・シュペーアの長男（一一歳）は父親と同じ職業につき、父親と同じ姓名を名乗っている。ヨーゼフ・メンゲレのひとり息子ロルフ（一歳）にとって父の行為はとうてい許せるものではなかったが、最後まで父を裏切らなかった。

このように、ナチ高官の父親に対する子どもたちの態度や生き方は、人それぞれ、同じ兄弟姉妹のなかでも異なっている。子どもたち一人ひとりの生き方について、本書の著者は判断を下していない。人間の行動を成り立たせているものはあまりに複雑で、こうすべきであったと決めつけることはできないからだ。私たちにできるのは、彼らがどうしてそのような行動をとるに至ったのか、理解しようとすることだけである。

しかしながら、「ナチの子どもたち」で父の遺産と無関係に生きられた者はひとりもいない。父の罪を子が背負う必要はないのだが、実際に学校や職場で差別を受けた者もいるし、世間の目を避け、名前や出自を隠して生きた者は少なくない。父の罪を認めない者もふくめ、だれもが何らかの形で、ナチ高官だった父のことを考えざるを得なかった。

ところで、ドイツでも戦後しばらくは、過去を早く水に流して先へ進むべきだと考えられていた。日本と同様に悲惨な終戦をむかえたことから、被害者意識がなかなか抜けなかったのである。さらに、強制収容所の実態が明らかになると、ドイツは激しい批判にさらされた。すべてはヒトラーとナチのせいだ！　ユダヤ人の殲滅にかかわった人々とその家族に対する風当たりは強かった。ドイツ人一般がナチズムの過去を忘れようとしていたときに、彼らはそれと向き合わなければならなかった。

状況が変わるのは一九七〇年代になってからだ。本書のエピローグ「ドイツの歴史？」に登場するキージンガーから政権を引き継いだブラント首相が、第二次世界大戦終結二五周年の式典において、初めてドイツの加害責任を認めたのである。この頃をさかいに、ナチと直接関係のない人々も、ドイツが背負ったナチズムの過去と向き合うようになる。

もちろん、そこに至る道のりは平坦でなかったし、その後も紆余曲折はあった（石田勇治著『過去の克服　ヒトラー後のドイツ』白水社、二〇〇二年を参照）。いまでも、事実を事実として受け止められない人々はいる。だが、「ナチの子どもたち」の多くがそうであったように、自分たちの親（祖先）が実際になにをしたのか、どうしてそのような事態に至ったのか、ドイツの人々は深く考えるようになったのである。

「過去に何があったか思い起こせない人は、今日何が起きているかを認識できないし、明日何が起きるかを見通すこともできない（『過去の克服』二一四頁）」ブラント首相のこの言葉を、最後に改めてかみしめたい。

本書の翻訳にあたっては、原書房編集部の大西奈己さんとオフィス・スズキの鈴木由紀子さんに大変お世話になった。原稿を丹念に読んでアドバイスをしてくださったおふたりに、心よりお礼を申し上げる。

二〇一七年八月

吉田春美

原注

序文

1. Raimbault, Marie-Pierre et Michael Grynszpan, *Descendants de nazis. L'heritage infernal*, Documentaire (France), 2010.
2. Bar-On, Dan, *Legacy of Silence : Encounters with Children of the Third Reich,* Harvard University Press, 1989 ; *L'Heritage du silence. Rencontres avec des enfants du IIIe Reich,* préface d'André Lévy, 英語からの翻訳 F. Simon-Duneau, Paris, L'Harmattan, 2005, p. 191 et 193.
3. Weber, Anne, *Vaterland*, Paris, Seuil, 2015.
4. Glass, Suzanne, « R icardo Eichmann speaks "Adolf Eichmann is a historical figure to me" », *The Independent*, 7 aout 1995.
5. Höss, Rudolf, *Le commandant d'Auschwitz parle*, préface et postface de Genevieve Decrop, Paris, La Découverte, 2005, p. 220（『アウシュヴィッツ収容所』片岡啓治訳、講談社、1999 年）.
6. Levi, Primo, *Se questo e un uomo,* Turin, De Silva, 1947 ; *Si c'est un homme*, イタリア語からの翻訳 M. Schruoffeneger, Paris, Julliard, 1987（プリーモ・レーヴィ『アウシュヴィッツは終わらない　あるイタリア人生存者の考察』竹山博英訳、朝日新聞社、1980 年）.
7. Arendt, Hannah, *Eichmann a Jerusalem*, Paris, Gallimard, Folio histoire, 2002, p. 495.（『イェルサレムのアイヒマン　悪の陳腐さについての報告』大久保和郎訳、みすず書房、1969 年）
8. 同上 , p. 11 et 19.
9. 同上 p. 80.
10. 同上 p 476.
11. 同上 p. 81.
12. 同上 p 495.
13. Breitman, Richard, *The Architect of Genocide : Himmler and the Final Solution*, Hanovre / Londres, Brandeis University Press, 1991, p. 243.
14. Welzer, Harald, *Les Executeurs. Des hommes normaux aux meurtriers de masse*, Paris, Gallimard, NRF Essais, 2007, p. 42.
15. Gun, Nerin E., « Les enfants au nom maudit », *Historia*, n° 241, décembre 1966, p. 55.
16. Speer, Albert, *Erinnerungen*, Francfort et Berlin, 1969 ; *Au coeur du Troisieme Reich*, ドイツ語からの翻訳 M. Brottier, Paris, Fayard, 1971, p. 133.（『第三帝国の

神殿にて　ナチス軍需相の証言』品田豊治訳、中央公論社、2001 年）

グドルーン・ヒムラー

1. Kershaw, Ian, *Hitler*, Londres, Longman, 1991 ; *Hitler. Essai sur le charisme en politique*, 英語からの翻訳 J. Carnaud et P.-E. Dauzat, Paris, Gallimard, Folio histoire, 1995.（『ヒトラー　権力の本質』石田勇治訳、白水社、1999 年）
2. 外国人義勇兵からなるナチの師団。
3. Gun, Nerin E., « Les enfants au nom maudit », 前掲の記事 p. 48.
4. Wildt, Michael et Katrin Himmler, *Heinrich Himmler d'apres sa correspondance avec sa femme, 1927-1945*, Paris, Plon, 2014.
5. Welzer, Harald, *Les Executeurs. Des hommes normaux aux meurtriers de masse*, 前掲書 p. 184.
6. Lebert, Nobert et Stephan Lebert, *Car tu portes mon nom. Enfants de dirigeants nazis, ils temoignent,* Paris, Plon, p. 38.
7. Longerich, Peter, *Heinrich Himmler*, Munich, Siedler Verlag, 2008 ; *Himmler*, ドイツ語からの翻訳 R. Clarinard, Paris, Héloise d'Ormesson, 2010.
8. Wildt, Michael et Katrin Himmler, *Heinrich Himmler d'apres sa correspondance avec sa femme, 1927-1945*, 前掲書 p. 93.
9. 同上 p. 186.
10. マルガレーテ・ヒムラーの日記、1940 年 1 月 30 日。USHMM, Acc.1999.A.0092.
11. Speer, Albert, *Au coeur du Troisieme Reich*, 前掲書 .
12. Kersten, Felix, *The Memoirs of Doctor Felix Kersten*, New York, Doubleday & Co., 1947.
13. Longerich, Peter, *Himmler*, 前掲書 , p. 369.
14. Sigmund, Anna Maria, *Die Frauen der Nazis*, Munich, Heyne, 2000 ; *Les Femmes du IIIe Reich*, ドイツ語からの翻訳　J. Bourlois, Paris, Jean-Claude Lattes, 2004, p. 28.
15. Moors, Markus et Moritz Pfeiffer, *Heinrich Himmlers Taschenkalender 1940. Kommentierte,* Paderborn, Verlag Ferdinand Schöningh GmbH, vol. 1, 2013.
16. マルガレーテ・ヒムラーの日記、1939 年 5 月 3 日。USHMM, Acc.1999.A.0092.
17. Himmler, Katrin, *Les Freres Himmler*, ドイツ語からの翻訳 S. Gehlert, Paris, David Reinharc, 2012.
18. マルガレーテ・ヒムラーの日記、1942 年 3 月 1 日。USHMM, Acc.1999.A.0092.
19. 同上、1940 年 3 月 7 日。
20. 同上、1940 年 5 月 18 日。
21. 同上、1943 年 9 月 6 日。
22. « I nsight into the orderly world of a mass murderer », *Die Welt*, 25 janvier 2014.

23. 同上。
24. Wildt, Michael et Katrin Himmler, *Heinrich Himmler d'apres sa correspondance avec sa femme, 1927-1945*, 前掲書 , p. 279.
25. 同上。
26. Interrogation Records Prepared for War Crimes Proceedings at Nuernberg 1945-1947. Record Name : Margret Himmler.
27. Wildt, Michael et Katrin Himmler, *Heinrich Himmler d'apres sa correspondance avec sa femme, 1927-1945*, 前掲書 , p. 297-298.
28. Interrogation Records Prepared for War Crimes Proceedings at Nuernberg 1945-1947. Record Name : Gudrun Himmler.
29. 同上。
30. Gun, Nerin E., « Les enfants au nom maudit ≫ , 前掲の記事 .
31. Interrogation Records Prepared for War Crimes Proceedings at Nuernberg 1945-1947. Record Name : Gudrun Himmler, p. 5.
32. Stringer, Ann, « "No one loves a policeman", Himmler's wife comments », *The Pittsburg Press*, 13 juillet 1945.
33. Interrogation Records Prepared for War Crimes Proceedings at Nuernberg, 1945-1947, Record Name : Himmler, p. 14.
34. Interrogation Records Prepared for War Crimes Proceedings at Nuernberg, 1945-1947, Record Name : Gudrun Himmler, p. 6.
35. Lebert, Norbert et Stephan Lebert, *Car tu portes mon nom. Enfants de dirigeants nazis, ils temoignent,* Paris, Plon, p. 144.
36. Gun, Nerin E., « Les enfants au nom maudit », 前掲の記事 p. 50.
37. 同上 , p. 50.
38. Schröm, Oliver et Andrea Röpke, *Stille Hilfe fur braune Kameraden. Das geheime Netzwerk der Alt-und Neonazis*, 前掲書 , p. 47, 57 et 191.

エッダ・ゲーリング

1. Sigmund, Anna Maria, *Les Femmes du IIIe Reich*, 前掲書 .
2. Interrogation Records Prepared for War Crimes Proceedings at Nuernberg, 1945-1947. Record Name : Wolff, Karl, p. 4.
3. Irving, David, *Goring. Le complice d'Hitler, 1933-1939*, 英語からの翻訳 R. Albeck, Paris, Albin Michel, 1991.
4. Kershaw, Ian, *Hitler*, Paris, Flammarion, 2008.（『ヒトラー　上下』川喜田敦子、福永美和子訳、石田勇治監訳、白水社、2015 年、2016 年）
5. Black, Conrad, *Franklin Delano Roosevelt, Champion of Freedom*, New York, Public Affairs, rééd. 2003.

6. Speer, Albert, *Au coeur du Troisieme Reich*, 前掲書 , p. 368.
7. Fest, Joachim C., *The Face of the Third Reich*, Harmondsworth, Penguin, 1972 ; *Les Maitres du IIIe Reich. Figures d'un regime totalitaire*, ドイツ語からの抄訳　S. Hutin et M. Barth, Paris, Grasset, 1965, rééd. 2008.
8. Speer, Albert, *Au coeur du Troisieme Reich*, 前掲書 .
9. Göring, Emmy, *Memoiren*, Zurich et Paris, 1963 ; *Goring. Le point de vue de sa femme*, ドイツ語からの翻訳 R. Jouan, Paris, Presses Pocket, 1965.
10. Irving, David, *Goring. Le complice d'Hitler, 1933-1939*, 前掲書 , p. 241.
11. Feliciano, Hector, *Le Musee disparu. Enquete sur le pillage d'oeuvres d'art en France par les nazis,* スペイン語からの翻訳 S. Doubin, Paris, Gallimard, 2012.
12. Kersaudy, François, *Hermann Goring,* Paris, Perrin, 2009.
13. Frischauer, Willi, *Goring*, Londres, Odhams Press, 1951, p. 265.
14. Göring, Emmy, *Goring. Le point de vue de sa femme*, 前掲書 , p. 180.
15. 同上 , p. 178-179.
16. Kersaudy, François, *Hermann Goring,* 前掲書
17. Manvell, Roger et Heinrich Fraenkel, *Hermann Goring*, 英語からの翻訳 M. Deutsch, Paris, Stock (Strasbourg, Impr. des « D ernieres Nouvelles de Strasbourg », 1963, p. 319.
18. Bevan, Ian, « Göring faces Judges as "Man of Peace" », *The Sidney Morning Herald*, 20 novembre 1945.
19. Lebert, Nobert et Stephan Lebert, *Car tu portes mon nom. Enfants de dirigeants nazis, ils temoignent,* 前掲書 .
20. « F rau Göring weep : "bombing of civilian is terrible" », *The Argus,* 14 juillet 1945.
21. ゲルマンの伝説。
22. Kersaudy, François, *Hermann Goring,* 前掲書 .
23. 同上 p. 723.
24. Göring, Emmy, *Goring. Le point de vue de sa femme*, 前掲書 , p. 229.
25. Kersaudy, François, *Hermann Goring,* 前掲書 , p. 743.
26. Göring, Emmy, *Goring. Le point de vue de sa femme*, 前掲書 , p. 227.
27. Manvell, Roger et Heinrich Fraenkel, *Hermann Goring* 前掲書 , p. 322.
28. Göring, Emmy, *Goring. Le point de vue de sa femme*, 前掲書 , p. 230.
29. Frank, Niklas, *Meine deutsche Mutter*, Munich, Goldmann, 2006.
30. エミー・ゲーリングの手紙、1947 年 10 月 31 日。 EMSO, 1048, Bayeriches Hauptstaadtsarchiv, Munich.
31. Göring, Emmy, *Goring. Le point de vue de sa femme*, 前掲書 , p. 245.
32. Auerbach, 30 juin 1949, EMSO, 1048, Bayeriches Hauptstaadtsarchiv, Munich.

33. Kershaw, Ian, *Hitler*, 前掲書 , p. 254-255.
34. Cojean, Annick, « Les mémoires de la Shoah », *Le Monde,* 29 avril 1995.
35. Morin, Roc, « A n interview with Nazi leader Hermann Goering's great-niece. How do you cope with evil ancestry ? », *The Atlantic*, 16 octobre 2013.
36. Elkins, Ruth, « N azi Descendents : Matthias Göring Goes Kosher », *Der Spiegel Online International*, 10 mai 2006.

ヴォルフ・R・ヘス

1. Hess, Ilse, « Er spielte wieder mal den Toten. Gespräch mit Ilse Hess über Spandau-Häftling
Rudolf Hess », *Der Spiegel,* 20 novembre 1967.
2. Speer, Albert, *Au coeur du Troisieme Reich*, 前掲書 .
3. Irving, David, *Hess. The Missing Years, 1941-1945*, Londres, Macmillan, 1987 ; *Rudolf Hess. Les annees inconnues du dauphin d'Hitler, 1941-1945*, 英語からの翻訳 P. Etienne, Paris, Albin Michel, 1988.
4. Hess, Ilse, *Rudolf Hess*, *Prisoner of Peace. The flight to Britain and its aftermath,* ドイツ語からの翻訳 Meyrick Booth, Bloomfield Books, 1954.
5. Fest, Joachim C., *Les Maitres du IIIe Reich. Figures d'un regime totalitaire*, 前掲書 .
6. 同上。
7. Irving, David, *Rudolf Hess. Les annees inconnues du dauphin d'Hitler, 1941-1945*, 英語からの翻訳 P. Etienne, Paris, Albin Michel, 1988, p. 53.
8. 同上 , p. 58.
9. 同上 , p. 53.
10. 同上。
11. « Interview Ilse Hess », *Der Spiegel*, 20 novembre 1967.
12. Gilbert, G. M., *Nuremberg Diary*, New York, Perseus Books Group, 1995, p. 12.
13. Kersaudy, François, *Les Secrets du IIIe Reich,* Paris, Perrin, 2013, p. 160.
14. 同上。
15. ヴォルフ・リュディガー・ヘスのインタヴュー : https://www.youtube. com/watch?v=ftWZgS75jDg
16. Hess, Wolf Rüdiger, *My Father Rudolf Hess*, Londres, W.H Allen & Co., 1986.
17. Hess, Ilse, *Rudolf Hess*, *Prisoner of Peace. The flight to Britain and its aftermath,* 前掲書
18. Gun, Nerin E, « Les enfants au nom maudit », 前掲の記事 , p. 51.
19. Cooper, Abraham, « R udolf Hess's crime », *The New York Times*, 1er mai 1984.
20. Hess, Ilse, *Rudolf Hess*, *Prisoner of Peace. The flight to Britain and its aftermath,*

前掲書 , p. 83.
21. 同上 , p. 143.
22. Hess, Wolf Rüdiger, *My Father Rudolf Hess*, 前掲書 .
23. 同上 , p. 6.
24. Medical Research Council Report, FO 1093/10.
25. Kelley, Douglas M., *22 Manner um Hitler*, Olten/Bern, Delphi-Verlag, 1947.
26. The National Archives – M1270 – Interrogation records relate to the prosecution of war criminals in proceedings at Nuernberg, 1945-47. Record Name : Rudolf Hess.
27. 同上。
28. Irving, David, *Rudolf Hess. Les annees inconnues du dauphin d'Hitler, 1941-1945*, 前掲書 , p. 401.
29. Hess, Wolf Rüdiger, *My father Rudolf Hess,* 前掲書 ; *Who Murdered my father, Rudolf Hess ? My father's mysterious death in Spandau*, Editorial Revision, 1989 ; *Rudolf Hess – Ich bereue nichts*, Graz, Stocker Leopold Verlag, 1994.
30. Hess, Wolf Rüdiger, *My Father Rudolf Hess*, 前掲書 .
31. 同上。
32. Hess, Ilse, *Rudolf Hess*, *Prisoner of Peace. The flight to Britain and its aftermath,* 前掲書 , p. 126-127.
33. Hess, Wolf Rüdiger, « T he life and death of my father, Rudolf Hess », *The Journal of Historical Review*, vol. 13, n° 1, 1993, p. 24-39.
34. Schemann, Serge, « Hess is buried secretly by family ; son is reported to suffer stroke », *New York Times*, 25 aout 1987.
35. Posner, Gerald, *Hitler's Children. Sons and daughters of leaders of the Third Reich talk about their fathers and themselves*, New York, Random House, 1991, p. 41.（『ヒトラーの子供たち』新庄哲夫訳、ほるぷ出版、1993 年）
36. Cojean, Annick, « Les mémoires de la Shoah », 前掲の記事 .
37. Lebert, Nobert et Stephan Lebert, *Car tu portes mon nom. Enfants de dirigeants nazis, ils temoignent*, 前掲書 , p. 74.
38. Hess, Wolf Andreas, « N azi Leader's Grandson Fined Over Online Quotes », Reuters, 24 janvier 2002.
39. Lebert, Nobert et Stephan Lebert, *Car tu portes mon nom. Enfants de dirigeants nazis, ils temoignent,* 前掲書 , p. 71.

ニクラス・フランク

1. Frank, Niklas, *Bruder Norman ! ≪ Mein Vater war ein Naziverbrecher, aber ich liebe ihn ≫* , Berlin, Dietz, 2013.

2. 著者によるニクラス・フランクのインタヴュー、2015 年 9 月 8 日。
3. ニュルンベルクのハンス・フランク尋問調書。
4. Frank, Hans, *Im Angesicht des Galgens*, Munich-Grafelfing, Friedrich Alfred Beck, 1953.
5. Noakes, Jeremy et Geoffrey Pridham, *Nazism, 1919-1945*, vol. 2 : *State, Economy and Society, 1933-1939* (A Documentary Reader), Exeter University of Exeter Press, 1984, p. 200.
6. Fest, Joachim C., *Les Maitres du IIIe Reich. Figures d'un regime totalitaire*, 前掲書 , p. 402.
7. Picker, Henry, *Hitlers Tischgesprache im Fuhrerhauptquartier*, Propyläen Verlag, rééd. 2003, p. 225.
8. Kershaw, Ian, *La Fin : Allemagne (1944-1945)*, 仏訳 P.-E. Dauzat, Paris, Seuil, 2012, p. 283.
9. Schenk, Dieter, *Hans Frank : Hitlers Kronjurist und Generalgouverneur,* Francfort, Fischer Verlag, 1re édition, 2008, p. 223.
10. Longerich, Peter, *Himmler*, 前掲書 .
11. 著者によるニクラス・フランクのインタヴュー、2015 年 9 月 8 日。
12. 同上。
13. Frank, Niklas, *Meine deutsche Mutter*, 前掲書 .
14. Frank, Niklas, *Bruder Norman ! ≪ Mein Vater war ein Naziverbrecher, aber ich liebe ihn ≫* , 前掲書 , p. 64.
15. 著者によるニクラス・フランクのインタヴュー、2015 年 9 月 8 日。
16. 同上。
17. Malaparte, Curzio, *Kaputt*, Paris, Folio, 1972.（『壊れたヨーロッパ』古賀弘人訳、晶文社、1990 年）
18. 著者によるニクラス・フランクのインタヴュー、2015 年 9 月 8 日。
19. 同上。
20. Frank, Niklas, *Bruder Norman ! ≪ Mein Vater war ein Naziverbrecher, aber ich liebe ihn ≫* , 前掲書 .
21. Longerich, Peter, *Himmler*, 前掲書 .
22. Kershaw, Ian, *La Fin : Allemagne (1944-1945)*, 前掲書 .
23. Frank, Niklas, *Bruder Norman ! ≪ Mein Vater war ein Naziverbrecher, aber ich liebe ihn ≫* , 前掲書 .
24. 著者によるニクラス・フランクのインタヴュー、2015 年 9 月 8 日。
25. Lebert, Nobert et Stephan Lebert, *Car tu portes mon nom. Enfants de dirigeants nazis, ils temoignent,* 前掲書 , p. 106.
26. Frank, Hans, *Das Diensttagebuch des deutschen Generalgouverneurs in Polen,*

1939-1945, Werner Prag und Wolfgang Jacobmeyer (eds), Stuttgart, Deutsche Verlags-A nstalt, 1975,
p. 457-458.
27. 著者によるニクラス・フランクのインタヴュー、2015 年 9 月 8 日。
28. Gilbert, G. M., *Nuremberg Diary*, New York, Perseus Books Group, 1995, p. 21.
29. 著者によるニクラス・フランクのインタヴュー、2015 年 9 月 8 日。
30. Posner, Gerald, *Hitler's Children. Sons and daughters of leaders of the Third Reich talk about their fathers and themselves*, 前掲書 , p. 33.
31. Cojean, Annick, « Les mémoires de la Shoah », 前掲の記事 .
32. Gilbert, G. M., *Nuremberg Diary*, 前掲書 .
33. 著者によるニクラス・フランクのインタヴュー、2015 年 9 月 8 日。
34. Posner, Gerald, *Hitler's Children. Sons and daughters of leaders of the Third Reich talk about their fathers and themselves*, 前掲書 .
35. 著者によるニクラス・フランクのインタヴュー、2015 年 9 月 8 日。
36. Frank, Niklas, *Meine deutsche Mutter*, 前掲書 ., p. 416.
37. 同上 , p. 441.
38. 同上。
39. 同上 , p. 451.
40. 著者によるニクラス・フランクのインタヴュー、2015 年 9 月 8 日。
41. 同上。
42. 同上。
43. Schwabe, Alexandre, ≪ Interview mit Niklas Frank zur Speer-Debatte : "Das ewige Herumgeschmuse der Kinder ist lächerlich" », *Der Spiegel Online*, 13 mai 2005.
44. 著者によるニクラス・フランクのインタヴュー、2015 年 9 月 8 日。
45. Frank, Niklas, *Der Vater. Eine Abrechnung*, Munich, Goldmann, 1993, p. 12.
46. Schwabe, Alexandre, ≪ Interview mit Niklas Frank zur Speer-D ebatte : "Das ewige Herumgeschmuse der Kinder ist lächerlich" », 前掲の記事 .
47. Cojean, Annick, « Les mémoires de la Shoah », 前掲の記事 .
48. 著者によるニクラス・フランクのインタヴュー、2015 年 9 月 8 日。
49. Frank, Niklas, *Meine deutsche Mutter*, 前掲書 .
50. 著者によるニクラス・フランクのインタヴュー、2015 年 9 月 8 日。
51. Frank, Niklas, *Bruder Norman ! ≪ Mein Vater war ein Naziverbrecher, aber ich liebe ihn ≫* , 前掲書 .
52. 著者によるニクラス・フランクのインタヴュー、2015 年 9 月 8 日。
53. Frank, Niklas, *Bruder Norman ! ≪ Mein Vater war ein Naziverbrecher, aber ich liebe ihn ≫* , 前掲書 , p. 69.

54. 同上。
55. Posner, Gerald, *Hitler's Children. Sons and Daughters of leaders of the Third Reich talk about their fathers and themselves*, 前掲書 .
56. 同上。
57. ニクラス・フランクのインタヴュー、« Hitler's Children », Documentary,2012.
58. 著者によるニクラス・フランクのインタヴュー、2015 年 9 月 8 日。
59. Schwabe, Alexandre, « I nterview mit Niklas Frank zur Speer-D ebatte : "Das ewige Herumgeschmuse der Kinder ist lächerlich" », 前掲の記事 .

マルティン・アドルフ・ボルマン・ジュニア

1. Fest, Joachim C., *Les Maitres du IIIe Reich. Figures d'un regime totalitaire*, 前掲書 , p. 228.
2. Bormann, Martin, *Leben gegen Schatten*, Paderborn, Bonifatius, 2000.
3. Sigmund, Anna Maria, *Les Femmes du IIIe Reich*, 前掲書 , p. 28.
4. Speer, Albert, *Au coeur du Troisieme Reich*, 前掲書 , p. 209.
5. Fest, Joachim C., *Les Maitres du IIIe Reich. Figures d'un regime totalitaire*, 前掲書 , p. 533.
6. Kershaw, Ian, *La Fin : Allemagne (1944-1945)*, 前掲書 , p. 317.
7. アルフレート・ローゼンベルク『二十世紀の神話』、1930 年刊。ナチ・イデオロギーの基礎をつくった文書のひとつ。
8. Bormann, Martin, *Leben gegen Shatten*, 前掲書 , p. 70-71.
9. Bar-On, Dan, *L'Heritage du Silence. Rencontres avec des enfants du IIIe Reich*, 前掲書 .
10. 同上。
11. 同上。
12. Bormann, Martin, *Leben gegen Schatten*, 前掲書 , p. 83.
13. Speer, Albert, *Au coeur du Troisieme Reich*, 前掲書 , p. 138.
14. Bar-On, Dan, *L'Heritage du silence. Rencontres avec des enfants du IIIe Reich,* 前掲書 p. 222.
15. 2011 年の新聞記事によると、彼は 1960 年代にザルツブルクの聖心布教会の寄宿学校で教えていたとき、ヴィクトル・M という生徒に強姦、性的暴行および暴力行為をはたらいたとされる。さらに、事件を報じたオーストリアの新聞が複数の生徒からきいた話として、マルティン・アドルフ・ボルマンはときおり血が出るほど生徒を殴り、ひとりの生徒は意識不明になったという。マルティン・アドルフ・ボルマンはこうした訴えをきっぱりと否認している。
16. Bormann, Martin, *Leben gegen Schatten*, 前掲書 , p. 196.
17. 同上。

18. 同上。
19. 同上 , p. 261.

ヘースの子どもたち

1. ニュルンベルクのルドルフ・ヘース尋問調書、1946 年 4 月 15 日。
2. Höss, Rudolf, Pery Broad et Johann Paul Kremer, *Auschwitz vu par les SS,* Oświęcim, Editions du musée d'Etat, 1974, p. 20.
3. 強制収容所の囚人は拘置理由によって異なる色の三角形をつけられた。政治犯は赤、普通犯は緑、社会的不適格者は黒、エホバの証人は紫、そして同性愛者はピンクの三角形だった。
4. Harding, Thomas, *Hanns and Rudolf. The German Jew and the Hunt for the Kommandant of Auschwitz*, Londres, Simon&Schuster 2013 ; *Hanns et Rudolf. Comment un Juif allemand mit fin a la cavale du commandant d'Auschwitz*, Paris, Flammarion, 2014, p. 127.
5. Höss, Rudolf, Pery Broad et Johann Paul Kremer, *Auschwitz vu par les SS*, 前掲書 , p. 19.
6. ハンナ・アーレント。
7. Gilbert, G. M., *Nuremberg Diary*, 前掲書 , p. 259.
8. Höss, Rudolf, *Le commandant d'Auschwitz parle*, 前掲書 , p. 46.
9. 同上。
10. 同上。
11. 同上 , p. 107.
12. Gilbert, G. M., *Nuremberg Diary*, 前掲書 , p. 260.
13. Höss, Rudolf, *Le commandant d'Auschwitz parle*, 前掲書 .
14. ルドルフ・ヘースは絶滅命令を受けた日付を間違えたようである。
15. Hilberg, Raul, *La Destruction des Juifs d'Europe*, 英語からの翻訳 M.-Fr. de Paloméra, A. Charpentier et P.-E. Dauzat, Paris, Gallimard, Folio histoire, 2006. (『ヨーロッパ・ユダヤ人の絶滅　上下』望田幸男、井上茂子、原田一美訳、柏書房、1999 年)
16. Höss, Rudolf, *Le commandant d'Auschwitz parle*, 前掲書 .
17. Fest, Joachim C., *Les Maitres du IIIe Reich. Figures d'un regime totalitaire*, 前掲書 .
18. Höss, Rudolf, Pery Broad et Johann Paul Kremer, *Auschwitz vu par les SS,* 前掲書 .
19. Gilbert, G. M., *Nuremberg Diary*, 前掲書 .
20. スタニスワフ・デュビエルの調書。 Höss, Rudolf, Pery Broad et Johann Paul Kremer, *Auschwitz vu par les SS,* 前掲書 .
21. Höss, Rudolf, Pery Broad et Johann Paul Kremer, *Auschwitz vu par les SS,* 前掲

書 p. 304.
22. *Ibid.*, p. 19.
23. ヤニナ・シュチュレク夫人の供述。 Höss Rudolf, Pery Broad et Johann Paul Kremer, *Auschwitz vu par les SS,* 前掲書 p. 310.
24. Höss, Rudolf, *Le commandant d'Auschwitz parle*, 前掲書 , p. 189.
25. 同上 , p. 190.
26. Höss, Rudolf, Pery Broad et Johann Paul Kremer*, Auschwitz vu par les SS,* 前掲書 p. 304.
27. 同上 , p. 210.
28. Höss, Rudolf, *Le commandant d'Auschwitz parle*, 前掲書 , p. 222.
29. 同上 , p 221.
30. Harding, Thomas, *Hanns et Rudolf. Comment un Juif allemande mit fin a la cavale du commandant d'Auschwitz*, 前掲書 , p. 321.
31. 同上 , p. 327.
32. Höss, Rudolf, *Le commandant d'Auschwitz parle*, 前掲書 .
33. Harding, Thomas, « Hiding in N. Virginia, a daughter of Auschwitz », *Washington Post*, 7 septembre 2013.
34. Anderson, Graham, « My Nazi Family », *Exberliner*, 6 mai 2014.
35. Lianos, Konstantinos, « A uschwitz commander's grandson : Why my family call me a traitor », *The Telegraph*, 20 novembre 2014.
36. 同上。

シュペーアの子どもたち

1. Smoltczyk, Alexander, « 2022 World Cup in Qatar : The Desert Dreams of German Architect Albert Speer », *Der Spiegel*, 1er juin 2012.
2. Speer, Albert, *Die intelligente Stadt*, Dva, 1992.
3. Beyer, Susanne, « I mproving on the Nazi Past : Albert Speer's Son, Urban Planner », *Der Spiegel*, 21 décembre 2007.
4. Smoltczyk, Alexander, « 2022 World Cup in Qatar : The Desert Dreams of German Architect Albert Speer », 前掲の記事 .
5. Beyer, Susanne, « D er unsichtbare Riese », *Der Spiegel*, 17 décembre 2007.
6. Khrushcheva, Nina, « A lbert Speer's son helped design the architecture of the Beijing games. But the similarities with Berlin 1936 don't end there », *The Guardian*, 7 aout 2008.
7. Millot, Lorraine, « A lbert Speer, 63 ans, est architecte. Comme son homonyme de pere, le bâtisseur de Hitler. Mais lui a choisi Francfort la libérale. Tel pere, quel fils ? », *Liberation*, le 10 février 1998.

8. アルベルト・シュペーア（子）のインタヴュー : https ://www.youtube.com/watch?v=033OGnfRKJY
9. Matzig, Gerhard, « Hitler war für uns ein netter Onkel », *Suddeutsche Zeitung*, 20 mai 2010.
10. Speer, Albert, *Au coeur du Troisieme Reich*, 前掲書 .
11. Fest, Joachim, *Albert Speer*, 前掲書 .
12. Trevor-Roper, Hugh R., *Hitlers letzte Tage*, Berlin Ullstein, 1965.（『ヒトラー最期の日』橋本福夫訳、筑摩書房、1975 年）
13. Speer, Albert, *Au coeur du Troisieme Reich*, 前掲書 .
14. 同上 , p. 29.
15. 同上 , p. 31.
16. イギリスの外交官ネヴィル・ヘンダーソン。
17. Speer, Albert, *Spandauer Tagebucher,* Francfort-sur-le-Main, 1975 ; *Journal de Spandau,* Paris, Robert Laffont, 1976, p. 156.
18. Matzig, Gerhard, « Hitler war für uns ein netter Onkel », 前掲書 .
19. Speer, Albert, *Au coeur du Troisieme Reich*, 前掲書 , p. 29.
20. Nissen, Margret*, Sind Sie die Tochter Speer ?*, Cologne, Bastei Lübbe, 2005.
21. Speer, Albert, *Journal de Spandau,* 前掲書 p. 76.
22. Schramm, Hilde, *Meine Lehrerin, Dr Dora Lux*, Reinbek, Rowohlt Verlag, 2012.
23. アルノルト・シュペーアのインタヴュー : https ://www.youtube.com/watch?v=033OGnfRKJY
24. Speer, Albert, *Au coeur du Troisieme Reich*, 前掲書 .
25. Sereny, Gitta, *Albert Speer. His Battle with Truth*, Londres, 1995 ; *Albert Speer : son combat avec la verite*, 英語からの翻訳 W. O. Desmond, Paris, Seuil, 1997.
26. Fest, Joachim, *Albert Speer*, 前掲書 , p. 281.
27. 同上。
28. Speer, Albert, *Journal de Spandau,* 前掲書 p. 218.
29. Sereny, Gitta, *Albert Speer : son combat avec la verite*, 前掲書 .
30. 同上。
31. Speer, Albert, *Journal de Spandau,* 前掲書 p. 163.
32. Nissen, Margret*, Sind Sie die Tochter Speer ?,* 前掲書 .
33. Speer, Albert, *Journal de Spandau,* 前掲書 .
34. Bundesarchiv Koblenz – Article B122/28025
35. Sereny, Gitta, *Albert Speer : son combat avec la verite*, 前掲書 .
36. Van der Vat, Dan, *The Good Nazi. The life and lies of Albert Speer*, Londres, Phoenix, 1998.
37. Speer, Albert, *Journal de Spandau*, 前掲書 , p. 321.

38. 同上。
39. 同上 , p. 548.
40. 同上。
41. Nissen, Margret, *Sind Sie die Tochter Speer ?*, 前掲書 .
42. 同上。
43. Sereny, Gitta, *Albert Speer : son combat avec la verite*, 前掲書 .
44. 同上。
45. Millot, Lorraine, « A lbert Speer, 63 ans, est architecte. Comme son homonyme de pere, le bâtisseur de Hitler. Mais lui a choisi Francfort la libérale. Tel pere, quel fils ? », 前掲の記事 .
46. Norden, Eric, アルベルト・シュペーアとの対談 , « A lbert Speer Hitler's architect », *Playboy*, 1971.
47. 同上。
48. Sereny, Gitta, *Albert Speer : son combat avec la verite*, 前掲書 .
49. Speer, Albert, *Journal de Spandau,* 前掲書 p. 93.
50. Raben, Mia, « NS – Vergangenheit : Der lebenslange Schatten ≫ , *Der Spiegel*, 7 février 2004.
51. Hamrén, Henrik, « I feel ashamed », *The Guardian*, 18 avril 2005.
52. Speer, Albert, *Journal de Spandau,* 前掲書 p. 219.
53. Hamrén, Henrik, « I feel ashamed », 前掲の記事 .
54. Nissen, Margret, *Sind Sie die Tochter Speer ?*, 前掲書 .
55. Speer, Albert, *Au coeur du Troisieme Reich*, 前掲書 , p. 160.

ロルフ・メンゲレ

1. Alexander Autographs, *The Hidden Journals of Josef Mengele (may 1960-january 1979)*, 6.) Autograph manuscript, a diary, Lot 4, 200 pp. 8vo. http://auctions.alexautographs.
com/asp/fullCatalogue.asp?salelot=45+++++++++4+&refno=+++70337
2. 同上 , Lot 650.
3. 同上。
4. Posner, Gerald et John Ware, *Mengele : The Complete Story*, New York, Cooper Square Press, 2000, p. 235.
5. ジェラルド・ポスナーによるロルフ・メンゲレのインタヴュー , 1985 年。
6. Hilberg, Raul, *La Destruction des Juifs d'Europe*, 前掲書 .
7. Posner, Gerald et John Ware, *Mengele : The Complete Story,* 前掲書 p. 25.
8. 同上。
9. 同上。

10. Sereny, Gitta, *Albert Speer : son combat avec la verite*, 前掲書 , p. 467.
11. ジェラルド・ポスナーによるロルフ・メンゲレのインタヴュー、1985 年。
12. « I n the matter of Josef Mengele. A Report to the Attorney
General of the United States », October 1992.
13. Posner, Gerald et John Ware, *Mengele : The Complete Story,* 前掲書 .
14. ジェラルド・ポスナーによるロルフ・メンゲレのインタヴュー , 1985 年。
15. 同上。
16. Posner, Gerald, *Hitler's Children. Sons and daughters of Leaders of the Third Reich talk about their fathers and themselves,* 前掲書 .
17. 同上 , p. 130.
18. « I n the matter of Josef Mengele. A Report to the Attorney General of the United States », octobre 1992.
19. Posner, Gerald, *Hitler's Children. Sons and daughters of Leaders of the Third Reich talk about their fathers and themselves,* 前掲書 .
20. Jessen, Norbert, « Vati, der Massenmörder. Die israelische Zeitung "Jedioth" veröffentlicht ein Interview mit Rolf Mengele », *Die Welt*, 8 mai 2008.

ドイツの歴史？

1. 同上。
2. Schirmacher, Frank et Hubert Spiegel, « *Gunter Grass :* "La tache sur mon passé" », *Le Monde*, 17 aout 2006.
3. Frei, Norbert, « L'Holocauste dans l'historiographie allemande, un point aveugle dans la conscience historique ? », *Vingtieme Siecle. Revue d'histoire*, 1992, vol. 34, p. 157-162.
4. Welzer, Harald, Sabine Möller et Karoline Tschuggnall, « *Opa war kein Nazi* ≫ . *Nationalsozialismus und Holocaust im Familiengedachtnis*, Francfort, Fischer Taschenbuch Verlag, 2002 ; ≪ *Grand-pere n'etait pas un nazi* ≫ . *National-socialisme et Shoah dans la memoire familiale,* ドイツ語からの翻訳 O. Mannoni, Paris, Gallimard, 2013.
5. Oeser, Alexandra, *Enseigner Hitler. Les adolescents allemands face au passe nazi en Allemagne. Appropriations, interpretations et usages de l'histoire*, Paris, Editions de la Maison des sciences de l'homme, 2010.

個人に関する資料

グドルーン・ヒムラー

—Interrogation Records Prepared for War Crimes Proceedings at Nuernberg, 1945-1947, National Archives Catalog– Publication Declassified : a : NND 760050 (1945-1949) ; NND760050 (1945-1949)|b : NARA|d : 1976 – Roll : 0006 – Record Name : Himmler, Gudrun.

— マルガレーテ・ヒムラーのファイル , Bundesarchiv Berlin :413877.

— Interrogation Records Prepared for War Crimes Proceedings at Nuernberg, 1945-1947 – Content Source : NARA-Source Publication Year : 1984 – National Archives Catalog ID :647749 – Record Name : Himmler, Margarete.

— マルガレーテ・ヒムラーの日記 -USHMM,Acc.1999.A.0092.

エッダ・ゲーリング

— エミー・ゲーリングの手紙 , ミュンヘン , 1947 年 11 月 31 日 . アウエルバッハ , 1949 年 6 月 30 日 , EMSO, 1048, Bayeriches Hauptstaadtsarchiv, Munich.

— エミー・ゲーリング（旧姓ゾンネマン）のファイル , Bundesarchiv Berlin : 109673.

ヴォルフ・R・ヘス

— Interrogation Records Prepared for War Crimes Proceedings at Nuernberg, 1945-1947 – Content Source : NARA– National Archives Catalog – Publication Declassified :a : NND 760050 (1945-1949) ; NND 760050 (1945-1949)|b :NARA|d : 1976 – Roll : 0006 – Record Name : Hess, Rudolf.

— Dossier Ilse Hess, Bundesarchiv Berlin : 381330.

マルティン・アドルフ・ボルマン

— 現代史研究所、ミュンヘン、ZS 1701/1 Bestand Bormann Adolf Martin.

ルドルフ・ヘース

— ルドルフ・ヘースの調書 – 1946 年 4 月 15 日 – Nuernberg Trial Proceedings Volume 11 : http://avalon.law.yale.edu/imt/04-15-46.asp — Interrogation Records Prepared for War Crimes Proceedings at Nuernberg, 1945-1947 – Content Source : NARA – Source Publication Year : 1984 – Fold 3 Publication Year : 2009 – NationalArchives Catalog ID : 647749 – National Archives Catalog Title : Reports, Interrogations, and Other Records Receivedfrom Various Allied Military Agencies, 1945-1948 – Publication Declassified : a : NND 760050 (1945-1949) ; NND 760050(1945-1949)|b : NARA|d : 1976 – Record Name : Höss, Rudolf.

その他

— アメリカ合衆国司法長官へのレポート :« In the matter of Josef Mengele. A Report to the AttorneyGeneral of the United States », アメリカ合衆国司法省空軍特別捜査局 , 1992 年 10 月 .

— Bundesarchiv Koblenz – Article B122/28025.

参考文献

Arendt, Hannah, *Eichmann in Jerusalem. A Report on the Banality of Evil*, New York, 1963 ; *Eichmann a Jerusalem. Rapport sur la banalite du mal,* traduit de l'anglais par A. Guérin, revu par M. Leibovici, présenté par M.-I. Brudny de Launay, Paris, Gallimard, Folio histoire, 2012.（『イェルサレムのアイヒマン　悪の陳腐さについての報告』大久保和郎訳、みすず書房、1969 年）

—, *The Origins of Totalitarianism*. 1. *Antisemitism*, New York, 1951 ; *Les Origines du totalitarisme*. 1. *Sur l'antisemitisme*, traduit de l'américain par M. Pouteau, révu par H. Frappat, Paris, Seuil, Points Essais, 2005.（『全体主義の起源　1 2 3』大島道義、大島かおり、大久保和郎訳、みすず書房、1972、1974, 1981 年）

Bar-On, Dan, *Legacy of Silence : Encounters with Children of the Third Reich,* Harvard University Press, 1989 ; *L'Heritage du silence. Rencontres avec des enfants du IIIe Reich,* préface d'André Lévy, traduit de l'anglais par F. Simon-D uneau, Paris, L'Harmattan, 2005.

Bormann, Martin, *Hitler's Table Talk*, Create Space Independent Publishing Platform, 3e édition, 2013.

—, *Leben gegen Schatten*, Paderborn, Bonifatius, 2003.

Breitman, Richard, *The Architect of Genocide : Himmler and the Final Solution*, Hanovre / Londres, Brandeis University Press, 1991.

Brinks, Jan Herman, Edward Timms et Stella Rock, *Nationalist Myths and the Modern Media : Contested Identities in the Age of Globalization*, Londres / N ew York, I. B.Tauris, 2005.

Browning, Christopher R., *Ordinary Men. Reserve Police Battalion 01 and the Final Solution in Poland*, Harper Collins Publishers Inc, 1992 ; *Des hommes ordinaires. Le 101e Bataillon de reserve de la police allemande et la Solution finale en Pologne*, traduit de l'anglais par E. Barnavi, préface de P. Vidal-N aquet, postface traduite par P.-E. Dauzat, Paris, Tallandier, 2007.（『普通の人びと　ホロコーストと第 101 警察予備大隊』谷喬夫訳、筑摩書房、1997 年）

Feliciano, Hector, *Le Musee disparu. Enquete sur le pillage d'oeuvres d'art en France par les nazis,* traduit de l'espagnol par S. Doubin, Paris, Gallimard, 2012.

Fest, Joachim C., *The Face of the Third Reich*, Harmondsworth, 1972 ; *Les Maitres du IIIe Reich. Figures d'un regime totalitaire*, traduction partielle de l'allemand par S. Hutin et M. Barth, Paris, Grasset, 1965, rééd. 2008.

—, *Speer, eine Biographie*, Berlin, 1999 ; *Albert Speer*, traduit de l'allemand par F.

Straschitz, Paris, Perrin, 2001.
Frank, Hans, *Im Angesicht des Galgens*, Munich-Grafelfing Friedrich Alfred Beck, , 1953.
—, *Das Diensttagebuch des deutschen Generalgouverneurs in Polen, 1939-1945*, Werner Prag und Wolfgang Jacobmeyer (eds), Stuttgart, Deutsche Verlags-A nstalt, 1975.
Frank, Niklas, *Bruder Norman ! ≪ Mein Vater war ein Naziverbrecher, aber ich liebe ihn ≫* , Berlin, Dietz, 2013.
—, *Der Vater. Eine Abrechnung*, Munich, Goldmann, rééd. 1993.
—, *Meine deutsche Mutter*, Munich, Goldmann, 2006.
Friedländer, Saul, *The Years of Extermination. Nazi Germany and the Jews*, 1939-1945, Londres, 2007 ; 1. *L'Allemagne nazie et les Juifs*. 2. *Les Annees d'extermination*, traduit de l'anglais par P.-E. Dauzat, Paris, Seuil, 2008.
Frischauer, Willi, *Goring*, Londres, Odhams Press, 1951. Gilbert, G.M., *Nuremberg Diary*, New York, Perseus Books Group, 1995.
Göring, Emmy, *Memoiren*, Zurich et Paris, 1963 ; *Goring. Le point de vue de sa femme*, traduit de l'allemand par R. Jouan, Paris, Presses Pocket, 1965.
Haarer, Johanna, *Die deutsche Mutter und ihr letztes Kind : die Autobiographien der erfolgreichsten NS-Erziehungsexpertin und ihrer jungsten Tochter*, Hanovre, Offizin Verlag, 2012.
Harding, Thomas, *Hanns et Rudolf. Comment un Juif allemande mit fin a la cavale du commandant d'Auschwitz*, Paris, Flammarion, 2014.
Hanisch, Ernst, *L'Obersalzberg*, édité par la Landesstiftung de Berchtesgaden.
Hanitzsch, Konstanze, *Deutsche Scham. Gender, Medien, ≪ Taterkinder ≫ ; eine Analyse der Auseinandersetzungen von Niklas Frank, Beate Niemann und Malte Ludin*, Berlin, Metropol, 2013.
Hess, Ilse, *Rudolf Hess, Prisoner of Peace. The flight to Britain and its aftermath,* traduit de l'allemand par Meyrick Booth, Bloomfield Books, 1954.
Hess, Wolf Rüdiger, *My Father Rudolf Hess*, Londres, W. H. Allen & Co., 1986.
—, *Who Murdered my Father, Rudolf Hess ? My father's mysterious death in Spandau,* Editorial Revision, 1989.
—, *Hess, Rudolf – Ich bereue nichts*, Graz, Stocker Leopold Verlag, 1994.
Hilberg, Raul, *La Destruction des Juifs d'Europe*, traduit de l'anglais par M.-Fr. de Paloméra, A. Charpentier et P.-E. Dauzat, Paris, Gallimard, Folio histoire, 2006. (『ヨーロッパ・ユダヤ人の絶滅』望田幸男、井上茂子、原田一美訳、柏書房、1997 年)
Himmler, Katrin, *Les Freres Himmler*, traduit de l'allemand par S. Gehlert, Paris, David Reinharc, 2012.

Höss, Rudolf, *Kommandant in Auschwitz. Autobiographische Aufzeichnungendes*, Munich, Martin Broszat, 1963 ; *Le commandant d'Auschwitz parle*, traduction de l'allemand par Rudolf Höss, préface et postface de Genevieve Decrop, Paris, La Découverte, 1995.（『アウシュヴィッツ収容所』片岡啓治訳、講談社、1999 年）

Höss, Rudolf, Pery Broad et Johann Paul Kremer, *Auschwitz vu par les SS*, Oświęcim, Edition du musée d'Etat, 1974.

Husson, Edouard, *Heydrich et la Solution finale*, préface de Ian Kershaw, postface de Jean-Paul

Bled, édition revue et augmentée, Paris, Perrin, 2012.

Irving, David, *Goring : A Biography*, New York, 1989 ; *Goring. Le complice d'Hitler, 1933-1939*, traduit de l'anglais par R. Albeck, Paris, Albin Michel, 1991.

—, *Hess. The Missing Years, 1941-1945*, Londres, 1987 ; *Rudolf Hess. Les annees inconnues du dauphin d'Hitler, 1941-1945*, traduit de l'anglais par P. Etienne, Paris, Albin Michel, 1988.

Kellenbach, Katharina von, *The mark of cain : Guilt and denial in the post-war lives of nazis perpetrators*, OUP USA, p. 304, 978-0-19-993745-5, 25 July 2013.

Kersaudy, François, *Hermann Goring*, Paris, Perrin, 2009.

—, *Les Secrets du IIIe Reich*, Paris, Perrin, 2013.

Leeb, Johannes, *Wir waren Hitlers Eliteschuler : ehemalige Zoglinge der NS-Ausleseschulen brechen ihr Schweigen*, Hambourg, Rasch und Röhring, 1998.

Kershaw, Ian, *Fateful Choices. Ten Decisions that Changed the World, 1940-1941*, Penguin Books, Londres, 2007 ; *Choix fatidiques. Dix decisions qui ont change le monde, 1940-1941*, traduit de l'anglais par P.-E. Dauzat, Paris, Seuil, 2009.（『運命の選択　1940 － 41　世界を変えた 10 の決断』河内隆弥訳、白水社、2014 年）

—, *Hitler*, Paris, Flammarion 2008.（『ヒトラー上　1889 － 1936　傲慢』川喜田敦子訳、石田勇治監訳、白水社、2015 年、『ヒトラー下　1936 － 1945　天罰』福永美和子訳、石田勇治監訳、白水社、2016 年）

—, *Hitler*, Londres, Longman, 1991 ; *Hitler. Essai sur le charisme en politique*, traduit de l'anglais par J. Carnaud et P.-E. Dauzat, Paris, Gallimard, Folio histoire, 1995.（『ヒトラー　　権力の本質』石田勇治訳、白水社、1999 年）

—, *Popular Opinion and Political Dissent in the Third Reich. Bavaria, 1933-1975*, Oxford University Press, 1983 ; *L'Opinion allemande sous le nazisme. Baviere, 1933-1945*, traduit de l'anglais par P.-E. Dauzat, Paris, CNRS Editions, 2010.

—, *Le Mythe Hitler*, Paris, Flammarion, 2006.（『ヒトラー神話　第三帝国の虚像と実像』柴田敬二訳、刀水書房、1993 年）

—, *La Fin : Allemagne (1944-1945)*, traduit par P.-E. Dauzat, Paris, Seuil, 2012.

Klabunde, Anja, *Magda Goebbels*, Munich, 1999 ; *Magda Goebbels. Approche d'une*

vie, traduit de l'allemand par S. Bénistan, Paris, Tallandier, 2011.

Lebert, Nobert et Stephan Lebert, *Car tu portes mon nom. Enfants de dirigeants nazis, ils temoignent,* Paris, Plon, 2002

Levi, Primo, *Se questo e un uomo,* Turin, De Silva, 1947 ; *Si c'est un homme*, traduit de l'italien par M. Schruoffeneger, Paris, Julliard, 1987.（『アウシュヴィッツは終わらない　あるイタリア人生存者の考察』竹山博英訳、朝日新聞社、1980 年）

Longerich, Peter, *Davon Haben Wir Nichts Gewusst !*, Munich, Siedler Verlag, 2006 ; *Nous ne savions pas. Les Allemands et la Solution finale, 1939-1945*, traduit de l'allemand par R. Clarinard, Paris, Héloise d'Ormesson, 2008.

—, *Heinrich Himmler*, Munich, Siedler Verlag, 2008 ; *Himmler*, traduit de l'allemand par R. Clarinard, Paris, Héloise d'Ormesson, 2010.

Malaparte, Curzio, *Kaputt,* Paris, Gallimard, Folio, 1972.（『壊れたヨーロッパ』古賀弘人訳、晶文社、1990 年）

Manvell, Roger et Heinrich Fraenkel, Heinrich, *Hermann Goring*, traduit de l'anglais par M. Deutsch, Paris, Stock, (Impr. des « D ernieres Nouvelles de Strasbourg »), 1963.

Moors, Markus et Moritz Pfeiffer, *Heinrich Himmlers Taschenkalender 1940*, Paderborn, Verlag Ferdinand Schöningh GmbH, vol. 1, 2013.

Nissen, Margret, *Sind Sie die Tochter Speer ?*, Cologne, Bastei Lübbe, 2007.

Noakes, Jeremy et Geoffrey Pridham, *Nazism, 1919-1945*, vol. 2 : *State, Economy and Society, 1933-1939*, Exeter, University of Exeter Press, 1984.

O'Connor, Gary, *The Butcher of Poland : Hitler's Lawyer Hans Frank*, Staplehurt, Spellmount Publishers Ltd, 2013.

Oeser, Alexandra, *Enseigner Hitler. Les adolescents allemands face au passe nazi en Allemagne. Appropriations, interpretations et usages de l'histoire*, Paris, Editions de la Maison des sciences de l'homme, 2010.

Paxton, Robert Owen, *Vichy France, Old Guard and New Order, 1940-1944*, New York, Columbia University Press, 1972 ; *La France de Vichy, 1940-1944*, préface de S. Hoffmann, traduit de l'anglais par C. Bertrand, Paris, Seuil, 1999.

Picker, Henry, *Hitlers Tischgesprache im Fuhrerhauptquartier*, 2e édition, Propyläen Verlag, rééd. 2003.

Posner, Gerald et John Ware, *Mengele : The Complete Story,* New York, Cooper Square Press, 2000.

Posner, Gerald, *Hitler's Children. Sons and daughters of leaders of the Third Reich talk about their fathers and themselves*, New York, Random House, 1991.（『ヒトラーの子供たち』新庄哲夫訳、ほるぷ出版、1993 年）

Prazan, Michaël, *Einsatzgruppen. Les commandos de la mort nazis*, Paris, Seuil,

2010.
Rees, Laurence, *The Dark Charisma of Adolf Hitler. Leading millions into the abyss*, 2012 ; *Adolf Hitler. La seduction du diable*, traduit de l'anglais par S. Taussig et P. Lucchini, Paris, Albin Michel, 2013.
Schaake, Erich, *Hitlers Frauen* et *Frauensache Fuhrerkult*, Munich, 2000 ; *Hitler et les femmes. Leur role dans l'ascension du Fuhrer,* Paris, Michel Lafon, 2012.
Schenk, Dieter, Hans Frank, *Hitlers Kronjurist und Generalgouverneur*, Francfort, Fischer Taschenbuch Verlag, vol. 1, 2008.
Schirach, Henriette von, *Der Preis der Herrlichkeit : erfahrene Zeitgeschichte*, Munich, Herbig, 1981.
Schmidt, Matthias, *Albert Speer : Das Ende eines Mythos,* Francfort-sur-le-Main, 1982 *; Albert Speer. La fin d'un mythe,* traduit de l'allemand par J.-M. Argeles, Paris, Belfond, 1983.
Schramm, Hilde, *Meine Lehrerin, Dr Dora Lux*, Reinbek, Rowohlt, 2012.
Schröm, Oliver et Andrea Röpke, *Stille Hilfe fur braune Kameraden. Das geheime Netzwerk der Alt-und Neonazis*, Berlin, Ch. Links Verlag, 2001.
Sereny, Gitta, *Albert Speer. His Battle with Truth*, Londres, 1995 ; *Albert Speer : son combat avec la verite*, traduit de l'anglais par W. O. Desmond, Paris, Seuil, 1997.
Sereny, Gitta, *Au fond des tenebres,* Paris, Denoël, 1974, rééd. 2007.（『人間の暗闇 ナチ絶滅収容所長との対話』小俣和一郎訳、岩波書店、2005 年）
Sigmund, Anna Maria, *Die Frauen der Nazis*, Munich, 2000 ; *Les Femmes du IIIe Reich*, traduit de l'allemand par J. Bourlois, Paris, Jean-Claude Lattes, 2004.
Speer, Albert, *Spandauer Tagebucher,* Francfort-sur-le-Main, 1975 ; *Journal de Spandau,* Paris, Robert Laffont, 1976.
—, *Die intelligente Stadt*, Munich, Deutsche Verlags-Anstalt, 1992.
—, *Erinnerungen*, Francfort et Berlin, 1969 ; *Au coeur du Troisieme Reich*, traduit de l'allemand par M. Brottier, Paris, Fayard, 1971.（『第三帝国の神殿にて　ナチス軍需相の証言』品田豊治訳、中央公論社、2001 年）
Trevor-Roper, Hugh R., *Hitlers letzte Tage*, Berlin, Ullstein, 1965.（『ヒトラー最期の日』橋本福夫訳、筑摩書房、1975 年）
Van der Vat, Dan, *The Good Nazi. The life and lies of Albert Speer*, Londres, Phoenix, 1998.
Vincent, Marie-Bénédicte, *La Denazification*, Paris, Perrin, 2008.
Weber, Anne, *Vaterland*, Paris, Seuil, 2015.
Welzer, Harald, Sabine Möller, et Karoline Tschuggnall, « *Opa war kein Nazi* ≫. *Nationalsozialismus und Holocaust im Familiengedachtnis*, Francfort, Fischer Taschenbuch Verlag, 2002, ≪ *Grand-pere n'etait pas un nazi* ≫. *National-social-*

isme et Shoah dans la memoire familiale, traduit de l'allemand par O. Mannoni, Paris, Gallimard, 2013.

Welzer, Harald, *Les Executeurs. Des hommes normaux aux meurtriers de masse*, Paris, Gallimard, NRF Essais, 2007.

Wildt, Michael et Katrin Himmler, *Heinrich Himmler d'apres sa correspondance avec sa femme*, *1927-1945*, Paris, Plon, 2014.

Wildt, Michael et Katrin Himmler, *Himmler privat : Briefe eines Massenmorders,* Munich, Piper Verlag, 2014.

Westemeier, Jens, *Himmlers Krieger : Joachim Peiper und die Waffen-SS in Krieg und Nachkriegszeit*, Paderborn, Verlag Ferdinand Schöningh GmbH, vol. 1, 2014.

Westernhagen, Dörte von, *Die Kinder der Tater. Das Dritte Reich und die Generation danach*, Munich, Kösel Verlag, 1987.

Zentner, Christian et Friedemann Bedürftig, *Das grosse Lexikon des Dritten Reiches,* Munich, Südwest Verlag, 1985.

記事・論文

Anonyme (de notre correspondant a Londres), « F rau Göring weeps : "bombing of civilian is terrible" », *The Argus*, 14 juillet 1945.

Akyol, Cigdem, « Ein volk, das nichts kapiert hat », *Wiener Zeitung*, 23.07.2013.

Anderson, Graham, « My Nazi Family », *Exberliner*, 6 mai 2014.

Bevan, Ian, « Goering faces Judges as "Man of Peace" », *The Sidney Morning Herald*, 20 novembre 1945.

Beyer, Susanne, « I mproving on the Nazi Past : Albert Speer's Son, Urban Planner », *Der Spiegel*, 21 décembre 2007.

Beyer, Susanne, « D er unsichtbare Riese », *Der Spiegel*, 17 décembre 2007.

Cojean, Annick, « Les mémoires de la Shoah », *Le Monde,* 29 avril 1995.

Dörfler, Thomas et Klärner Andreas, « R udolf Hess as martyr for Germany. The Reinterpretation of Historical Figures in Nationalist Discourse », *in* Jan Herman Brinks, Edward Timms et Stella Rock (éd.), *Nationalist Myths and Modern Media. Cultural Identity in the Age of Globalisation*, Londres/New York, I. Tauris, 2005, p. 139-152.

Elkins, Ruth, « N azi Descendents : Matthias Göring Goes Kosher », *Der Spiegel Online International*, 10 mai 2006.

Heidemann, Gerd, « D ie Millionen hat Kujau », *Vanity Fair*, novembre 2008.

Glass, Suzanne, « R icardo Eichmann speaks "Adolf Eichmann is a historical figure to me" », *The Independent*, 7 aout 1995.

Gold, Tanya, « T he sins of their fathers », *The Guardian*, 6 aout 2008.

Gun, Nerin E., « Les enfants au nom maudit », *Historia*, n° 241, décembre 1966.

Harding, Thomas, « Hiding in N. Virginia, a daughter of Auschwitz », *Washington Post*, 7 septembre 2013.

Hess, Ilse, « Er spielte wieder mal den Toten. Gespräch mit Ilse Hess über Spandau-Häftling

Rudolf Hess », *Der Spiegel,* 20 novembre 1967.

Hess, Wolf Rüdiger, « T he life and death of my father, Rudolf Hess », *The Journal of Historical Review*, vol. 13, n° 1, 1993, p. 24-39.

Frank, Niklas, « D as ewige Herumgeschmuse der Kinder ist lächerlich », *Der Spiegel Online*, 13 mai 2005.

Frei, Norbert, « L'Holocauste dans l'historiographie allemande, un point aveugle dans la conscience historique ? », *Vingtieme Siecle. Revue d'histoire*, 1992, vol.

34.
Matthäus Jürgen, « Es war sehr nett ». Auszüge aus dem Tagebuch der Margarete Himmler, 1937-1945, *Werkstatt Geschichte*, 2000, p. 75-93.
Matzig, Gerhard, « Hitler war für uns ein netter Onkel », *Suddeutsche Zeitung*, 20 mai 2010.
Nieden, Suzanne, « Banalitäten aus dem Schlafzimmer derb Macht zu den Tagebuchaufzeichnungen von Margarete Himmler », *Werkstatt Geschichte*, 2000, p. 94-100.
Khrushsheva, Nina, « A lbert Speer isn't the only link between Berlin's 1936 Olympics and Beijing 2008 », *The Guardian*, 7 aout 2008.
Millot, Lorraine, « A lbert Speer, 63 ans, est architecte. Comme son homonyme de pere, le bâtisseur de Hitler. Mais lui a choisi Francfort la libérale. Tel pere, quel fils ? », *Liberation*, 10 février 1998.
Morin, Roc, « A n interview with nazi leader Hermann Goering's great-niece.
How do you cope with evil ancestry ? », *The Atlantic*, 16 octobre 2013.
Norden, Eric, entretien avec Albert Speer, « A lbert Speer Hitler's architect », *Playboy*, 1971.
Schermann, Serge, « Voicing doubt, son gets 2d autopsy on Hess », *New York Times,* 22 aout 1987. « Hess is buried secretly by family ; Son is reported to suffer stroke, *New York Times*, 25 aout 1987.
Schirmacher, Frank et Hubert Spiegel, « Günter Grass : "La tache sur mon passé" », *Le Monde*, 17 aout 2006.
Smoltczyk, Alexander, « 2022 World Cup in Qatar : The desert dreams of German architect Albert Speer », *Der Spiegel Online International*, 1er juin 2012.
Speer, Albert, « F rankfurt ist ein Modell für die Welt », *Wirtschaft Frankfurter Allgemeine,* 24 aout 2013.
Stringer, Ann, « "No one loves a policeman", Himmler's wife comments », *The Pittsburg Press*, 13 juillet 1945.
Schwabe, Alexandre, « Interview mit Niklas Frank zur Speer-Debatte : "Das ewige Herumgeschmuse der Kinder ist lächerlich" », *Der Spiegel Online*, 13 mai 2005.

◆著者
タニア・クラスニアンスキ（Tania Crasnianski）
刑事事件専門の弁護士を経て、執筆活動に入る。フランス生まれで、現在はドイツ、ロンドン、ニューヨークに生活拠点がある。本書が初の著書。

◆訳者
吉田春美（よしだ　はるみ）
上智大学文学部史学科卒業。フランス語翻訳家。訳書に、『図説死刑全書』（共訳）、『図説夜の中世史』、『中世パリの生活史』、『中世ヨーロッパ　食の中世史』、『毒殺の世界史』上･下、『鳥瞰図で見る古代都市の世界』（以上、原書房）、『図説エジプトの神々事典』、『パンの歴史』、『お菓子の歴史』、『ナチスの知識人部隊』（以上、河出書房新社）などがある。

カバー画像

ナチの子《こ》どもたち
第三帝国《だいさんていこく》指導者《しどうしゃ》の父《ちち》のもとに生《う》まれて

●

2017年9月19日　第1刷

著者……………タニア・クラスニアンスキ
訳者……………吉田春美《よしだはるみ》
装幀……………村松道代（TwoTheree）
発行者……………成瀬雅人
発行所……………株式会社原書房
〒160-0022 東京都新宿区新宿 1-25-13
電話・代表　03(3354)0685
http://www.harashobo.co.jp/
振替・00150-6-151594
印刷……………新灯印刷株式会社
製本……………東京美術紙工協業組合

ISBN 978-4-562-05432-9 printed in Japan